U0479145

体育无处不在
ESPN 的崛起

[美] 乔治·博登海默
George Bodenheimer
[美] 唐纳德·T·菲利普斯 著
Donald T. Phillips

刘雨客 译

Every Town is a Sports Town:
Business Leadership at ESPN, from
the Mailroom to the Boardroom

George Bodenheimer
Donald T. Phillips

文化发展出版社

图书在版编目（CIP）数据

体育无处不在/（美）乔治·博登海默，（美）唐纳德·T·菲利普斯著；刘雨客译．
-- 北京：文化发展出版社有限公司，2019.2
ISBN 978-7-5142-2526-6

Ⅰ.①体… Ⅱ.①乔…②唐…③刘… Ⅲ.①回忆录—美国—现代 Ⅳ.① I712.55

中国版本图书馆 CIP 数据核字（2019）第 032901 号

北京市版权著作权合同登记号　图字 01-2019-0718

This edition published by arrangement with Grand Central Publishing, New York,USA.
All rights reserved.

体育无处不在

著　　者：（美）乔治·博登海默　唐纳德·T·菲利普斯
译　　者：刘雨客
出 版 人：武　赫
责任编辑：尚　蕾
责任印制：邓辉明
责任校对：岳智勇
装帧设计：朗月行　赵　菲

出版发行：文化发展出版社（北京市翠微路 2 号　邮编：100036）
网　　址：www.wenhuafazhan.com
经　　销：各地新华书店
印　　刷：北京富达印务有限公司
开　　本：710mm×1000mm　1/16
字　　数：212 千字
印　　张：17.5
印　　次：2019 年 5 月第 1 版　2019 年 5 月第 1 次印刷
定　　价：58.00 元
Ｉ Ｓ Ｂ Ｎ：978-7-5142-2526-6

◆ 如发现任何质量问题请与我社发行部联系。发行部电话：010-88275710

献辞

这本书献给我的家庭。首先,献给我的妻子安,她的爱、支持和友谊对我来说意味着一切。也献给薇薇安、朱利安、凯特、乔治、詹姆斯和罗伯。还有,塔特斯和多蒂。

目 录
CONTENTS

作者笔记 / 1
引言 / 2
01 两分钟的面试 / 4
02 如果你是一个体育迷 / 8
03 梭哈 / 16
04 罗伯托·"记住"·阿洛马 / 24
05 "这是一座体育城" / 36
06 "现象级"节目 / 46
07 《星期天橄榄球之夜》/ 55
08 万福玛利亚 / 64
09 洪泛区 / 70
10 打出一张"二点牌" / 80
11 "不要那么快,我的朋友" / 89
12 永不放弃 / 97
13 极限体育奥运会 / 107
14 和米奇合并 / 116
15 "再告诉我一次你怎么做到的" / 125
16 "全套" / 133
17 全都关于人 / 140

目 录
CONTENTS

18　把它当作首要任务 / 148
19　秘书处排在曼托之前？/ 156
20　31句脏话 / 166
21　干　杯 / 175
22　比一杯咖啡还便宜 / 183
23　哇　哦 / 188
24　球迷的赛季 / 197
25　阿尔·迈克尔斯换幸运兔奥斯华 / 206
26　每个人都能成为领导者 / 213
27　三振出局 / 221
28　《30年30部》/ 227
29　全球体育的领导者 / 233
30　为我们的游乐场谢谢你 / 242
31　未来会更好 / 252
　　结语 / 259
　　鸣谢 / 261
　　关于作者 / 263
　　附录：本书人名中英文对照 / 264

作者笔记

作者所获得的所有版税均将捐赠给癌症研究V基金会。

V基金会由传奇教练吉姆·瓦尔瓦诺和ESPN在1993年共同创立。从那时起，基金会已经募集了超过1.3亿美金的研究补助金。现金捐赠全部直接用于资助癌症研究人员的研究。

如果你想要捐赠或者了解更多关于V癌症研究基金会的信息，请访问www.jimmyv.org。

"不要放弃……永远不要放弃。"

引　言

　　我从1979年开始在ESPN工作。18个月后，他们录用了这个叫乔治·博登海默的小伙子，他刚从丹尼森大学毕业。他的职责之一就是在机场接我，然后开车带我到要去的地方。

　　在那时，乔治是个有抱负的市场营销员。但是他年轻，没有耐心，还处在公司的底层。一天，他说："迪克！我能在这里闯下一番事业吗？我做的就是开车带你到处跑！"

　　乔治20岁出头的时候，我就看出他有成功所需的特质。他眼睛里看你的方式，他和你握手的方式，以及他和你交流相处的方式。他有着一切你想要在一名领导者身上看到的品质，而且他很讨人喜欢。

　　于是，我告诉他，"乔治，放松，孩子！你身上有着'赢家'专属的特质。你是大写的A那样出色[1]。你身上有着三个S：超级好、很有趣、特别好[2]！你是个大场面表演者，毫无疑问！而且，ESPN这公司会成功的。你将会成就一段伟大的事业。我对此非常肯定。"

---

　　[1]　指出色一词的英文（awesome）。译者注，下同。
　　[2]　指三个表示非常好的英文单词（super, scintillating, sensational）。

引 言

乔治留在了ESPN。他曾经是我的司机,然后成了我的上司。但是他对待我的态度从没变过——太好了!他也从没有忘记他来自哪里。我们的友谊已经持续超过30年。

——迪克·瓦伊塔尔

当我在1981年1月加入ESPN的时候,我曾作为迪克·V的常规司机。他定期来布里斯托,而我则负责接送他往返机场。我们经常会开到一家小餐厅吃点东西,然后我再带他到距离ESPN稍近的唯一一家酒店,位于康涅狄格州普莱恩维尔的假日酒店(所有的ESPN圣诞派对都在那里举行)。

在那时,迪克是公司主要的播音员之一,声名显赫且受人尊敬。但是在1979年,他作为底特律活塞队的主教练遭到了无礼的解雇(迪克称之为"开始新生活")。认识到他的性格和发展潜力,ESPN很快邀请他尝试作一名解说员,而迪克·瓦伊塔尔则负责了ESPN第一次全国性篮球直播的解说(德保罗大学击败威斯康星大学的比赛)。

在往返机场45分钟的路上,迪克会和我聊各种事情。他很快对我和我的职业有了兴趣,对此我非常感激。我们成了好朋友。

那时我只是个刚从大学毕业获得第一份工作的小孩。没有经验,不确定未来的职业发展,当着一名司机。但是迪克·V对我非常重视。我可以骄傲地说我们的友谊持续了超过30年。

——乔治·博登海默

01

两分钟的面试

我在ESPN的面试没花太多时间，可以说很快就结束了。办公室一片嘈杂，每个人看上去都忙得不可开交。当我被带到人力资源主管的办公室时，我看见他正坐在办公桌旁翻阅我的简历。没有起身，没有看我，也没有让我入座。于是，一个穿西装打领带的年轻人就这样紧张地站在那里。

"好吧，"他终于开口说话了，"你的简历告诉我你在这里能够担任一名'司机'，也就是在我们收发室工作。工作职责就是把信件送到楼里各处并负责机场接送。大约一周内我们会有个空出来的岗位，每年的工资是8000美金。对了，你不会介意铲雪的，对吧？"

"不，先生，我当然不介意。"我回答道。

"嗯，谢谢你来面试。我们会告诉你结果的。"

就这样，整个面试仅仅持续了两分钟，而从我走进ESPN的大门到返回停车场也只过去了五分钟。

在我从布里斯托驱车60英里[①]回我住的康涅狄格州格林尼治的路上，我

---

① 英制长度单位，1英里=1.609344公里。

两分钟的面试

一直在回想刚才的面试。8000美金甚至还不足一些大型公司（如美国钢铁、国际纸业、施乐以及保洁）在丹尼森大学招聘时提及起薪的四分之一。我不知道接下来该如何选择。距离毕业已经九个月了，我只能在酒吧做兼职酒保，而且还住在家里。我的父母对我求职的焦虑一清二楚，但是他们没有给我过多的压力，而是给予我应有的支持。

我的父亲朱利安是一名零售店经理，母亲薇薇安则是一名银行职员。尊重他人一直是他俩养育我和我姐姐苏的过程中所秉承的理念。当我还是个孩子时，我爸爸对我说过最严重的话就是我让他失望了。而这为数不多的经历也多是因为我待人不周。"像你希望别人对待你一样对待别人"是我们家的原则，这条黄金守则适用至今。

我的理想是进入体育或者娱乐这样回报与乐趣并存的行业工作。因此，在父亲的协助下我向26家MLB[①]球队写了求职信。"你们的办公室需要我。"我在信里这样写到。但是我只收到了25条"谢谢你"和1条"来我们这里面试"的回复。

邀请我面试的是费城费城人队的比尔·贾尔斯，他也是丹尼森大学的校友。很明显，这样的关系使得我获得了面试机会。贾尔斯很友善也很会激励别人，但是他没有给我工作。他告诉我，"棒球队办公室的人数很少，而且大多是家族运营。你应该把你的求职信投到职棒小联盟球队去。"然后，他送给我一条纪念费城人队获得当年世界大赛冠军的领带并祝我求职顺利。

---

① 美国职业棒球大联盟（Major League Baseball，MLB），是目前世界上水准最高的职业棒球赛事，由29支来自美国的球队和1支来自加拿大的球队组成，也是北美四大职业体育联盟之一。

体育无处不在——ESPN的崛起

我又把申请目标转向了职业球队球场,然而在诸如纽约麦迪逊广场花园和新奥尔良超级巨蛋球场都拒绝我后,我父亲建议我去见见他的老朋友,也是CBS[①]多年的制作人巴德·拉穆勒。巴德告诉我,"如果你想进入体育转播行业的话,我强烈建议你考虑有线电视台。事实上,有个叫做ESPN的全天候体育频道刚开播不久,你应该去试试。他们公司就在康涅狄格州的布里斯托市。我在那里认识一些人,应该可以帮你引荐一下,不如你给他们写封信,就说是我推荐你的。"

那时我对有线电视行业一无所知,我们家里甚至都没有开通有线电视,更不要说听过ESPN这个名字了。但是求职心切的我不愿意错过任何一次面试的机会,所以我立刻写了封信,一周后我就被邀请去布里斯托完成了这次仅持续两分钟的面试。

快到家的时候,我开始苦恼该怎样告诉父亲面试结果。告诉他,我的经济学学位让他们认为我只够格在收发室工作,而且他们也没有确定要我。如果下周有机会他们会通知我,但是每年只能挣8000美金。另外,他们还问我介意铲雪吗?

天哪!

我回到家向老爸说了面试的过程。他看出了我的烦恼,请我去边喝啤酒边聊聊。于是,在格林尼治科斯科布区一家叫蛤箱子的老餐厅,我俩喝着啤酒和杂烩汤,开始了父子之间的谈话。

---

① 美国商业无线电视网,其最早是一家广播联播网。名称出自公司原名哥伦比亚广播公司(Columbia Broadcast System)首字母缩写,也是美国三大电视网之一。

"你觉得你想在体育转播行业工作吗?"他问我。

"是的。"我回答。

"那如果ESPN给你了一份工作,你应该考虑的是职业发展,而不是收入多少对吗?"

我停下来,又抿了一口啤酒,看着我的父亲。

"不要考虑工资和职务,"他继续说道,"如果他们聘用你,你就应该同意。这份工作会让你进入这个行业,成为你日后的起点。"

和他的谈话使我觉得决定变得轻松。我热爱体育,也对电视转播感兴趣,而且这将会是我职业生涯的第一步。一周后,ESPN打来电话并给我提供了一份每年8300美金的工作。我接受了这个邀请。

随后我就立刻搬了家,在布里斯托10英里外的新不列颠一家基督教青年会租了房。第一天上班时,我听从了父亲的建议穿着正装,毕竟他事业有成,而我才起步。

我刚进传达室,我的新任上司就立刻说到,"嘿!把这些录像带送到传讯部去,然后回来把这颗小树拉到法律部去。"

我并不知道传讯部在哪儿,也没有问。脱下西服和领带,搬起那箱录像带,我就出发了。就这样,我正式成为了ESPN的第150号员工。

02
如果你是一个体育迷

外部，施工还没结束，五十几个员工正在三个拖车里工作。没有自来水，他们不得不穿过泥地去室外的移动厕所。内部，演播室还在装修，布景被几块稀松的木板撑起来，连漆都没干。多数音频和视频设备在几个小时前刚刚装好。

这是1979年9月9日星期五。随着时间接近晚上7点，ESPN准备开始它的首次播送。人们忙着在开播前确保各个细节准备就绪。延长线缆被插进去了，技术人员在做着最后的检查并祈祷一切顺利，还有一个人在擦拭窗户。6点59分，人们涌进了控制室。ESPN的创始人比尔·拉斯马森来回踱着步子。

最后，制作人喊道："祝大家好运！第一次，进主带。"

一段播放着欢呼的体育观众的视频出现在显示器上。李·伦纳德在旁白里说："如果你是个体育爱好者，如果你是个体育迷，那么你在接下来几分钟、几小时、几天所看到的内容将会让你如置天堂（视频切换到蓝天白云）。在这蓝色地平线后是无限的体育世界。现在，你正站在明日的边缘：一天24小时，一周七天，不间断的体育节目，就在有线体育频道ESPN。"［接下来一段音乐铺垫进入了一首短歌（ESPN第一首主题曲），配上一段由垒球、摔跤、高尔夫、拳击和橄榄球片段剪辑而成的视频。］

歌词大意：

订阅我们的服务并且跟上我们的行动，因为我们值得一看。

全体育和娱乐，我们就是值得一看。

毫无疑问，嗨起来，你会看到最好的，我们会做到，全体育和娱乐。

所有值得看的。所有值得看的。

全体育娱乐

E-S-P-N

所有值得看的。

制作人喊到："李，准备了。"然后显示器切到近景，一位体育解说员坐在布景前。"大家好。我是李·伦纳德，欢迎来到距离纽约市110英里的康涅狄格州布里斯托市。为什么是布里斯托？因为在这里将会带给你所有正在进行的体育赛事。"

"距离ESPN转播历史上的首个节目只有几分钟时间。下面将是1979年NCAA[①]大学橄榄球前瞻。随后我们会在今晚送上两场一日双赛的世界职业慢速垒球锦标赛。现在，垒球是为数不多的我们每个人都稍有了解的运动。为什么？因为我们每周日都会喝点啤酒然后打上一会儿。"

＊＊＊

这次低调的转播估计并不会被认为是一次创新或者改革，但值得注意的

---

① 国家大学体育协会（National Collegiate Athletic Association，NCAA），美国最大的非盈利性大学体育机构，负责管理运营1281所大学及学院的体育赛事。

体育无处不在——ESPN的崛起

是，这比已经成为我们观看电视主要原因的24小时新闻、24小时天气、24小时音乐以及任何24小时节目都要早。事实上，ESPN正式开播适逢技术革命的黎明。美国各个城镇正在逐步普及有线电视。人们就这个新的媒介是否能够成功争论不休。另外，很多人觉得24小时体育频道这个想法非常可笑。

在那时，几乎所有美国人看电视都是通过由三大电视联播网（NBC、CBS或ABC[①]）所发出的信号。这三家总部均在纽约的广播公司的巨头们仔细观看了ESPN的第一次转播，然后摇了摇头。"这就是一个录像重播频道而已！"他们说，"没什么可担心的。他们太小众了。他们永远也做不到像我们这样。"对于他们来说，ESPN不仅只是个糟糕的主意，更是他们听过最好笑的事，一个业内笑柄。

但是，有一个人不关心行业大佬们怎么想。拉斯马森是一个有胆识、有远见、乐观的铁杆体育爱好者。在先后作为世界冰球协会传媒主管和新英格兰鲸人队赛事评述播音员遭到解雇后，比尔（和他的儿子斯科特合作）天真地开始寻找一个在康涅狄格州范围内转播康涅狄格大学篮球比赛的方法。虽然他当时对于有线电视一无所知，但是他有种预感这将颠覆整个行业。

经过调查，拉斯马森了解到有线电视通过一个装在地上巨大的"锅"能够接收从23000英里外绕地球旋转的卫星转频器传来的信号。他还发现只有1400万家庭拥有有线电视（不到美国电视观众的20%）。考虑到这样的传播能力以及数量很少的订阅用户，比尔认为有线电视明显有着巨大潜力。但是，

[①] NBC 全称全国广播公司（National Broadcast Company），ABC 全称美国广播公司（American Broadcast Company），两家公司和 CBS 三家商业无线电视网并称美国三大电视联播网。

如果你是一个体育迷

接下来他发现，如果以小时为单位计算，租赁一整天卫星信号的价格要低于只租五六个小时。就在那时他想到了一个好主意。"我们可以在全国24小时转播体育节目！"他认识到，"这就是我们要做的！"

他也确实这么做了，并将他的新公司命名为ESP网络（ESP指娱乐和体育）。不久，一个平面设计师认为如果简称为ESPN的话会好看很多，因此，他们又改了标志。

为了让他革命性的想法成功，拉斯马森借助他的冰球经验，上演了一出精彩的"帽子戏法"。他认为他必须努力谈妥三个重要合同。首先，他需要一个和RCA[①]的合同来租赁卫星转频器时间。第二，为了能有足够多的比赛填满24小时，他必须和NCAA达成一份多年的协议来转播大学体育比赛。第三，他把他的视线落到了一份和安海斯-布希的广告合同上。这将会是个三腿凳，缺少了任何一条腿，整个计划就会全盘崩塌。实现他的帽子戏法可不是件容易的事，不过拉斯马森是一名天生的推销员。他能做到。

事实上，RCA也渴望客户。他们有一个未能充分利用的卫星和很多可用的转频器地点。卫星转频器每月的租金是3.5万美金，但是拉斯马森的钱远远不够。于是，RCA给他提供了一个简易的付款计划，然后在1978年7月，他用一张信用卡结算了所有费用。

搞定了一个。

在说服盖蒂石油公司买下ESPN的主要股份后（这为频道破土运营提供了必要的资金），拉斯马森现在有了足够的可信度来和NCAA进行正式谈判。

---

① 美国无线电公司（Radio Corporation of America），曾经垄断美国无线电工业。

一开始，他收到NCAA关于转播三年康涅狄格大学男篮、男足和女篮赛事的许可。但现在，在经过无数次会面和焦灼的谈判后，他们达成了一份为期两年，每年至少转播230场18项NCAA不同赛事的合同。

为了填充转播时间，拉斯马森计划一场比赛重复播放多次。虽然ESPN不能直播橄榄球，但是他们可以通过录像的形式进行重播。在1979年3月14日，NCAA和ESPN签下了第一份合同，这份56页的合同也被拉斯马森称为"地基"合同。

搞定了第二个。

起初，拉斯马森计划以每天1美分的价格向有线电视运营商提供ESPN的节目。但是，他重新思考了这个模式并且决定尝试成为有线电视业内第一个由广告收入支撑的频道。销售广告时间来赚钱是电视联播网的传统商业模式。虽然一些处在萌芽状态的有线电视频道接受企业赞助来帮助他们实现收支平衡，但是没有一个频道能卖出高额的广告费。拉斯马森知道体育比赛促进啤酒消费，他便把这个新频道推销给安海斯-布希，并且提出让他们从一开始就参与ESPN的运营。公司一些有远见的高层认识到这个主意很可能取得成功，于是，在1979年5月，他们出资140万美金买下了ESPN的广告时段，这创造了那时的有线电视广告销售纪录。

搞定了第三个。

拉斯马森完成了他的"帽子戏法"。

***

ESPN的第一处办公地点位于康涅狄格州普莱恩维尔的联合有线电视大楼的高层（场地是由有线电视系统经理吉姆·多维慷慨提供的）。然而在拉斯马森拿到盖蒂石油的注资之前，他已经计划买下一块地方来建造ESPN自己的办公场地。他不久就注意到了普莱恩维尔隔壁城市一块未开发的土地。布里斯托是个纯粹的蓝领社区，位于康涅狄格州工业走廊的中心。那里最大的公司是一家通用汽车的滚珠轴承厂，拥有3000名员工，它的历史可以一直追溯到二战时期。拉斯马森感兴趣的空地被草地包围，零星有几座独栋建筑，比如一间供卡车司机休息的小餐厅、一个割草机修理店以及一家废金属公司。在说服布里斯托市政府以每亩18000美金的价格把这块地卖给他后，拉斯马森开始了ESPN新总部的建设。

等到第一次转播的时候，新的有线电视频道已经雇佣了大约75名员工。在日常运营正式启动前很久就被招入的是一群在NBC从事电视转播多年的高层。切斯特·R·"切特"·西蒙斯（在成为NBC体育主席前是ABC的《体育全世界》节目的一员）同意成为ESPN的主席，而他的同事阿伦·B·"斯科蒂"·康纳（从NBC的传达室小助理一步步成为艾美奖[①]得主的制片人）成为了我们的运营和产品执行副主席。紧跟他们从NBC加入公司的是播音员伦纳德和吉姆·辛普森。康纳亲自电话招揽了一帮经验丰富的体育行业老兵，包括前NBC和CBS的制片人比尔·菲茨。菲茨指导了很多ESPN的年轻制片人并且在提升公司早期远程制作能力上起到了重要作用。康纳还招募了乔治·格兰德（一名在CBS做NFL[②]比赛赛前和赛后采访的记者）和迪克·瓦伊塔尔。

[①] 艾美奖是美国用于表彰其电视工业杰出人士和节目的奖项，其重要程度类似于电影界的奥斯卡金像奖。

[②] 国家橄榄球联盟（National Football League，NFL），是世界最大的职业美式橄榄球联盟，也是世界上最具商业价值的体育联盟。由32支来自美国的球队组成，也是北美四大职业体育联盟之一。

体育无处不在——ESPN的崛起

"迪克，我希望你来我的新公司ESPN工作，"康纳在他和瓦伊塔尔的电话中说，"ESPN？"瓦伊塔尔回答到，"那是什么公司？听上去像是某种疾病！"

同时加入ESPN第一批团队的还有一些当地或者其他地方来的年轻人，包括克里斯·伯曼（布朗大学毕业生，在康涅狄格州哈特福德做周末电视体育解说）、鲍勃·利（西东大学毕业生，在新泽西的郊区有线电视工作）、汤姆·米斯（从佛罗里达州塔拉哈西来的体育主管）和技术人员查克·帕加诺（那时正在哈特福德大学攻读电气工程学位，还当过摇滚DJ）。

帕加诺的同事比尔·兰姆（一个来自纽黑文当地的技术主管）在ESPN首播当晚接到电话请求他来帮助没有支援的帕加诺，并就此加入公司。27岁的史蒂夫·伯恩斯坦（俄亥俄州立大学当地有线电视频道的大学橄榄球制片人）也以节目助理身份加入了团队。

不同于认为ESPN是个糟糕主意或者笑话的电视转播行业巨头中那些经验丰富的高层，他们这些新加盟的年轻人认为24小时的体育频道是个好主意，而且给他们提供了真正的机会。

***

在伦纳德为ESPN做完开场白后，他说："现在，是ESPN的另一个创新，而它将会成为我们未来的重要部分：由乔治·格兰德主持的《体育中心》。"随后，他将节目交给了他的同事格兰德。这个说法很生动，因为创新是嵌入ESPN文化中的，是我们DNA中的一部分，而《体育中心》很快将会成为频道的骨干节目。

首播夜的其余内容现在已经成为了体育知识问答爱好者的素材。第一个播报的比赛结果是克里斯·埃弗特在美国网球公开赛上击败了比利·简·金。第一个现场采访是对身处丹佛的科罗拉多大学橄榄球主教练查克·费尔班克斯的采访。由于一个技术问题，整个采访只有视频没有声音。修复好音频后，采访在之后的《体育中心》前半小时节目中重新播放。当晚晚些时候，ESPN直播了它的首场体育赛事——世界职业慢速垒球锦标赛，对阵双方是密尔沃基裂缝队和肯塔基波本队，而直播则是由百威赞助！

只有少数人（大约3万人）看到了ESPN的首播。我们只是一个刚起步的有线电视频道，还没有获得广泛订阅。我们完全凭着感觉在做，也没有人知道我们是否能够做到。无论多么低调，这仍然是个开始。

***

当伦纳德将第一个节目移交给格兰德的时候，镜头转到了格兰德一个人坐在第一张《体育中心》的转播桌后面。"谢谢你，李，"他说，"欢迎大家来到ESPN《体育中心》。在接下来的每一天，我们都会在这张桌子后面为你把握美国体坛乃至世界体坛的脉搏。"

"如果需要采访，我们会做。"

"如果需要赛事评述，我们会做。"

"如果需要评论，我们也会做。"

格兰德在播出首夜说的这些话从本质上总结了ESPN的宗旨，那就是尽一切力量服务体育爱好者。这个想法没有贴满我们尚未竣工的墙上。也不是人们每天都会提起的。但是，这驱使着ESPN在成立初期的一切行动。一切。

15

03
梭 哈

"你！你负责过摄像吗？"

那是下午4点，我一个人坐在录像带存储库里，一个制片人突然冲进来并且指着我。

"不，我没有。"我回答他。

"没问题！跟我来！"

他带我到演播室，吉姆·辛普森正坐在桌子后面准备开始他主持的大学橄榄球节目。"我们人手不足，"制片人对我说，"戴上这个耳机然后站到这台摄像机后面去。如果辛普森转动他的椅子，你就略微调整摄像机一直跟着他。"

整整半个小时的节目，我就一直根据需要在1/4英寸[①]范围内左右微调摄像机。我可以骄傲地说我没有错过一个镜头。这就是早些年公司的状态，我们经常处于混乱，然后所有人都尽自己所能去帮忙（在我三十余年ESPN工作的经历中，那是我唯一一次站在摄像机后面）。

---

① 英制长度单位，1英寸 =2.54 厘米

梭　哈

做了几个月的司机和传达室工作后，我被提拔到了录像带存储库。这是一份再简单不过的工作了。如果一个制片人需要录像带，比如1975的MLB世界大赛，我们就找出来然后记下借出时间。那时候还没有电脑和视频媒体文件。我们全部通过纸笔记录，然后再用检索卡片来整理成架的录像带。图书馆里一天24小时都有人负责，我甚至多次连续完成三个八小时的轮班，包括从午夜0时到早上8点的夜班。在黎明时分，办公楼里仍然有不少人各自做着自己的工作。即便如此，我们仍然会互相照应。查克·帕加诺会和我一起筛选冰球赛，克里斯·伯曼会顺道拿些录像带走，或者我们所有人干脆趁着休息时间在走廊闲聊。

1981年1月我加入ESPN的时候，我们刚开始转播一年零四个月，但是我们发展得很快，以至于我们的空间很快就不够用了。我们那时有几栋办公楼，但是停车位不足，人们得共用办公桌，而如果我们需要更多房间的话，就再拉一个拖车过来。哦，那些拖车！它们能塞进去十个人（比如罗莎·加蒂、克里斯·拉普拉卡、迈克·索尔提斯和传讯部门的员工），里面的人都得拿折叠桌当办公桌用，还要共享一台电话和一台在冬天最冷的时候会冻住的IBM打字机。当我给他们送信的时候，风借着打开的门裹挟而入，然后把活页纸吹得到处都是。我就会听到有人说："乔治，搞什么名堂，关上那扇该死的门！"

办公楼非常简陋，也没有什么豪华办公室，不久就连拖车都成了我们的一种骄傲。我们不断工作，以至于根本没有时间考虑设施问题。另外，我们经常资金短缺，所以到了发工资的那天，所有人都冲到银行把钱赶紧存进去，以防支票兑不出钱。

在每天三次"扫除式"递送邮件（或者是任何需要被送达的东西）过程

体育无处不在——ESPN的崛起

中，我很快发现ESPN不是一个等级分明的地方，而且少有正式感。这一点在我接送我们的老板和播报员往返机场时非常明显。顺利的话，从布里斯托到布拉德利国际机场要至少花费45分钟，而路上的时间都是属于我的。为了完全利用好这段时间，我会问各种各样的问题。"你工作做什么？你喜欢它哪一点？你的部门正在做什么？"我不仅了解到ESPN提供的各种机会，更建立了很多个人关系。在传达室做一名司机让我有机会认识ESPN里的每个人，这也教会了我在每个工作中发现机遇。

我在ESPN工作的第一周，一次去给斯科蒂·康纳送信，他曾经是我初中时的冰球教练。他笑着对我说，"嗨，乔治！我听说你被录用了。欢迎加入公司。"

康纳和切特·西蒙斯为ESPN奠定了早期运营的基调以及未来的样子。他们是很特别的领导组合，有些人称他们为主内先生和主外先生。西蒙斯是个非常有远见的人，他懂得体育转播行业以及ESPN未来的潜在机会。他几乎认识行业内的每个人，并且一头扎入了为我们羽翼未丰的频道达成协议和获得新体育节目的工作中。西蒙斯是主外先生。

康纳不仅厉害在如何把握制片和运营上，还在和人打交道上很有天赋，永远秉承着接纳而不是排斥的原则。他让所有人都对自己有信心，并且激励我们不断突破自己。康纳是主内先生。

他们两个人用各自的方式成为了卓越的领导者，他们组建了一支强有力的紧密协作的团队。他俩每天都在公司走动，都特别在意记住每个员工的名字以及了解他们。每次有新人加入公司，他们其中一位都会亲自带他/她参观公司并且把他们介绍给其他人。西蒙斯和康纳在公司初期确定了风格。他们关心我们，我们关心他们。这是一种相互的关系，我们也成为了一个团队。

在那时尤其重要的策略是招募很多年轻人并且给他们机会成长成才。这是个好的政策，因为年轻人有更多的精力，更愿意去冒险，而且也不会被传统的做事方式所束缚。当然，在那个资金对于ESPN仍是问题的时期，年轻人的工资也低一些。西蒙斯和康纳刻意让我们从基础工作做起。传达室只是他们放置很多像我一样的人的其中一个地方。在ESPN到处都是年轻人，制片、节目、工程、传媒、财政，哪里都是。我们被测试能否很好地处理简单的工作。我们是否能够适应新环境？我们是否勤奋？我们是否积极主动？我们是否优秀到可以做一份我们从没有被培训过的工作？我们能否和人一起工作？我们是否能成为团队的一员？

很多年后，我了解到西蒙斯和康纳每周一早上喝咖啡的时候都会和所有部门主管交流。他们称之为"事后诸葛亮俱乐部"，他们会评价每个部门的年轻人。如果一个人展现出了在节目、制片或者市场和销售上的天分，他/她就会被调到那个部门。那些有雄心并且展示了自己学习能力的年轻人被放到可供成长的位置上。没有的则遭到淘汰。

一个周一的早上，我老板表扬了我。"好的，"西蒙斯说，"是时候给年轻的乔治一个真正考验了。把他交给瓦伊塔尔吧。"社交狂人迪克·瓦伊塔尔的风格就是全场紧逼。他不论做什么都是像在以百英里时速行驶一样，不是所有人都可以跟上他的精力。当他在录制周末节目前飞到布里斯托的时候，我会去机场接他，开车带他去任何他要去的地方，然后再按时送他回来赶返程飞机。我猜我通过了考验，因为直到我被提拔到录像带存储库前都是瓦伊塔尔的司机。

作为一个很容易受到感染的年轻人，我从瓦伊塔尔、西蒙斯、康纳、格

体育无处不在——ESPN的崛起

兰德以及其他ESPN的成员身上学到了很多。他们很多人放弃了高薪的职位来到这样一家充满风险还被很多专家认为不可能成功的创业公司。我们没有豪华轿车，没有昂贵的食物，没有鲜切花，只有一个在雨天会变成泥沼的土停车场。但是我们早期的领导依据他们的直觉前进，我则从他们身上学到我们可以去冒险，而且我们不应该害怕去追求我们所热爱的事物。他们对体育的热情是个人动力，就像发电一样，它感染了我们其他人，然后填满了整个公司。而当我们都开始在这种没有条条框框的环境下工作后，比如康纳的个人魄力让所有人相信ESPN将会成功。他经验丰富，自信，还是我见过最乐观的人之一。如果他说我们要做到，那我们就能做到。

当然，其实在ESPN工作的每个人都热爱体育。事实上，我们都不敢相信我们做着自己喜欢做的事还能挣钱。一开始，我们知道我们有这样一个产品。问题是：我们怎么让它奏效？ESPN是一个未经测试过的商业模型，因为没有先驱供我们参考。我们必须通过不断尝试开发出一个有效的模型，而这需要时间。我们的口号变成了"让我们试试看会发生什么"。我们在充满田园气息的布里斯托打造了一个终极体育转播创新实验室。在我当时那个年纪，没有什么可以更让我兴奋了。

好吧，我们有了一个未经测试的商业计划，没有利润，也看不到隧道尽头的一丝光明。那么接下来是什么支撑着公司走下去的呢？首先，我们都乐观地相信体育爱好者会喜欢上我们在做的产品。第二，在ESPN最初产生的团队精神起到了巨大作用。我们都将所有的筹码押在这件事上，或者一起成功，或者一起失业。就这么简单。

于是我们的公司运营得像一个家庭。每个人都相互认识。如果有人需要帮助，他们就能获得帮助。如果有人需要支持，他们就能获得支持。ESPN对我来说就像一个家庭一样,而这对于一个刚从大学毕业的年轻人来说是个很吸引人的概念。"保持你的首要任务不变,"康纳曾经说,"家庭第一。"

那是一种社团似的强有力氛围。事实上,那是一种文化,一种进取的文化。我们通过两个强大的动力塑造了它:第一,我们的非正式宗旨是服务体育爱好者;第二,我们对体育的热情。

ESPN的早期文化有着一切能让人们一起努力工作的正面元素。我们互相尊敬。我们坦诚相待,即使有时会伤害别人,而这需要双方都诚实和正直。我们有着老式新英格兰蓝领的职业道德。我们尝试新事物同时犯了很多错。但只要我们犯的是诚实的错误那就是可以被接受的。

因为我们不知道我们能否扭转窘迫的财政情况,我们也不知道我们公司能否成功,把我们自己看得太重会是个大问题。所以我们决定享受乐趣。毕竟,体育就是娱乐。所以没日没夜的工作之后,我们还经常一起出去喝点小酒,有时在白桦树,一家和我们在同一条街上很受当地人欢迎的酒吧。偶尔我们会把杰克丹尼或者金馥力倒到烈酒杯里排成一排,然后同时一次喝光。我们不是经常这么做(通常都是在取得巨大成果后),但是那确实是很美好的回忆。

在每个周五晚上,都会有一个庆祝派对,庆祝新的任务或者谁的生日,各种可以当作派对主题的理由都可以。一般我们都会在康纳湖上的家中结束,而且几乎ESPN的每个员工都会在场。我们那时候干什么都在一起。我记得一个除夕夜坐在鲍勃·利家的厨房里边喝啤酒边计划我们的未来。虽然我们都很享受乐趣,我们同样致力于产品品质,这也就引出了ESPN的非官方座右铭:我们严肃对待我们的体育,但我们轻松对待自己。

在公司初期,ESPN的文化是我们的战略优势。它孕育了成功。每个小的

体育无处不在——ESPN的崛起

成就都会点燃我们，每一个新的节目，每一个正面评价，以及每一封观众夸奖我们产品的来信。我们把我们视作终极弱势方，所以我们总是比份内职务多做一些，不论是在凌晨2点重新剪辑《体育中心》的最后一个片段只为让观众在早上醒来能看到好的节目，或者是在一周的销售电话后在周五下午还要多打几通销售电话。用一个扑克术语，我们就是"梭哈"。ESPN的文化激发有热情的人。而有热情的人一再做得比说得好。

因为在ESPN没有那种"这不是我的工作"的态度，我经常主动去帮助其他部门。这不仅看上去是正确的事，我也经常能在这些工作中享受很多乐趣。比如，约翰·怀尔德哈克（在1981年还是个年轻的制作人）邀请我去新泽西州托托瓦帮助他制作《顶级拳击》，那是ESPN早期的代表节目之一。我所做的就是为这个制作团队"拉线"，包括跑腿、搬运设备以及做任何他们让我做的事。本质上说，我是个打杂的。而由于管理层不会为一个传达室的司机单独订房，我睡在了怀尔德哈克酒店房间的地上。一件让我印象深刻的事是整个20人的制作团队亲密无间。他们每天都在一起，有着那种人人为我我为人人的精神。

还有一次，我被我们的NHL[①]制片人，布鲁斯·康纳（斯科蒂·康纳的长子。也是我的高中朋友），叫去一场职业冰球比赛负责场地管理。我需要做的就是站在判罚室内拿着一个红灯，当我们在进广告休息的时候把它放在挡板上。把灯撤回去意味着我们回到转播了，而裁判看到我的提示后，会把冰

---

① 北美冰球联盟（National Hockey League，NHL），是目前世界上水准最高的职业冰球赛事，由24支来自美国的球队和7支来自加拿大的球队组成。也是北美四大职业体育联盟之一。

梭 哈

球放回场重新开始比赛。这就基本上是我负责的全部事情了。我想："这没问题。这很棒。我是个铁杆冰球迷。我就在一场NHL比赛的冰场内。已经不能更好了！"

第一个暂停出现在比赛开始两分钟后，而我则尽职地将红灯放到挡板上。当我们一进入广告，我听到耳机里传来很多人说话的声音，然后就是倒计时："十，九，八，七，六……"我以为那是给我的指示，所以当数到零的时候，我把灯撤了回去，裁判把冰球放回场地，比赛继续。

突然，我听到耳机里传来某人的喊叫，"他们继续了！"然后布鲁斯吼道，"兄弟！你他妈在干什么？"

原来我听到的那个倒计时不是给我的，那是个诚实的错误，但我仍然搞砸了。最后结果是当ESPN从一个百威广告里切回来的时候，比赛已经在进行了。那不是世界末日，但是从制片的角度来说我搞砸了，这也给我上了一课。一场冰球比赛的场地管理不像听上去那么容易，而ESPN的每个工作都需要准备、技巧和表现。

***

一个早上，刚刚结束一个在录像带存储库里工作的漫长夜晚后，我走出办公室，然后听到旁边办公室的电话响了。我们那时候没有几名秘书或者助理，我看周围一个人都没有，我停下脚步想看看是否有人接起电话。毕竟，那可能是个潜在的观众、一个赛事权益方、一个有线电视运营商或者一个广告商的电话。而那也不是一部普通的电话响起，那是ESPN的电话。于是在铃响三声后，我冲进办公室，拿起了听筒。

"您好，这里是ESPN，"我说，"有什么可以帮您的？"

04

罗伯托·"记住"·阿洛马

"您好，这里是ESPN，"我说，"有什么可以帮您的？"

"你好。你能告诉我离我最近带有ESPN的酒吧或者酒店在哪儿吗？我想看我支持的球队今晚的比赛。"

"当然没问题。您住在哪里呢？"

在ESPN开始转播NCAA男子篮球锦标赛"疯狂三月"的首轮比赛后，我们经常会接到这样的电话。我们最早承担的风险产生了绝对的回报。当然，因为之前从来没有人这么干过，行业内的反应基本就是嘲笑和不看好。"你们在想什么？你们要转播首轮比赛？别逗了，没人会看那些比赛的！"

但是我们还是做了，而且在这过程中，我们开创了一个已经成为标准设置的令人兴奋的制作元素，我们称之为"来回切换"模式。一般来说，如果一场比赛在最后一分钟时分差过大，我们就从那场比赛转到另外一场更加胶着的比赛。观众一场接一场不断地看到精彩纷呈的绝杀表演。首轮比赛的收视率非常好。很多大学生们翘课看球，死忠球迷请假在家，没有有线电视的人们就到酒吧或者酒店看球。这也就是为什么球迷们会打电话问我们最近能看到ESPN的地方在哪儿。他们想看他们学校的比赛。

没过多久汽车旅馆和酒吧老板就聪明地开始宣传他们提供ESPN转播。事

罗伯托·"记住"·阿洛马

实证明对NCAA男篮锦标赛首轮比赛的需求是很强烈的。而这也变成了我们的招牌赛事之一。不仅因为球迷们喜欢，大学教练们也喜欢，因为他们知道只要他们的球队打入了锦标赛，下个赛季ESPN一定会转播至少一场他们的常规赛，而这对招生和维持校友关系有很大帮助。

事实上，大学篮球是ESPN早期的中流砥柱，也是我们第一个可以转播的顶级赛事项目。那时候，我们没法在周末和传统频道竞争，但是到了周中的时候，ESPN一场雪城大学和乔治城大学或者杜克大学和北卡罗来纳大学的篮球赛绝对会非常吸引眼球。由洛伦·马修斯（纽约大都会队前促销主管）和汤姆·奥雅克扬（东部大学体育联盟①前助理总裁）主导的节目团队带领我们取得了这样的成就。他们一同将同样在1979年成立的大东联盟②打造成ESPN的重头戏。

后来，其他人都要求更多的电视转播。比如，大十联盟③总裁打电话问奥雅克扬他们的比赛放在哪个晚上能够获得最高的收视率。"那会是周一晚上大东联盟比赛之后，"奥雅克扬回答。在联盟同意了这个时间段后，马修斯首创了"大周一"的说法。ESPN会在7点转播一场大东联盟的比赛，9点转播一

---

① 东部大学体育联盟（Eastern College Athletic Conference，ECAC）是由220所NCAA不同级别学校组成的大学体育联盟，多数大学同时还属于其他大学体育联盟。

② 大东联盟（Big East Conference）是成立于1979年的美国大学体育联盟，最多时有16所大学。2013年，7所不设橄榄球的大学另组大东联盟，其余6所设置橄榄球项目的大学则和另外4所大学新组美国竞技联盟。

③ 大十联盟（Big Ten Conference）：由位于美国中西部为主的14所大学所组成的大学体育联盟，是NCAA的五大联盟之一。除西北大学外，其他13所学校均为大型公立大学。

体育无处不在——ESPN的崛起

场大十联盟的比赛，以及11点还可能有一场太平洋十二校联盟①的比赛。"大周一"变成了一个惊人的成功，在ESPN一直延续了超过35年。最后，奥雅克扬和马修斯发现他们处在了大学篮球转播安排的中心位置，由此他们可以展示他们的创意。比如在一个总统日②，他们能够安排乔治·华盛顿大学对阵詹姆斯·麦迪逊大学！

在早期，大学篮球帮助ESPN打出名堂。不管你相信与否，转播在那时不受关注的NFL选秀同样如此。切特·西蒙斯将大学橄榄球球迷视为这个节目的原生观众，所以他找到NFL总裁彼得·罗兹尔并推销这个想法。罗兹尔一下就笑了出来。"你一定是在逗我，"他说，"这不过就是一个每个球队高层坐到一起打电话和交换文件的商业会议。不过如果你想做的话，我们愿意和你合作。"

乔治·格兰德报道了我们的第一次NFL选秀（1980年4月29日在纽约举行），而鲍勃·利则在演播室里主持了节目。一开始，我们连一个正式的制片计划都没有。这个主意单纯是一个尝试，然后再搞定每个细节。事实上，西蒙斯对格兰德的指示是："随机应变。如果效果不好的话，就直接停止转播。"准备过程中，利在他家的折叠桌上写了很多关于哪位球员最有可能被哪支球队选中的索引卡。而受到制作24小时节目需要的驱动，格兰德和利在选

---

① 太平洋十二校联盟（Pac-12 Conference），位于美国西部的12所大学组成的大学体育联盟，是NCAA的五大联盟之一，包括了十所公立大学和两所私立大学。

② 总统日：美国联盟节假日之一，设在每年2月的第三个星期一，用来纪念生于1732年2月22日的美国国父乔治·华盛顿。下文提到的詹姆斯·麦迪逊大学则是以美国第四任总统命名的。

秀前主持了一个介绍球员和大学信息的预热节目。

第一次转播在周二早上8点开始，进行了一整天。就像是我们在NCAA篮球锦标赛见到的一样，很多球迷请了病假好在家打开ESPN转播，我们也收到了很多好评和够高的收视率让我们明年继续转播选秀。我们逐渐增加了更多的制作资源以及直播评论员来仔细评价每个队最终的选秀决定。我们录用的其中分析师一个是当时默默无闻的小梅尔·基佩尔，他是一名多年全方位追踪选秀的铁杆球迷。有一年，当我们采访印第安纳野马队总经理比尔·托宾时，一位ESPN的记者告诉他梅尔·基佩尔认为他没有用首轮签选择加州大学的四分卫（后来也成了ESPN的分析师）特伦特·迪尔弗是个错误。"梅尔·基佩尔是谁？"托宾回答。

橄榄球球迷喜欢这个节目，而且还想看到更多内容。不久，联盟和所有球队也都投入更多精力在这其中，结果就是选秀变得越来越完善。最终，它的收视率达到了和橄榄球比赛直播一个水平，而选秀转播也变成了一个持续三晚（周四，周五和周六）的黄金时段节目。接下来，所有的职业体育联盟都希望能够转播他们的选秀。

早期，ESPN转播了很多不同的体育项目，而事实则是我们转播一切我们能转播的比赛。多数时候，我们转播的都是其他频道不要的赛事，这也是因为在ESPN出现前这些赛事没有合适的频道转播。我们早期转播的一些项目包括慢速垒球、大学摔跤、大学足球、大学冰球、加拿大橄榄球、澳大利亚橄榄球、戴维斯杯网球赛、马术障碍赛、爱尔兰自行车赛、爱尔兰芒斯特省板棍球、打猎、钓鱼、飞镖以及高速摩托艇竞速。

我们的节目团队都富有冒险精神，他们的运营是建立在缺少很多调研支持的情况下。他们最为倚仗的就是他们的直觉，而多数时候他们的胆识获得了回报。比如，因为我们没有直播大学橄榄球比赛的权益，我们就录像重播比赛。结果，我工作之一就是周日早上开车到机场去取送到布拉德利国际机场的周末比赛录像带。然后再赶回布里斯托，这样我们就可以周日整天播放这些比赛。总的说来，我们每周放送5场大学橄榄球赛。一堆业内从业者嘲笑我们。但是你猜怎么样！录像延播大学橄榄球成了ESPN最成功的节目之一，也是一个早期频道标志之一。

因为多数我们的早期节目之前从没在全国范围内播放过，ESPN也没有被严肃对待。约翰尼·卡森[1]和《周六夜现场》[2]都取笑过我们，而主流媒体也嘲笑我们。传统电视行业，包括三大频道，也仍然在取笑我们。"讨论他们就是小题大作，"他们说，"ESPN甚至和我们不在一个行业。"

但是最重要的是观众和体育爱好者，他们开始注意到我们转播的赛事。同样的还有美国联赛的总裁、球队老板和教练们。不久之后，ESPN悄悄完成了一系列重要的收购。我们与NBA、NHL、WCT[3]和纳斯卡赛车[4]签下了转播合同。另外，在意大利罗马举行的世界田径锦标赛成为了ESPN首次在海外制作的赛事直播。

---

[1] 美国电视节目主持人、喜剧演员、电视节目制作人。他从1962年起至1992年一直主持《约翰尼·卡森的今夜秀》。

[2] 美国一档于周六深夜时段直播的综艺节目，自1975年10月11日在NBC首播一直播放至今，是电视史上获奖提名最多的节目。

[3] 世界网球锦标赛（World Championship Tennis）是自1968年成立的职业男子网球巡回赛，该项赛事于1990年后停止运营。

[4] 纳斯卡赛车（National Association for Stock Car Auto Racing，NASCAR），全称全国运动汽车竞赛协会，是美国最大的赛车竞速团体。协会最大的三项赛事分别是纳斯卡杯系列赛、全国系列赛和野营世界卡车系列赛。

罗伯托·"记住"·阿洛马

似乎ESPN给体育迷的越多，他们就想要更多。我们开始意识到我们在填补这个需求，并且尝试拼凑出一个24小时的体育赛事阵容，我们做了所有我们觉得说得通的事情，然后我们会倾听观众的意见看他们喜欢什么不喜欢什么。

ESPN试错策略的最好例子就是《体育中心》以及它如何随着时间不断改善。西蒙斯从第一天起就绝对相信ESPN成功的关键，也就是在现在和未来竞争中的差异化体现，正是《体育中心》。格兰德非常同意他的看法。

因为格兰德是《体育中心》里最有经验的员工，他负责新闻内容的选择，并且像他喜欢说的那样"关心他的团队"。格兰德坚信"团队领导他们自己"，他没有什么主管头衔，也从不追求这些。他想让年轻的播报员们自己积攒经验，并且通过观察包括他、吉姆·辛普森和电台实况解说老兵卢·帕尔默在内的行业前辈的工作学习成长。简而言之，格兰德希望《体育中心》成为一个团队并且能够自力更生。

那时，我们一般每晚制作三档《体育中心》，分别在6点、11点和凌晨2点。由于那时还不能够获取美国当天所有早些时候进行的比赛视频，空闲的转播时间一直是个担忧。因此《体育中心》的制片人专注于他们能获得的资源。比如，他们能够录下哈特福德地方频道转播的比赛，这包括了所有纽约和波士顿的比赛。纽约洋基队、纽约大都会队、纽约巨人队、纽约喷气机队、纽约尼克斯队、纽约岛人队、纽约游骑兵队、波士顿红袜队、新英格兰爱国者队、波士顿凯尔特人队和波士顿棕熊队的比赛集锦非常丰富，当然还有哈特福德鲸人队。当内容不足时，我们就会用一些从费城送来的费城费城人队、费城老鹰队、费城76人队和费城飞人队的录像带。至于其他地区的比赛，我们能做的只有把前一天的比赛录像通过飞机送过来（就像我们对大学

29

橄榄球那样）。所以，真正意义上，在很多时候，《体育中心》是昨日新闻今日播。

　　传统上讲，在当时，体育新闻转播经常紧跟着天气预报，被放在当地频道新闻节目末尾。多数情况下，单场比赛的集锦被控制在20-30秒内。但是《体育中心》改变了整个行业，而ESPN的制片人和播报员通过创造了一个全新的播报体育新闻的方式而打出了名堂。一路走来，他们打破了每一条传统体育集锦的规则。比赛片段被延长到1-2分钟。我们不仅全面地分析比赛，而且通过更多的数据和深度评论完善报道。本质上说，每场比赛的集锦都成为了一个完整的故事。

　　只有集锦当然不能填满《体育中心》的节目时间。所以转播团队必须愿意去尝试一些新东西。这时他们就会把所有人叫到一起（播报员、制片人等等）然后说，"好的，开放讨论。任何人的好主意都可以为我们带来成功。"整个团队就会坐下来讨论每个想法的优点（有时他们会激动地互相嘶喊），然后就立刻投入尝试。效果最好的方案就变成固定流程。

　　一个每个人都同意的重要决定就是让《体育中心》的主播们既在演播室主持又到现场去采集故事。格兰德去了棒球世界大赛，克里斯·伯曼去了超级碗，而鲍勃·利去了NCAA男篮最终四强赛，每个人都只配有一个摄像师和制片人。没有人告诉他们不能只靠三个人报道这种大型赛事。他们可以，他们也做到了。然后他们会尽快把录像带空运回布里斯托。

　　还得有人决定哪些新闻是值得被放到《体育中心》里报道的。有时候是一个播报员想出了一个主意然后获得了格兰德或者斯科蒂·康纳的认可。比如，当卡特总统因为苏联入侵阿富汗而号召抵制1980年莫斯科夏季奥运会时，《体育中心》制片人弗雷德·马齐想出了一个主意通过发起一个电话调查来

罗伯托·"记住"·阿洛马

测试民众反应，数字1代表支持，数字2代表不支持。惊讶的是，结果更偏向于支持抵制奥运会，而ESPN也通过调研获得了很多全国曝光。马齐因为他的主意得到奖赏，但这只是他广为流传的故事之一，还有比如在停车场摔倒后浑身是泥地制作《体育中心》以及（传奇之所以是传奇）在白桦树酒吧的电话亭制作节目。

像马齐在内的《体育中心》制片人不可避免地要在节目过程中紧盯时间。他们经常会说类似，"我们节目还富余10分钟，聊4分钟关于国联东区①的内容或者聊5分钟MLB常规赛冲刺阶段。"如果播报员做不到的话，他们就死定了。你必须能够在脱稿的情况下聊体育。

格兰德希望每个人都能带有热情地即兴报道，这样展示集锦给观众就像是记者和他们一起坐在球场看球一样。每个人都得做作业，他们自己的稿子不能依赖其他任何人，因为在现场只有他们自己（《体育中心》记者自写稿件在ESPN变成了一种骄傲和频道特点）。像利和伯曼这样的年轻人可以做到这些，某种程度上是因为他们不会被传统做法束缚。

但是有一次格兰德招进来一个年纪大一些很有经验的记者，然后他的第一个问题就是，"提词员在哪？""我们没有提词人，"乔治回答他，"我们不用提词器。我们付不起。"那个人无法即兴报道，所以他很快就离开了ESPN。

那时，《体育中心》的工作手册很短。我们的年轻记者和制片人不断尝试，不断摔跤。可以接受犯错，但是我们必须反思讨论以确保不会再犯。"你

---

① 国联东区是MLB的两大组织之一国家联盟（National League，国联）下三大分区之一，现有5支球队。

在面对一群想做到最好的年轻人，"格兰德回忆时说，"你不想让他们受挫，因为这会打击他们。所以我会先让事情平息下来，然后第二天再处理错误。而且我尽量从不人身攻击或者带有敌意地谈话。"

逐渐地，早期的《体育中心》团队变得愈发成熟，愈发完善，而成员也都在他们最喜欢的领域工作。利喜欢大学篮球，汤姆·米斯喜欢NHL，帕尔默喜欢高尔夫，格兰德喜欢棒球，而伯曼喜欢NFL。每个人都有他们自己每周的节目，而他们也通过展示他们扎实的体育新闻学素养和独特的个性给各自的节目搭上了烙印。我们那时不知道，让记者真正做自己、做球迷会为ESPN建立品牌，让我们最终在竞争中脱颖而出。

《体育中心》早期，每个播音员为了填满转播时间都是手忙脚乱的状态。"我们就是希望找到太平洋的刘易斯和克拉克[①]，"伯曼回忆时说，"我们知道我们走在正确的方向。但我们真的确信我们能做到吗？我不敢肯定。"

讽刺的是，正是伯曼个性的优势让《体育中心》跃入了美国大众的认识中。他以前一个人主持早上2:30的节目，有时也会和米斯一起。一个早上，他一个人在演播室，在不知道有多少人看节目的情况下可能有些倦了，伯曼不由自主地开始在集锦中给每个棒球运动员起昵称。根据他自己的回忆，他第一个说出的是弗兰克·塔纳纳·"代基里酒"[②]或者约翰·梅伯里·"乡村邮

[①] 指在1804年由托马斯·杰斐逊总统发起，梅里韦瑟·刘易斯上尉和威廉·克拉克少尉率领的远征。是美国国内首次跨越大陆西抵太平洋沿岸的往返考察活动。

[②] 双关，指塔纳纳的姓（Tanana）和代基里酒的常见分类之一香蕉代基里（Banana Daiquiri）中Banana一词的谐音。

罗伯托·"记住"·阿洛马

递"①。立刻,摄像师开始笑,这导致电视画面出现了抖动。然后伯曼通过耳机听到制作人喊到"怎么了?"

并未受到阻力,克里斯继续给更多球员起昵称,随着时间流逝,昵称越起越多。有汤姆·"留给"·西弗②、布鲁斯·"鸡蛋"·本尼迪克③、杰米·"仔"·夸克④、罗斯·"我从未承诺给你一座"·鲍姆加滕⑤、罗恩·"生于美国"·塞伊⑥、戴夫·里戈蒂·"和肉丸"⑦、何塞·"你可看见"·克鲁兹⑧、杰西·"挺着肚子走进"·巴菲尔德⑨、伯特·"到家"·比勒文⑩、罗伯托·"记

---

① 双关,指在 1968 到 1971 年在美国播出的电视剧《梅伯里乡村邮递》。
② 双关,指西弗的姓(Seaver)和 1957 到 1963 年在美国播出的情境喜剧《留给比弗》(Leave It to Beaver)中 Beaver 一词的谐音。
③ 双关,指西方经典早餐本尼迪克蛋(Egg Benedict)。
④ 双关,指夸克的姓(Quirk)和澳大利亚摇滚乐队打工仔(Men at Work)中 Work 一词的谐音。
⑤ 双关,指罗斯·鲍姆加滕(Ross Baumgarten)的姓名和小说《我从未承诺给你一座玫瑰花园》(I Never Promised You a Rose Garden)中 Rose Garden 的谐音。
⑥ 双关,指塞伊的姓(Cey)和摇滚乐专辑《生于美国》(Born in the U.S.A.)中 A 的谐音。
⑦ 双关,指里戈蒂的姓(Righetti)和西方经典菜肴肉丸意大利面(Spaghetti and Meatballs)中 Spaghetti 一词谐音。
⑧ 双关,指何塞·克鲁兹的名(Jose)和美国国歌第一句歌词"哦,你可看见"(O Say can you see)中 O Say 的谐音。
⑨ 双关,指巴菲尔德的姓(Barfield)和美国俚语 Belly up to bar 中 Bar 一词谐音。
⑩ 双关,指比勒文的姓(Blyeven)和美国家长对孩子说的"11 点前到家"(Be home by eleven)中 By eleven 谐音。

体育无处不在——ESPN的崛起

住"·阿洛马①和格伦·"母亲"·哈伯德②诸如此类。

从来没有人做过这样的事,然后很快就不仅仅是ESPN的制片人在说"发生了什么?"全美国的棒球球迷都昂首期待。"他刚说了什么?"人们喜欢伯曼起的昵称,然后他们开始换到ESPN就为了看他。"哦,我真希望他给我最喜欢的球员一个昵称。"他们说到。有些球员甚至打电话到ESPN给自己的昵称提出建议,还有些甚至很生气他们还没有获得一个昵称。没过多久,伯曼的昵称变成了一个全国性的现象,似乎所有人都在引用他。

我们都不知道伯曼给棒球球员起昵称是早期ESPN品牌的构成要素之一,部分是因为很有趣。我们的品牌逐步成形因为我们投入我们手头的任务,那就是把我们相信体育爱好者们会喜欢的一个24小时体育频道的时间填满。如此,可以很准确地说ESPN的品牌发展是因为我们做到了我们服务体育爱好者的宗旨。

ESPN的品牌发展围绕着三件事,三者同样重要(还是一个类似三角凳的情况):1.多样的体育赛事(为了所有体育爱好者);2.对体育报道的承诺(包括深度集锦和讲好故事);3.娱乐(在转播中笑并享受乐趣)。

全国的体育爱好者都开始关注ESPN。他们调到ESPN看比赛、看新闻、被娱乐。但是我们仍然没有盈利。我们的资金非常少,而我们的支出又是巨大的。事实上我们就在烧钱,而多数ESPN成员仍然不确定我们能否成为一家成功的企业。然而,一些早期的事件证实公司有着一群数量不多但是却非常

---

① 双关,指阿洛马的姓(Alomar)和美国历史上知名的阿拉莫之战中的口号"记住阿拉莫"(Remember the Alamo)中 Alamo 一词谐音。

② 双关,指英美经典童谣《老母亲哈伯德》。

罗伯托·"记住"·阿洛马

忠诚的用户群后，我们最终成功了。

比如，当我们的团队到现场去转播比赛，我们经常缺少人手根据每座场馆调试架设我们的制作设备。一天，一名制片人在现场和一名闲逛的电工用一顶ESPN帽子作为交换，让他帮我们搭建设备，而他很高兴地同意了！那个制作人建议其他ESPN转播车开始带些帽子以备需要。"什么？"他们说，"他们想要我们的帽子？"

接下来我们知道的就是我们一些有魄力的团队成员开始私自销售ESPN的T恤衫、帽子和毛衣。他们批发了一批产品，印上了ESPN的标志，然后在现场开始销售。然后体育爱好者们就拥到转播车去买这些产品。这样那些人可以挣些外快（他们也确实需要）。但是，别忘了，这帮我们推广了我们的频道。当然，那是我们在有组织的商品销售部门之前。

另一个ESPN成为一颗冉冉升起的新星的迹象是体育爱好者们开始偷我们在赛事现场挂的ESPN横幅。每个电视台都会挂上横幅，这样他们在转播比赛的时候，镜头拍到边线或者看台时，电视台的标志就会被看到。一场比赛后，辛普森注意到横幅被偷了，然后告诉了我们的一名评述员。"什么？"他回答，"他们想要我们的横幅？"

而最初让ESPN认识到我们确实触摸到了体育爱好者痛点的切实生动的例子则是和澳洲橄榄球有关（我们转播了决赛）。那是个非常粗犷的运动，球员不带头盔和护垫。而裁判则穿着白色外套，看上去更像是药剂师。但是因为这是比赛在美国第一次常规性转播，美国观众有些看不懂。所以我们在屏幕上打出了字样："给我们寄一张明信片，我们会给你寄一本规则手册。"

仅仅通过这一个简单的字幕，我们收到了上万张明信片。而我们传达室的工作人员不得不把这些明信片拖到市场部处理。

05
"这是一座体育城"

"阿尔，我要去得克萨斯面试一个职位，"我说，"但我对它了解不多，你能帮帮我吗？"

那是1982年春天一个周二的早上，我端着一杯咖啡坐在联盟营销部门副总裁阿尔·韦德的办公室里。

"乔治，是什么职位呢？"

"公司的公告板上贴着一张在得克萨斯州的客户主管的职位招聘。我申请了这份工作，然后他们让我飞过去面试。"

"我当然能帮到你。让我先来给你灌输一点信息，然后我在你面试前给他们打个电话帮你打个招呼。"

从我的销售和市场部门伙伴那里，我了解到"联盟"这个词指的是当地的有线电视转播商，也就是说这份工作就是不断到各处推销ESPN，而这正是我想做的。在做了《顶级拳击》的场地管理，为一场NHL比赛帮忙，还在几场篮球比赛中"拉线"之后，我觉得销售和市场的工作远比制片和节目部门适合我。

这不是我第一次寻求ESPN高管的帮助了。几个月前，明确告诉一位高管我的职业抱负之后，他不仅给我写了一份很好看的手写便笺告诉我现在没

"这是一座体育城"

有空出来的职位,还邀请我去他办公室聊聊。这就是ESPN一直以来建立的文化。如果一个年轻的职员想要见他的上级,那么他就能见到并且获得他所需的支持。

我在高中的时候第一次明白要让别人知道你想要什么,那时候我在康涅狄格州河滨镇一家加油站工作。那里有12个员工,其中3个是经理,而当其中一个经理离职后我却没有获得这个机会。于是我就去找老板。"怎么回事?"我问,"我以为按顺序该到我了。"

"好吧,乔治,我不知道你想要当经理啊,"他说。从那以后,我确保别人知道我的目标是什么,尤其是当他们知道我是个非常勤奋的优秀员工,也值得他们给予我一个机会后。所以我一直筹划着去申请第一份销售和市场部门的开放工作,而得克萨斯州的这个工作正是我寻找的。

虽然我毫无销售经验,但我将这次面试视作一个很好的机会。在前往达拉斯的飞机上,我读了好几本韦德给我的贸易杂志,希望能够记住一些概念和专业术语好让我听起来至少不是一无所知。面试持续了几个小时,包括午餐,进行得非常顺利。然后我就满怀希望地飞回布里斯托了。我后来才知道一个大大增加我获得这份工作机会的原因,就是事实上我是唯一一个申请者!

在接到电话通知我被录用的那个晚上,我在走廊撞上克里斯·伯曼,然后告诉了他这个消息。"嘿,克里斯,我要去达拉斯了。"我说。

"哇,那简直就是我们的边疆地区,"他回答,"你去那里干什么?"

"我还不太清楚具体细节,不过我知道我要向整个西南地区的有线电视供应商推销ESPN了。"

"好吧,乔治,祝你好运!"

37

体育无处不在——ESPN的崛起

几周之后，我收拾好行李，搬到了得克萨斯州阿灵顿市。被我们称为"ESPN达拉斯办公室"的部门总共有三人（一位经理，一名客户主管和一名助理），他们负责销售并且把ESPN带到整个美国西南地区。虽然我的正式职务是客户主管，我觉得我还是个ESPN的司机，只不过这一次是我开着车自己去西南五州（得克萨斯、俄克拉荷马、阿肯色、路易斯安纳和密西西比）的每个城市向每个我能找到的有线电视供应商推销ESPN。

我怀着一种对我们公司的乐观和对长期发展挥之不去的疑虑开始了我在美国西南部的穿梭。盖蒂入股的方式是累计投资总计2500万美金，三年实现收支平衡。但是那些钱很快就被花光了，而ESPN每年都亏损大约2500万美金。这样的财政压力，除了其他方面，已经让盖蒂开始重组ESPN的领导成员了。

比尔·拉斯马森在ESPN运营一年后不久就离开了。在1982年6月，主席切特·西蒙斯也被CBS电台的高级主管J·威廉·"比尔"·格兰姆斯所取代。当然，这些变动让内部产生了各种我们即将破产的流言。人们还觉得拉斯马森和西蒙斯的离开是大企业心态的第一个征兆。但是斯科蒂·康纳帮助缓和了焦虑和不安。

格兰姆斯拥抱我们的企业文化，他也常在ESPN的走廊里走动试图认识所有人，即使他的办公室其实在纽约。虽然两地间隔只有110英里，但这个地理距离最终还是成为了布里斯托和纽约分裂的开始。

在我伤心ESPN的创始人拉斯马森（有着热情和ESPN最初想法的梦想家）和我们的主席西蒙斯（非常有才华的体育电视台总监）都离开公司的同时，很明显ESPN仍然需要不断前进。不久我们的新领导就会采取一些重要举措来保证我们羽翼未丰的24小时体育频道未来的成功。

"这是一座体育城"

比如格兰姆斯意识到如果财政状况没有好转的话盖蒂有可能会出售ESPN。毕竟，我们只是盖蒂的投资组合中很小的一部分，而他的主要关注点当然是更能盈利的石油天然气行业。所以，麦肯锡被请来分析ESPN的未来，而他们很快得出结论我们一开始的商业模型是不可行的。那时候，ESPN的唯一收入来源就是广告，而我们其实在花钱让有线电视运营商转播我们的频道。格兰姆斯知道这必须改变，因为如果仅靠微薄的广告费用，ESPN完全不可能和行业巨头频道竞标转播权。我们必须挣得更多。

格兰姆斯立刻雇佣了麦肯锡的首席咨询师罗杰·沃纳，而他们一起制定了一个计划来反转ESPN的商业模式。他们的想法是向有线电视运营商每月每家收取一小笔费用：每月4分钱，而到了1985年已经逐渐增长到20美分。在很快得到斯图亚特·艾维（盖蒂的非石油业务副总裁，负责监督ESPN）的同意后，他们开始准备实施计划。当CBS在1982年秋天叫停了他们仅仅存在一年多的艺术和文化频道CBS有线时，我们开始行动了。

随着有线电视公司股价暴跌，新闻媒体集体质疑行业未来的时候，格兰姆斯和沃纳开始游说大型有线电视运营商。"看，CBS有线刚刚关台，"他们说，"如果你们想让ESPN成为你们频道中的一员，你们就必须支付一定的费用。否则，我们也没法生存。"

从来没有一家有线电视频道尝试过这样新的商务模式。不出意外，无论他们公司规模有多大，多数大型运营商都对付钱给我们不感兴趣。起初只有不到一半公司同意了，而其他公司则需要格兰姆斯和沃纳用持续的推销技巧来说服。

在1983年，美国的大型有线电视运营商屈指可数，但是全国各地有上千个小型的运营商。在格兰姆斯和沃纳尝试说服大公司的时候，说服所有小运

体育无处不在——ESPN的崛起

营商开始支付ESPN订阅费的任务就落到了ESPN的联盟营销团队身上。

我几乎是一到得克萨斯州就开始到每座城镇推销ESPN。我之前从没去过我所负责的这五个州，但是我现在看到并且爱上了这美国的脊梁。因为当地电视台接收的广播信号非常糟糕，有线电视得以在城乡里扎根，我都是从这些地方开始然后再去大城市。

当我开始我的新工作时，虽然每个人都听过ESPN，但是很多运营商并没有转播，而那些有转播的则都以老的商业模式运营。我到了得克萨斯州四个月后，ESPN才开始转换成新的收费订阅模式。对于那些已经有ESPN的运营商来说，转变以前的商业模式很不容易。"什么叫做你希望我们付钱给你们？"他们说，"现在，你不是在付钱给我么。我不懂啊。"

我试着每天完成三次销售拜访，早中晚各一个。虽然这时我已经接受了一些正式的销售培训，我觉得为了能够更成功，我需要更有条理，快速行动并且控制时间。到了晚上，在当地的汽车旅馆，我还给自己充电。为了能够更好地了解行业，我读了很多书来学习有线转播业、电视业以及运营商转播ESPN所带来的销售和市场潜力方面的专业知识。我们增长得那么快，而行业也在随时变化，我必须不断学习。如果一个潜在客户告诉我一些关于我的公司或者行业的信息，而我一无所知的话，这样的后果是我无法承受的。每个晚上，我睡觉前做的最后一件事就是调查我明天要通电话的人，然后我会专门针对这几个运营商打磨我的推销术。总而言之，我有三个每晚都会提醒自己的简单要求：1.要对话，而不是独白；2.倾听和学习；3.建立个人关系。

多数的销售拜访中，我会坐在里屋的一个木箱子上和小型运营商的老板们一起喝咖啡或者吃三明治。我会告诉他们关于ESPN和我们节目的一切：我们现在转播的赛事以及我们正在尝试争取转播的赛事。"我们有这个24小时的频道,而你有有线电视网,"我说,"我希望你能把我们加进去。我相信你的客户会喜欢ESPN的。"

我收到的反应总是差不多。"呃,24小时体育频道听上去有些奇怪,"他们说,"不过我们愿意转播,因为,乔治,你知道吧,我们是个体育城。"

不论我在哪儿——比洛克西、瓦科、图尔萨、巴吞鲁日、温泉城,你说吧——我都被人告诉我在一个体育城里。有可能是为高中、大学、职业体育而疯狂,也有地方可能三者皆有。但是这么多年来,我明白美国每座城镇都认为他们是一座体育城。

看到对于体育赛事的热情是一方面,而有线电视运营商同样需要高质量的节目,我开始对ESPN的未来非常乐观。全美国的独立有线电视运营商都在寻找产品,而很明显这就是对我们的需求。他们开始成群结队地签约,而我们也通过直播中打出字幕来欢迎他们,比如:"今晚,我们欢迎来自科罗拉多州布埃纳文图拉市的顶点有线电视、来自得克萨斯州阿灵顿市的阿灵顿通信有线和来自阿拉斯加州费尔班克斯的前沿色彩有线电视加入我们。你们相信我们。谢谢!"ESPN和这些运营商的商业伙伴关系让我们能够一起成功,而最后,整个有线电视行业都获益了。

虽然增长数字喜人,ESPN的商业模式仍然亟需翻转。而这就是我第一次从一个真正的商业危机中学到的。如果我们不能成功以收取订阅费的方式销售ESPN的话,那公司将不复存在,而这就是真正的动力。通过勤奋和坚持不懈的努力,我们的联盟营销团队在全国范围谈成了超过1000份合同,而这为ESPN坚实的财政稳定打下了基础。那时候我还远不属于公司高层,而正是我们的领导层开发了新的商业模式。相信我,转变这个商业模式并不容易。但

体育无处不在——ESPN的崛起

是我可以很骄傲地说我是实现这一转变中的一员。

***

1984年，一系列重大事件显著促进了ESPN的成长。首先，三大频道之一的ABC通过两次分开的交易（一次和盖蒂石油，一次和盖蒂石油的收购方德士古石油）斥资2.3亿美金收购了ESPN。ABC的创始人和主席伦纳德·戈登森洞悉了有线电视的未来。他认识到有线电视将会飞速发展，而它的未来将会是一个高度集中单一主题的频道，比如全体育、全历史、全艺术、全天气、全新闻等等。远在他的竞争者行动之前，戈登森（和他的大副赫布·格拉纳斯）就开始在有线电视行业做战略投资。

因为ESPN开始看上去能够存活下来，也因为ABC在体育行业有着深厚的历史，他们追逐我们。而且毫不夸张地说，我们的新老板通过标志性的节目《体育全世界》已经为像我们这样的24小时全体育频道的产生和发展铺好了道路。在他们的早期，《体育全世界》是以前从没在电视上出现过的小众体育赛事的先锋，比如墨西哥阿卡普尔科悬崖跳水、斯洛文尼亚的木桶跳跃赛、牛仔竞技、德贝冲撞赛车和羽毛球。而在传奇制片人鲁恩·阿利奇领导下，ABC体育通过转播顶级赛事，包括诸如NFL《星期一橄榄球之夜》、奥运会、印第安纳波利斯500[①]以及英国高尔夫球公开赛[②]，成为了美国转播行业

---

① 印第安纳波利斯500，创始于1911年，是印第赛车每年在印第安纳波利斯赛车场举行的比赛。与摩纳哥大奖赛和勒芒24小时耐力赛合称"三大汽车赛"。

② 英国高尔夫球公开赛，由英国圣安德鲁斯皇家古老高尔夫球协会于1860年开始举办，是高尔夫球四大满贯中最悠久的赛事。

中最顶尖的体育运营频道。在它运营的37年中（1961-98），ABC的《体育全世界》进入了美国的意识流中，甚至连它的开场词"胜利的激动和失败的痛苦"都变得全球知名。

虽然收购完成的时候我在得克萨斯，但就像公司里的其他人一样，我也被深深触动。毕竟，ABC是一个知名转播频道，他们的领导相信有线电视行业的未来也相信我们公司。在ESPN的我们陷入了狂喜。我们知道盖蒂在寻求出售公司，而我们也听到不祥的流言说CNN[①]的特德·特纳，在过去几年多次主动报价后，也在追求我们，而如果成功的话，他计划大副裁员。被ABC收购则改变了一切。这不仅对我们来说是个巨大的认可，更极大增强了我们的节目安排，因为随着我们有了一个新的母公司，我们有能力获得更多的体育节目。另外，多数ABC的高层和ESPN风格相似，因此，我们的文化没有受到影响。最终，我们被允许独立运营。

1984年的第二个为ESPN提供助力的大事件是联邦法院决定NCAA不能再限制大学橄榄球比赛的电视转播。这使得ESPN能够开始转播周六晚上的大学橄榄球比赛。这是ESPN第一次直播大学橄榄球比赛，而这些转播让我们的观众成分中新增了一批主要由高收入男性组成且难以吸引的群体。广告商开始注意到我们升级的观众群，而这对他们至关重要。

我们能够直播大学橄榄球对于安海斯-布希尤其是个好消息，他们在1980年以2500万美金的价格购买下5年的独家啤酒厂商广告。这对于百威来说

[①] 有线电视新闻网（Cable News Network，CNN）是美国的有线电视和卫星电视新闻频道，也是全世界第一家全天候播报新闻的电视台，由特德·特纳于1980年创办，现在全世界212个国家和地区放送。

体育无处不在——ESPN的崛起

是笔很划算的交易，而对于ESPN来说起初也是一笔很好的交易，因为我们非常需要资金的注入。然而随着时间推移，我们愈发受到欢迎开始让其他啤酒厂商敲开了ESPN广告部的大门。最终，我们和安海斯-布希研究出一个双赢合同，结束了这份独家合同，他们是我们的第一个广告商，而我们也对他们很忠诚。

也就差不多在这时候，ESPN正式成为了最大的有线电视频道，用户家庭数量达到将近3000万。也因为我们成功转变了商业模式，我们终于开始盈利了。现在我们的公司至少有机会取得些许成功了。最终，收取订阅费将会成为业内几乎所有频道的共同标准，而在日后将会彻底改革整个行业。

***

早期，正是我们的坚持和他们对体育节目的渴望让多数小型有线电视运营商同意转播ESPN并支付订阅费。但是让我告诉你，这并不容易。

有些运营商联合起来，拒绝付钱，而且还将我们撤下他们的网络。有一次，我在堪萨斯州一个小城市的高中体育馆里，要在全镇人面前和一个有线电视运营商辩论。他是个大概比我大25岁的优雅的律师。我和ESPN的同事兰迪·布朗开车过去，我们还一度路过了小说《冷血》[①]中发生谋杀的小镇，我认为这是个非常糟糕的预兆。我紧张到以至于不得不多次让Randy在路边停车好让我吐。当我们到体育馆的时候，我腹中空无一物，我的面色灰白

[①] 小说《冷血》（In Cold Blood）是美国作家杜鲁门·卡波特于1966年出版的非虚构小说。《冷血》被认为是非虚构小说鼻祖和新新闻主义先驱。

（后来别人告诉我的），而且根本记不得我之前准备的那些重点了。

这场辩论有三四百人来看，持续了一个小时，是那个小镇当晚的主要活动。那时我一定看上去像个菜鸟，而我的对手则是个准备充分能言善辩的演说家。但是事实上我们俩人说了什么并不重要，因为一个站在人群后排穿着蓝衣服的农民抢走了所有人的注意。他三次打断了辩论。

"我不在乎这些玩意儿！"他说，"我就是想看ESPN！"而他每这么说一次，人群欢呼和鼓掌的声音就高过上一次。

就这样，我赢得了辩论！但是我可以肯定地说这和我的口才没有半点关系。

毫无疑问，第二天，我的辩论对手把ESPN重新加入了他的频道。我认识到我们的产品是观众真正喜欢和想要的。我们只要确保每个人都知道这点即可。

06
"现象级"节目

当芝加哥有个岗位空出来后我决定做出改变。这是一个平级的联盟营销部门客户主管的职务,负责中西部地区五个州的销售:密苏里、俄亥俄、印第安纳、伊利诺伊和密歇根。

"乔治,你要申请那个位置吗?"当我和一个同事站在公告板前的时候,他问我。

"我每天都在申请那个位置。"我回答。

我不是想表现得不礼貌,而我的朋友也明白我的意思。在ESPN里没有兼职员工。我们勤奋工作。这是我们身体的一部分。我还想要调到其他地方并且往上升职。我认为改变是好的,因为如果我可以亲身在这个国家不同地方体验不同的规则,我就能够更好地了解这个行业。

虽然勤奋工作一直是我体内的一部分,但我现在有额外的动力成名立业,因为我刚刚结婚。我的妻子安和我在圣安东尼奥的一个有线电视大会上认识。我们都来自康涅狄格州,然后想着如果能够在芝加哥生活和工作的话会是一段有趣的冒险。所以当我得到这份工作,我们立刻往北搬去。但是在安获得迪士尼在芝加哥当地办公室的职位不久,我就接到了一通来自布里斯托的电话。"嘿,乔治!丹佛的经理职位空出来了,是你的了,打包过去吧!"

第二天，安（刚开始她第二天工作）辞职了。"真抱歉，"她说，"但是我的丈夫刚刚调动到科罗拉多州去了。"她知道这对我是个重要的机会，而她都没思考第二次。那种支持对我来说就像全世界一样，而我也知道我有个伟大的妻子。所以在搬到芝加哥三个月后，我们搬到了丹佛，在那里我成了ESPN落基山地区的一分子。事实上，就像在达拉斯一样，这也是个只有三个人的办公室（包括我）。只是这一次，我成为了经理。

在我职位变动的同时，ESPN同样经历了一些转变。1985年3月18日，来自纽约州奥尔巴尼市的大都会通讯公司宣布以令人惊讶的35亿美金收购ABC大部分业务（包括ESPN）。在那年之前，ABC的主管已经基本完全让ESPN自行运营，唯一的例外则是鲍勃·艾格。艾格一路从ABC体育升迁上来，他尽自己所能给予ESPN更多的价值。而立刻我们就收获了两份顶级节目。首先，我们拿下了美国高尔夫公开赛、英国高尔夫球公开赛以及美国职业高尔夫球协会锦标赛的周四和周五的转播权，也就是职业高尔夫四大满贯中的三项。第二，ESPN能够转播更多的大学橄榄球比赛，部分是因为ABC在谈判中提供的帮助。

大都会通讯公司的核心是两位电视行业的支柱，汤姆·墨菲和丹·伯克，他们两个人都支持"去中心化管理"的理念。这个理念是每个领导都去自由管理他们的部门，只要他们保证他们的开支在预算之内并且一直以诚为本。所以现在我是在丹佛的新任经理，我知道我被期望在没有来自总部高度监督的情况下运营我们的团队。

只有27岁而且工作经验并不多，我对我的新工作非常严肃。我很快就认识到当你成为经理后，人们会以不同的眼光看你。所以我感觉我必须每天穿着整齐、保持乐观，用我的工作道德成为模范并取得成绩。即使我们公司只

体育无处不在——ESPN的崛起

有三个人，我们仍然是ESPN面对公司最大客户们的代表，因为在那时丹佛是美国的有线电视之都。每个主流运营商都在那里，包括行业领导联合有线，TCI以及ATC[①]。我的主要目标就是会见这些公司的高层以及建立私人关系，这样我才可以更有效地代表ESPN的利益。但是我知道要做到这些，我得先赢得他们的信任。

那些年我认识了很多成功人士，但是其中最杰出的是比尔·丹尼尔斯，他是一个商业传奇。经常被称为"有线电视之父"，丹尼尔斯开始了有线电视中介运营并且资助独立企业家以股权百分比作为回报。他通过洞察到有线电视行业能够到达怎样的高度并且将其兑现来积累个人财富。他将公司称为丹尼尔斯联合公司，公司大厅有一块石板：对我来说最好就足够了。

幸运的是，丹尼尔斯喜欢我并且总是确保我们在丹佛每次重要社交场合都有机会交谈。很多次，这样的场合发生在他的19500平方英尺的豪宅里，他称之为有线王国。它搭配着最前沿的科技并且一度有一面挂着64台电视的墙，每台电视都放着不同的有线电视频道。在那时，丹佛的有线电视行业是一个绝对的社交场合。整个行业感觉就像是要起飞一样，而行业的每个人都出现在丹尼尔斯组织的活动中。

有线电视频道帮助了行业的建立与成长，像CNN、MTV和USA[②]都做得很

---

① 美国电信公司（Telecommunications, Inc.）和美国电视通信公司（American Television & Communications）。

② 全球音乐电视台（Music Television，MTV）于1981年开播，是一档以音乐视频为主的美国付费电视频道。USA电视台自1971年开播，是一档以娱乐及电视剧为主的美国付费电视频道，同时有体育赛事转播。

"现象级"节目

出色。但是有线电视运营商想要更上一层楼，而结果是整个行业都在要求更好的节目，尤其是ESPN，因为体育是如此受欢迎。每个人都在抱怨有线电视几乎没有什么首播节目。有线电视频道里可没有像《宋飞正传》、《考斯比一家》[①]或者《周六夜现场》这样的独家节目。"增长在哪里？"有线电视运营商想要知道，"为什么我们不能有些节目让观众说'我必须要开通有线电视，因为我必须看那个节目'呢？"

TCI的高层约翰·希提出了一个理念："现象级"节目，而它也变成一种号召。没过多久，运营商开始经常问我："什么时候ESPN能够给我们"现象级"节目，乔治，"他们问我，"什么时候呢？"

事实上，ESPN在不断加入他们的频道里。除了签下新的体育合同外，我们还在开发新的创新性体育节目。一个好例子就是《美国校园体育》，它讲述整个国家高中运动员的故事。它在1986年首播时由年轻的克里斯·福勒主持，ESPN给他提供工作时他刚刚从科罗拉多大学毕业一年。"我当时在丹佛当地的NBC电视台做着像吉米·奥尔森[②]一样的初级记者工作，"福勒回忆到，"人们建议我留在这里然后按部就班地慢慢升职。但是ESPN看上去很有想法，另外我喜欢通过这个非传统的方式进入体育行业。这听上去很有趣，所以我接受了这份工作。"

福勒和《美国校园体育》团队整个学年都出差在外来制作每周一期的节目。那是个非常年轻的团队，既拥有能量也有干活的决心。福勒那时候看上

[①] 《宋飞正传》和《考斯比一家》都是美国极受欢迎的情境喜剧，由NBC制作。
[②] 吉米·奥尔森是DC漫画《超人》中的虚构角色，他在其中的形象是一名年轻的记者。

体育无处不在——ESPN的崛起

去很年轻，以至于他多次在高中被错当成学生而要求出示校园通行证。随着时间推移，他们记录了上百名年轻的高中运动员，包括未来之星埃米特·史密斯（橄榄球）和阿郎佐·莫宁（篮球）。而作为丹佛办公室的主管，我认为《美国校园体育》是那种能够制造不同的很棒的节目。每次他们在落基山地区拍摄节目时，我们都确保当地有线电视运营商知道，这样他们可以产生更多好评。

虽然像《美国校园体育》这样的原创节目很受欢迎，他们仍然不是有线电视运营商在寻找的"现象级"节目。事实上，从赛事角度出发，我们知道什么能让他们真正高兴。他们都想要NFL，而那时候NFL只能在广播频道中看到。我们明白，如果有线电视频道能够转播NFL，那就是"现象级"节目。

ESPN从创始之初就一直渴望获得职业橄榄球转播。我们起初转播加拿大橄榄球联赛，在早期表现不错。而到了80年代中期，ESPN则真正将我们的视野放在获得NFL某些场次的转播上。有一次，我们构思把《星期一橄榄球之夜》从ABC（我们的姐妹公司）挪到ESPN。但是由于节目本身价值巨大，计划最终流产了。

同时，从1983年到1985年，ESPN（和ABC）转播了USFL[①]，这个联赛成立的部分原因是由于对NFL停摆8周的不满。包括丹尼尔斯在内的一群人一同在全国主要市场组建了12支球队（其中9支在NFL球队所在城市）。令人惊讶

[①] 美国橄榄球联赛（United States Football League, USFL），成立于1983年，在1985年第三个赛季结束后联盟停止运营。

"现象级"节目

的是，新联赛立刻通过用价值数百万美金的多年合同签下大学橄榄球球员的方式成了NFL的对手。比如赫舍尔·沃克（1982年海斯曼奖[①]得主）在大三结束后从佐治亚大学退学并和USFL的新泽西将军队签约。他签下了一份在当时刷新金额纪录的三年400万美金的合同。

当ESPN的前主席切特·西蒙斯成为USFL的总裁后（在丹尼尔斯的任命下），ABC和ESPN同意以两年2900万美金的价格转播USFL的比赛。ABC的协议（2300万美金）涉及21场比赛，包括周日下午的每周焦点赛、一场黄金时段的夜场比赛、分区季后赛和冠军赛。ESPN较便宜的合同（600万美金）则包括每周两场黄金时段的比赛转播（周六和周一）。

不幸的是，USFL只持续了三个赛季。它死于低上座率、球队老板之间相互冲突的计划以及一系列非常糟糕的商业决定。比如球队老板们在仅仅1年后将联赛从12支队扩张到18支，而在第三年结束后决定通过将赛程从春夏两季挪到秋天来直接和NFL竞争。更糟糕的是，USFL决定发起对NFL垄断行为的联邦反垄断诉讼。（事实上，他们赢了官司，但是被奖励1美金赔偿，翻成三倍总计3美金。）

所以在三个有趣且偶尔精彩的赛季后，USFL的老板们停止了联赛并且和所有球员解约。然而，USFL给ESPN带来了明显的提升。我们可以实施一些创新，比如第一次立体声体育转播（1983年6月20日费城星队主场对阵奥克兰入侵者队）。另外，我们的收视率有了明显的激增，而我们也能够开始和主要广告投放商进行合作（比如福特、美国汽车、杜邦、通用汽车、美泰尔、米

[①] 海斯曼奖，又称海斯曼纪念奖，是每年一度颁发给美国大学橄榄球最佳球员的奖项。

其林、尼桑和天美时），他们都在未来提供了宝贵的持续商业合作关系。

到1986年，ESPN势头非常好。我们拥有了3900万家庭用户并且向我们的节目中持续添加新的体育赛事。比如那一年我们直播了84场赛车比赛，其中多数都是纳斯卡赛车。ESPN对纳斯卡的转播开始于1981年，这要感谢我们的节目部领导史蒂夫·伯恩斯坦，他和小比尔·弗朗斯谈妥了转播合同（老比尔·弗朗斯在1947–48年成立了纳斯卡赛车）。回到1981年，纳斯卡还主要是个南方的体育赛事，而且主流频道不太感兴趣。因为弗朗斯相信ESPN能够提供曝光在全国范围内推广他的赛事，也因为他一直想让他的伙伴发展顺利，他以一个非常合理的价格将转播权出售给我们。

当ESPN开始转播第一场纳斯卡比赛的时候，很多赛道的上座率很低。但是纳斯卡的观众注意到了我们开始直播比赛。就像是大学篮球观众一样，他们也开始去酒吧或者订酒店房间来观看ESPN。我们不间断转播自然包括采访车手、老板和他们的车队，以一种在全国范围内从来没有过的力度推广纳斯卡。纳斯卡赛车的观众是体育观众中最忠实和狂热的车迷，不久他们开始要求他们当地的有线电视运营商增加ESPN。事实上纳斯卡和ESPN共同成长。我们的电视转播给他们提供了全国性的曝光，而他们的观众也为我们增加了更多广告收入和订阅需求。

除了创纪录的纳斯卡转播数量以外，ESPN在同年还转播了1986年墨西哥足球世界杯，并且和NHL签订了一份新的转播合同，包括创纪录的斯坦利杯季后赛转播数量。但是最重要的是，ESPN转播在澳大利亚举行的美国杯帆船赛取得了令人惊讶的成功，那正是全国有线电视运营商所追求的真正"现象级"的节目。

虽然是体育界最古老的赛事之一，但是直到来自圣迭戈游艇俱乐部的丹

"现象级"节目

尼斯·康纳在1983年输掉了从罗得岛州纽波特市出发的比赛，只有狂热帆船爱好者才听说过美国杯帆船赛。从赛事创始元年到那时，美国在132年的比赛中保持不败。但是现在康纳要去把奖杯夺回来，而全国各地的美国人都翘首以待这次挑战。"那是我们的奖杯！而我们想要夺回来！"这是一种普遍的态度。

因为ESPN转播了1983年美国杯帆船赛部分赛事，我们的三位高层比尔·格兰姆斯、罗杰·沃纳和伯恩斯坦相信美国国家自豪感和支持美国作为挑战者客场作战的结合将会吸引观众。所以他们承担了相当大风险拿下了1986–87赛事的全部转播权（大约总计70余小时的转播）。

当然在ESPN宣布他们的计划时，多数评论人毫不感冒并认为这赛事简直无聊透顶。然而，一流广告商则有不同看法。因为美国杯是帆船赛中的顶级赛事，赞助商很快买光了ESPN的广告时间。最终，从1986年10月到1987年2月，美国家庭的深夜时间（美国时间）被优美的印度洋景色和实时帆船赛所占据。

为了制作我们的赛事转播，ESPN的团队包括杰夫·梅森、杰德·德雷克和前美国杯冠军得主加里·乔布森。他们的一个创新是将唇膏容器大小的小型电视摄像机（称为百威游艇镜头）放在康纳的帆船上，而这从多个角度提供了令人激动的转播画面。观众们可以看到船员的面孔，包括在各种困难的情况下矫健地扬起风帆，而这也向观众展示他们是技术高超、反应迅速的运动员。运动和电视画面非常迷人。

美国杯对于ESPN来说是有突破意义的成功，更不用说创下的收视率新高。《纽约时报》用了头条故事来报道转播，记录人们是如何组织深夜和凌晨派对来观看比赛，或者聚集在酒吧为美国队助威。强尼·卡森和大卫·莱

体育无处不在——ESPN的崛起

特曼[①]没有讽刺我们，而是认可了精彩的赛事。事实上，ESPN美国杯帆船赛的平均收视率是3.4，相当于有140万家庭观看了比赛，7倍于深夜档的平均观众数。最后一场比赛获得了4.5的收视率，顶峰时期有创纪录的27%的美国观众熬夜观看康纳的星条87号面对澳大利亚卫冕冠军帆船笑翠鸟三世连赢四局（7局4胜）。

第四场比赛后的上午，我接到了一个来自丹佛最大的有线电视运营商主席的电话。他听上去非常严肃和生气。"乔治，我有个问题要和你说。"他说。

现在，我对运营商高层们打电话提出各种意见已经习以为常，所以我激励了我自己，然后问他有什么问题。"乔治，我昨天一晚上没睡，因为我看了一整夜的帆船赛！这都是你的错！"

［在康纳的帆船上放置小型摄像机是ESPN最早的荧幕创新之一。其他还包括橄榄球的第一次进攻黄色指示线（第一次进攻十码线），底部比分滚动以及棒球的投球指示区。］

---

① 美国脱口秀主持人、喜剧演员、电视节目制作人。他从1982年起主持脱口秀，到2015年总共在NBC和CBS主持超过6000集脱口秀节目。

07
《星期天橄榄球之夜》

不寻常和创新的美国杯帆船赛转播给ESPN带来了评论家前所未有的称赞，这提高了我们在媒体行业的地位，也为我们在国内和国际转播版图上赢得了一席之地。令人惊讶的是，美国杯帆船赛转播的势头奠定了我们第一份NFL转播合同的基础。

当USFL在1985年停止运营后，同样停止的还有ESPN对职业美式橄榄球的转播（我们仍然有加拿大橄榄球转播）。虽然我们从未停止获得NFL转播的尝试，直到我们了解到有线电视运营商把ESPN晾到一边，自己成立了一个联盟（叫做有线电视橄榄球频道）去和NFL谈判时，我们才真正开始加速行动。这个信息着实在我们的管理团队中点了一把火，他们现在的挑战是抢在我们的客户之前先发制人。有趣的是，这个意外的竞争在丹佛有线电视行业从业者中产生了些大阴谋，而我发现自己正处在中心位置。

那些我拼尽全力发展的私人和职业关系这时显得价值连城。在周日，几乎行业内的每个人都会去看丹佛野马队的比赛，而当我从一个包厢去另一个包厢打招呼的时候，获取NFL电视转播的可能性突然就成了所有人唯一想要聊的话题。有时人们主动提供信息，但多数时候都是我用问题轰炸他们。"哪些运营商在联盟里？""他们想要和NFL谈一个什么样的合同？整个赛季？《星期一橄榄球之夜》？还是其他什么？""他们给联盟的推销策略是什么？""为什么NFL愿意直接和运营商谈合同？""多少钱能够谈下来？""运营商们又要怎么付钱？"

在一场比赛的中场休息时，一位高管把我拉到一边，给我看了一个手写的运营商给NFL的报价。"乔治，你必须现在就在这儿看完，"他说，"你不能复印，也绝对不能带走。"这位高管把我当朋友，所以帮了我一个大忙。正是这个表态以及其他的细节，让我看清运营商们无法就计划达成一致。有些人希望在ESPN之前拿到NFL转播权，而有些人则希望我们先拿到。造成这样的分歧完全是财政原因。如果运营商谈成了转播权，他们必须事先支付上千万美金。而硬币的另一面，如果ESPN获得了转播权，就是我们得想清楚怎么去付钱。这不是个简单的选择。无论如何，既然运营商无法达成一致，ESPN就有了取得转播权的机会。但是我们必须快速行动。

在ESPN高级管理团队试图和NFL达成周日夜场比赛转播协议期间，我成为他们备受信任的助手。毕竟，丹佛是美国的有线电视之都，而我则负责ESPN丹佛办公室。所以，形式所迫，我开始直接和公司高层直接交流。基本上，我会从前线获取情报，然后汇报给布里斯托和纽约。ESPN的主席比尔·格兰姆斯和我们的执行副主席罗杰·沃纳亲自花费无数小时和NFL总裁彼得·罗兹尔谈判。

有一度，约翰·希（有线电视联盟领导人）向ESPN提议我们转播《星期天橄榄球之夜》，但是联盟会拥有NFL的合同。然而，汤姆·墨菲和丹·伯克立刻拒绝了提议。"为什么要让你们最好的产品握在别人手里呢？"他们说。最终，我们成功让罗兹尔和NFL相信ESPN可以做好转播，而且和我们合作将是最好的选择。所以，我们获得了这份具有里程碑意义的合同，而ESPN的

《星期天橄榄球之夜》也正式出炉。

　　1987年NFL首次将他们的比赛放到有线电视频道上。这不仅是他们第一个有线电视转播合同，更是他们第一次在周日晚上举行比赛。我们的合同包括了接下来三年常规赛下半程的8场比赛。我们同样获得了4场季前赛和明星碗①的转播权。作为回报，ESPN同意支付1.53亿美金（在那时是个天文数字）给NFL。当合作的消息在内部被传开时，在ESPN普遍的看法是喜忧参半。"太好了！我们拿下了NFL！我们已经登上了大舞台！但是等一下！每年5100万美金？我们怎么付得起？"

　　在一系列内部讨论后，ESPN的管理团队决定通过设定一个有线电视运营额外费用来支付这笔版权费用。在那时，这样的想法很有创意，也很有风险，因为从没有人尝试过。很明显，ESPN在1982年收取订阅费改变了原有的商业模式使这一步变得可能。到1987年，ESPN的订阅费已经上升到了每户每月27美分。我们估计如果每个运营商都选择《星期天橄榄球之夜》套餐的话，还需要每户每月额外9美分的收费。这会让ESPN的新月费上升到36美分，也就相当于上升了33%。说得委婉一些，运营商明显不会喜欢的。

　　因为我主管ESPN的丹佛办公室，我的一个重要职责之一就是和ESPN的高管合作批量推销额外费用。我立刻就知道这要付出巨大的努力，因为多数运营商都勇敢地尝试为他们自己获得NFL转播权，但在他们的联盟分裂后不得不放弃。这是个很自然的反应，我相信，他们很多人都对ESPN很生气，而

---

　　① 明星碗是 NFL 的全明星赛，参赛双方是 NFL 的两个联合会（美国橄榄球联合会和国家橄榄球联合会）各自明星球员组成的球队。明星碗现在的举办时间是 NFL 总决赛超级碗举行前一周。

且反对我们。

我们从接触那些诚实且直率的有线电视运营商开始我们的销售努力。"好吧，是你们最早想要'现象级'节目的，"我们说，"现在我们终于拿到了，而如果你们希望它成为你们获得的ESPN服务的一部分，就必须要为此付费。"我们还直接明了地告诉他们我们付了1.53亿美金拿下NFL的三年转播权，而这个额外收费的目标就是收支平衡。"我们会非常民主和公开，你们会看到这个费用是如何计算出来的。"我们说。

实际上，这笔额外收费的实施将会基于我们所说的"每户订阅"的基础上。"ESPN的费用是每年5100万美金（1.53亿除以3）。如果我们能让现在所有的用户都签约的话（4500万用户），那就会是每户每月增长9美分。这就是我们的收支平衡点。"然后我们保证会给他们的会计公开所有的数字和计算。这笔额外费用包括了我们的制作费用，以及一个额外的好处来帮助运营商支付它，我们将会给他们每场比赛4分钟的当地广告时间，而这也是史无前例的。最后，我们告诉他们如果他们在某个特定日期的零时前签约，他们会收到最好的价格。如果他们不想要NFL《星期天橄榄球之夜》的话，他们不需要接受，或者他们想要在截至日之后签约的话就要支付20%的惩罚金。"但是你们的客户会想要这个产品的。"我们告诉运营商们。

因为这仍然发生在有线电视行业整合之前，我们仍然需要和上千个不同的运营商谈判。最后，99%的运营商都签约了，但是我们的传真机在截止日的午夜还在不停地工作。

在我所有私人客户列表里，只有一个运营商我没能说服他接受合同。他的名字是伦纳德·陶，他拥有康涅狄格州的世纪通信公司。当我升职为丹佛的经理时，我要求再负责一个东部的客户，这样我和我的妻子可以不时回

《星期天橄榄球之夜》

来看望家庭。"当然，乔治，我们会给你一个客户的。"他们和我说的时候还笑着眨了眨眼。陶既是一个商业传奇也是个非常棘手的客户，因为他特立独行。然而，我们还是成为了朋友，也因为有线电视谈判经常持续到工作时间之外，我在截止日的晚上9点打电话给他，坦白地告诉他。"伦纳德，结束了，"我说，"没有人再抵抗了，所有人都签约了。"

"不，乔治，"他回答，"我不会接受的。"

"伦纳德，你的用户想要看NFL。不要让自己付出额外的代价，因为我们不会改变截止日的。我们不能这样。这事关我们在行业内的信誉。我们告诉所有人必须在午夜前签约，而如果你在两天后才打电话给我们的话，你就要额外支付20%。我是你的客户经理，而我要告诉你是时候做决定了。"但是陶是个顽固的人，他仍然说不。〔没过多久，陶认识到《星期天橄榄球之夜》将会是个巨大成功，签了约并且支付了惩罚金。〕

1987年8月10日，ESPN直播了第一场在有线电视上放送的NFL比赛——一场在芝加哥熊队和迈阿密海豚队之间的季前赛比赛。几乎所有ESPN员工都观看了那场比赛，因为我们都希望能够见证这一历史时刻。而9.9的收视率和380万家庭观看比赛，也成为了那时ESPN收视率最高、观看人数最多的节目。

在比赛之外，NFL的合同还孕育了一些对我们非常重要的新节目。比如在每周日7点开始的《NFL黄金时段》，因为我们的新合同可以播放不限量的赛事集锦。于是，成为了ESPN首席NFL主持人的克里斯·伯曼和丹佛野马队名宿汤姆·杰克逊一起在这档节目中回顾当天的比赛。由包括乔·蒂斯曼、史蒂夫·扬、迈克·迪特卡、罗恩·贾沃斯基、安德烈亚·克雷默、基肖恩·约翰逊、克里斯·莫滕森、亚当·谢富特、克里斯·卡特和苏兹·科尔

59

伯在内的明星阵容领衔的《NFL黄金时段》和《NFL比赛日》在过去这么多年一起成为了ESPN标志性节目。

在广告端，我们能够卖掉所有NFL比赛的广告时间（总计34个全国广告商），外加我们新增了额外500万订阅用户。这意味着另有10%的用户在支付更高的每户订阅费。所以现在我们有了更多有线电视订阅户、更多观众、更多广告商，以及自然而然更多资金。你可以算算。我们拿下《星期天橄榄球之夜》不仅是ESPN收获了一个"现象级"节目，更是对整个行业的催化剂。

总而言之，1987年是ESPN历史中至关重要的一年，对一个电视频道来说是历史上最成功也是最具戏剧性的经历。除了转播美国杯帆船赛和拿下NFL转播以外，我们将印第安纳波利斯500计时赛、NHL斯坦利杯季后赛和戴维斯杯网球赛添加到了我们的节目阵容中，而ESPN的收视率也上升了33%。

一种巨大的骄傲感开始在整个公司蔓延。每个人都知道我们已经转危为安而且已经登上了主流体育的大舞台。在创立仅仅8年后，ESPN终于进入成年期。我们已经把我们的海外转播扩展到四十余个国家并且进入4500万个美国家庭（第一个获得超过50%美国市场的有线电视频道）。至今，ESPN仍然是美国最大的有线电视频道。

***

当我在ESPN的达拉斯、芝加哥和丹佛前线时，布里斯托总部随着公司的成长经历了一些波澜。ESPN任命了一些新的经理，而他们的理念与ESPN的价值和文化相悖。基本说来，他们希望让我们做很多更像一个传统广播频道的事情。比如，《体育中心》被砍到了15分钟，看上去更像是一个当地的新闻节目。这已经足以让人们沮丧，但是当他们要求克里斯·伯曼停止起昵

《星期天橄榄球之夜》

称（并且尝试让其他播报员变得更加古板），士气急速下滑。《体育中心》开始脱离正轨，并且最终跌入谷底——收视率被CNN的体育节目《今夜体育》反超。

随着表现下降，新的经理开始进行裁员，情况变得很糟糕。尤其是在《体育中心》内部，几乎每天都会成为很多员工在公司工作的最后一天。比如鲍勃·利，在没有合同的情况下工作了一年。他已经开始找另外的工作并且几乎要离职。有的人确实离开了，包括像萨尔·马尔基亚诺和格雷格·冈贝尔这样可靠的播音员。连一直在尝试保护《体育中心》员工不受周遭影响的乔治·格兰德都不能再忍受，跳槽去了纽约洋基队工作。ESPN的布里斯托分部变成了一个很难工作的地方。

在纽约和布里斯托之间不断酝酿的分裂也在这个期间扩大了，这既是好事也是坏事。好的是纽约信任ESPN最初的文化，并且允许布里斯托自主运营，坏的是纽约高层没有立刻意识到问题，情况也因此不断恶化。这有几分讽刺，但是位于布里斯托竟然成为了ESPN的巨大优势。

布里斯托不是一个大的财富500强类型的企业总部。它有着很强的蓝领工作精神以及以人为本的文化，关注平等对待每个人。而在这个困难时期，ESPN的员工保持着他们在公司成立早期形成的纽带。起初，他们非常团结以至于忽视了高层的争执，一直低着头做出优秀的节目。然而随着时间推移，他们开始反抗并且排斥不能够接受我们价值观的人。

团结一致，每个人做他们部门应该做的事是ESPN文化的一部分。最终，很多观众都对《体育中心》的改变提出投诉，而媒体也抨击ESPN将节目从一个小时砍到15分钟。另外，在一次黄金时段的采访中，堪萨斯城皇家队的全明星三垒手乔治·布雷特表达了对克里斯·伯曼被要求停止起昵称的不满。当

61

球迷听到后，他们造反了一样通过电话或者邮件的方式发出了上万次投诉。

造成问题的经理最终被开除，而《体育中心》则摆脱束缚并且恢复常态。节目回到一个小时，而克里斯·伯曼又开始起昵称了。在事后回顾问题时，体育爱好者（我们的观众）制造了不同。而对我来说，这是至关重要的，因为ESPN的非官方宗旨一直是"服务体育爱好者"。

***

到了1988年，我已经度过了我的30岁生日，并且前途看上去一片光明。因为我在丹佛的工作，我获得了上司的信任，他们认为我在一个对公司非常重要的部门做了很出色的工作。一路上，我学习到了ESPN商业的基础以及如何在企业环境下成为一个更好的领导。我还很高兴地组成了一个美好的家庭（我的女儿，凯特，一岁了）。然后，在二月，我得到提升成为ESPN东部地区联盟营销的主管，而这需要搬回布里斯托。我们要回家了。

***

我在ESPN布里斯托总部作为中层销售经理的第一周，碰到了克里斯·伯曼。"嘿，乔治，你回来了！"克里斯说。

"嗨，伙计。是啊，我回来了。"

"这段时间怎么样？"

"哦，挺好的。"

当我和克里斯在聊天叙旧的时候，我突然听到了一声巨大的铃响。

"那是什么？"

"哦，那是约翰·沃尔什，"他回答，"他在召集一个会议。"

《星期天橄榄球之夜》

"他要开会的时候就响铃？"

"是的。一开始还不太好使。但现在大家都习惯了。"

约翰·A·沃尔什在1987年末起初是ESPN的咨询师，随后被史蒂夫·伯恩斯坦雇为总编辑。这个任命最震惊我的是沃尔什从没有在电视行业工作过。他的背景是印刷新闻业，他做过包括《滚石》和《华盛顿邮报》的《体育业内》在内一些主要出版物的编辑。伯恩斯坦希望通过高质量的新闻工作来提升ESPN的声望（在我看来，我们从没有在这方面受到足够的肯定），而我们需要创新的想法让它实现。所以，通过选择沃尔什，伯恩斯坦任命一个非常规的人负责一个传统的职务。

我猜你可以说沃尔什是非传统的。他是一个有着大胡子的白化病患者，看上去像圣诞老人一样。他诙谐、外向、有趣并且行动迅速。他是我认识的最令人难忘的人之一，而不久之后，他就会改变ESPN的现状，并且因为他的行为而受到赞美和批评。

沃尔什第一次来布里斯托的时候，一名ESPN传达室的司机被要求去接他。"嘿，孩子，去这个法明顿的酒店接约翰·沃尔什，然后带他回来。"

"好的，"年轻的迈克·麦奎德回答，那是他在ESPN的第一天，"我要怎么认出他来？"

"别担心，你不会找不到他的。他是一个白化病患者，他会在大厅等你。现在出发吧。"

当麦奎德到了酒店的时候，他发现一个大横幅写着"欢迎全国白化症协会"，他们正在这个酒店开年会。而当他走进大厅时，到处都是白化病患者。

幸运的是，麦奎德是一名ESPN传达室的司机。他找到了沃尔什，欢迎他加入ESPN，开车送他回到布里斯托，顺利完成了自己的任务。

08

万福玛利亚

当地震来袭的时候,烛台公园球场的62000名球迷已经基本入座了。击打训练已经结束。拉里·加特林和加特林兄弟乐队也已经唱完了国歌。ABC体育团队的阿尔·迈克尔斯、蒂姆·麦卡弗和吉姆·帕尔默都在报道这个令人兴奋的夜晚。这是在星光灿烂的旧金山巨人队和不受尊重的奥克兰运动家之间进行的棒球世界大赛的"湾区德比"。这场比赛被宣传为啤酒对红酒、汉堡对牛排。运动家队已经在奥克兰竞技场赢得了前两场比赛。现在轮到巨人队在主场比赛了。

ESPN在现场提供赛前和赛后的转播。我们的卡车停在体育场外正对着中外野[①]的地方,所以我们的运营制片人罗恩·塞米奥(我们的25人团队成员)带来了一个备用的柴油发电机以防出现问题。

我们的团队完成了赛前节目,并且已经就位等待比赛开始。记者鲍勃·利、克里斯·伯曼、克里斯·迈尔斯、乔·托瑞(他正处在教练待业期)和制作人约翰·哈姆林都被安排去了一个几乎位于球场最顶层的备用媒

---

① 棒球术语,指通常由草地组成的外野区域的中间部分。

万福玛利亚

体席。事实上，那更像是位于本垒①后面供技工更换球场灯泡的棚屋。席位上装着几台电视显示器，这样他们就能够看到ABC的转播。我们的工作暂时结束了。他们很放松，亲密地聊着天并期待着比赛开始。那天天气很棒，非常暖和，没有风。

1989年10月17日下午5：05，一种像是正在发动的卡车引擎声越来越大，直到地面震动的感觉像是人在水床上一样。望过球场，人们可以看到上层看台的栏杆像波浪一样起伏。界杆②就像节拍器上的针一样前后晃动。而球场中外野的伸缩缝从顶部一直到地面裂开了6英寸。ABC的电视画面变黑，而最后观众听到的则是迈克尔斯说，"你知道，这里的……"然后所有的电源都停止工作了——显示器、记分牌、灯光都熄灭了。利手划十字圣号。"万福玛利亚，充满恩典，"他开始祷告，"上帝与你同在。有福是你在妇女……"然后，在利完成他的祷告之前，晃动停止了。

当所有人都意识到刚才发生了什么时有一瞬间的沉默。然后，很多在球场下层的观众（那里震感相对弱一下）开始欢呼和唱歌，"我们将震撼你！"他们仍然处于世界大赛的兴奋状态中，完全没有意识到刚才的地震有多强。没有人知道那是一次里氏6.9级的地震。

ESPN的报道团队从他们在本垒后面上层的位置一路冲到了中外野后面的转播车，塞米奥和制作团队正在那里等他们。虽然通信接口全部断电（包括ABC的电视转播），我们仍然能继续转播，因为塞米奥有先见之明地带来了发

---

① 棒球术语，指击球手所处的打击区，设有本垒板。
② 棒球术语，界杆的目的是帮助裁判判定飞出本垒打墙之外的外野飞球是本垒打或是界外球。

电机。我们还有两条工作电话线路，一条我们给了当地警察，因为他们的对讲机也不工作了。［后来，当旧金山警署的警员们让观众平静下来，很多人在ESPN的转播车外排队给家里报平安。］同时，ESPN的技术人员准备好让我们可以转播。

在布里斯托，约翰·沃尔什正在看ABC的转播，他立刻冲出办公室直奔转播控制室。那晚的制片人斯科特·阿克森正在和塞米奥通话。"你想让我们做什么，约翰？"他问。

"只要保持报道，斯科特，"沃尔什回答，"这已经不是一场棒球赛，这是一个全国性新闻。"沃尔什立刻决定相信ESPN团队能够在现场做得很好。他知道他们会以正确的报道方式报道这次事件。他们也确实做到了。

利从当地警署和布里斯托控制室收集信息为转播做准备。伯曼、托瑞、迈尔斯和包括杰夫·伊斯雷尔在内的摄像师结对，冲出去对球迷和球员做现场采访。几分钟后，一个ESPN特别报道的字样出现在频道中，然后我们切换到烛台公园球场，利正在那里报道我们的全国直播。他手持一个记者笔记本，在没有电视监控器的情况下工作，利需要通过他的耳麦接收ESPN制片人提供给他的信息，然后和现场情况结合。"根据旧金山当地5台的报道，这次发生在太平洋时间5：05的地震是自1906年以来旧金山经历过的最强的一次。"他说。接下来我们展示了一幅来自一名ESPN摄像师的球场实时图片，他在球场上层经历了地震来袭的时刻，并且仍然坚守在他的岗位上。ABC不久后就重新开始转播，但是在那时，ESPN是唯一一家提供全国转播的频道。

随着警方通信重新工作，警员们开始传递额外信息给我们来转播到全国，包括马里纳地区着火、东部湾区的几家精炼厂着火以及塞普里斯街双层高架桥（880号州际公路）的上层坍塌造成了一些遇难者这样的一手新闻报告。我们同样整合了一份直升机直播视频展示了奥克兰湾大桥（80号州际公路）坍塌了50英尺，那个镜头让人们认识到这场在旧金山的天灾有多严重。

在接下来的一个半小时，ESPN的员工自发地从体育报道中转移到新闻报道。包括制片人、播音员和技术人员，没有人需要被告知该做什么。他们只是立刻投入工作——在肾上腺素刺激下行动，又求助于他们的职业技巧和直觉。直到工作结束，这场巨大的灾害才开始涌上心头——死亡、火灾、创伤、原始的情绪，他们目击了一出令人难以置信的可怕悲剧。有些人哭泣，有些人受惊，有些人静静地站着，但是他们都赢得了昂首挺胸的权利。

我是在布里斯托的一名销售经理，而我为他们骄傲。全公司的人都在谈论他们的表现，感叹整个团队在那种情况下站了出来，并且在那个灾难时刻反应如此快速高效。这激励了我们所有人，而我也确保我和销售团队里每个人讲述发生在旧金山的这一切。

***

作为东部地区的联盟营销主管，我现在负责三个区域：东北、东南和中西地区，总计30个州。一开始，我把多数时间都花在去各地出差来了解当地情况并且和现有及潜在有线电视运营商建立关系。随着ESPN的增长，我发现我需要更多人手加入到团队。然而，我对于招聘标准非常严格。我招入的其中一位是肖恩·布拉切斯，一个之前在达拉斯做电视广告销售的积极能干的年轻人。布拉切斯了解到我们有个空职位，就开始不断给我打电话了解在ESPN的机会。他的坚持赢得了我的认可，而我也招他当了一名

体育无处不在——ESPN的崛起

负责东北四州的初级客户经理。他工作很积极，而我一开始就知道他一定能成功。

1989年，ESPN庆祝了它的十岁生日。在那时，我们的基础更为扎实。我们的新商业模式已经建立，我们正在成为成长中的有线电视行业的中坚力量，而且毫无疑问ESPN至少会取得相当可观的成功。

一个我们快速发展的典型证明就是我们签下了另一个里程碑式的权益——我们第一份和MLB的转播合同。为期四年价值4亿美金，我们每年可以转播175场比赛（每周6场）。所以，从1990年4月9日，ESPN开始在多个地方不同的夜晚转播棒球，而也就像我们获得NFL转播权时一样，我们可以使用大量的MLB集锦来报道每天的棒球比赛。那一年，我们创立了一个新节目——《今夜棒球》，这成为了ESPN的另一个标志性节目，由戴夫·马拉什、约翰·桑德、布莱恩·肯尼和后来的卡尔·拉维奇主持搭配评论员彼得·甘蒙斯、蒂姆·库尔克扬、巴斯特·奥尔尼、杰森·斯塔克和约翰·克鲁克。

当然，由于ESPN对世界大赛突发地震的报道，我们立刻赢得了MLB更多的信任。我确信ESPN的文化在天灾发生时起到了作用。我们看到了绝对的投入、出色的团队合作和快速的反应。因为放权是ESPN运营的关键原则，我们的团队在旧金山才能够灵活应对并且不用等待批准就去做他们应该做的工作。相反，布里斯托也支持他们并且给予他们成功所需要的一切。

1989年棒球世界大赛证明了大型赛事能够在多大程度上帮助公司转变。它向所有人证明，ESPN有能力做严肃的新闻报道。对外，更多人认识到我们，而公司的形象获得了提升。我们转播的部分内容被用到主流媒体的新闻中（比如由彼得·詹宁斯主持的ABC《今日全球新闻》[①]），这向全国证明了ESPN有能力不仅仅只是转播体育比分。对内，它带来了巨大的士气提升并且成为一股强大的激励力量。它证明了对我们来说没有什么故事、赛事或者挑战是不能完成的——而我们的员工即使在巨大困难面前也能坚持过来。

最终，旧金山世界大赛的地震和我们收获MLB转播权都成为了ESPN额外的转折点。我们现在走在一条崭新的道路上，最终我们会完成更高级别职业体育赛事的转播和报道。我真的相信没什么能阻止我们。

［洛马普里塔地震震中位于圣塔克鲁兹，地处旧金山东南部大约60英里处。这是由圣安德烈亚斯断层一个6英尺的分支造成的。官方统计，63人遇难，3700人受伤，140万人受断电影响。地震总计造成100亿美金损失。］

---

① 由ABC自1978年起制作的旗舰新闻节目，彼得·詹宁斯作为节目主播从1983年主持节目直至2005年。

09
洪泛区

当ESPN成立的时候，还在读高中的罗宾·罗伯茨给自己制定了目标：以后一定要在这家新的体育频道工作。但是别人告诉她这是不可能的，因为她是个女生，而且ESPN也不可能活到那时候。作为高中和大学的校运动员，1983年罗伯茨毕业于东南路易斯安那大学传媒学专业，她的第一份工作是在她位于密西西比州的老家当地电视台做一名体育记者。在工作仅仅几年后，斯科蒂·康纳注意到她并且邀请她来布里斯托看看。但是罗伯茨觉得公司有些缺乏秩序，而她自己也缺少经验。所以她搬到了纳什维尔，然后是亚特兰大，在当地电视台当一名体育播音员和记者。

罗伯茨内心还是一个南方姑娘，所以她在佐治亚州很快乐并且在她们公司饱受好评。但是，就像她后来回忆时说的，"一个联盟地方频道的体育记者就像是新闻室里的继子一样。"她经常需要努力争夺两到三分钟的放送时间来报道一个重要新闻。而如果有恶劣天气或者全国性丑闻的话，体育报道部分就会被完全砍掉。接着在1990年，ESPN又来找她——这一次是约翰·沃尔什。

这一次拜访布里斯托，罗伯茨注意到了明显的变化。沃尔什对她讲述了体育新闻业，而不仅仅是体育报道。他相信这儿有很大一片尚未触及的区域供ESPN发展并且形成一种特殊的风格。比分和集锦是很多球迷每晚看《体育中心》的核心原因，但是等待开发的各类深度话题则几乎是无限的。另外，罗伯茨可以让她的个性成为转播的一部分。但是就像其他人一样，她必须从凌晨两点半的《体育中心》做起，逐步晋升。

罗伯茨没有一丝犹豫。"我在哪儿签字？"她问。

罗伯茨只是沃尔什、史蒂夫·安德森和阿尔·贾菲（主管我们的人才挖掘办公室）带到ESPN的众多年轻体育记者之一，随着ESPN获得了更多的体育转播权和《体育中心》的发展，我们需要更多播报员。当时人手完全不够，所以除了罗伯茨，他们还招募了琳达·科恩和肯尼·梅恩（西雅图当地电视台）、里奇·艾森（加州雷丁当地电视台）、克雷格·基尔伯恩（加州蒙特雷当地电视台）、苏兹·科尔伯（迈阿密当地电视台）、安德烈亚·克雷默（NFL电影部门）、克里斯·迈尔斯（迈阿密当地电视台）、丹·帕特里克（CNN）、基斯·奥尔伯曼（洛杉矶当地电视台）、吉米·罗伯茨（ABC体育）、马克·施瓦茨（佛罗里达州杰克森维尔当地电视台）、查利·斯坦纳（纽约喷气机队）、迈克·蒂里科（雪城当地电视台）和吉姆·瓦尔瓦诺（北卡罗来纳州立大学）。他们的共同点就是每个人都对体育充满热情，而这也让他们的梦想成真，不再是每晚只能做两三分钟的片段。

招揽这些来自全国各地有天赋的体育记者是沃尔什将ESPN带到下一个高度的计划之一——接轨他曾经工作过的印刷出版行业。在一份1987年呈交给罗杰·沃纳（现在是ESPN的主席）和史蒂夫·伯恩斯坦（节目和制片执行副总裁）的36页报告中，沃尔什尤其专注于《体育中心》。他认为ESPN拥有的体育转播权会不断变化，但是《体育中心》每年365天都会出现。因此，这个节目应该成为体育爱好者每晚的聚集地，在这里观众可以获得真实的故事

体育无处不在——ESPN的崛起

以及深度并且职业的分析。"你必须投资这个节目！"沃尔什提出实际建议。为了更好地管理，沃尔什被授权来实现他的远见。

和ESPN元老安德森（《体育中心》管理编辑）一起，他们成立了三个独立且不同的团队，不仅包括播音员，还各有一个制片人、导演、制作助理（PA）和联合制片人（AP）。这个想法是为了创造更有效的工作组，并且让观众持续每天晚上都能看到了主持人。晚六点的《体育中心》周一到周五由斯坦纳、罗宾·罗伯茨（她很快就从凌晨两点半的时间段晋级）和被团队称为"罗伯特·E·利将军"[①]的鲍勃·利负责。（利的《体育中心》桌子被称为"将军桌"）。晚十一点的节目由帕特里克和奥尔伯曼搭档。两点半的一队是迈尔斯、斯图亚特·斯科特和艾森。

除了组建团队，沃尔什和安德森坚持改变集锦播放流程。一般来说，主持人先用当晚最重要的比赛开场，而如果是一场棒球赛的话，他们接下来就会展示所有棒球比赛的集锦（不论其他比赛可能有多无聊）直到换到下一个项目。沃尔什的想法是把它做得更像是报纸的首页一样，通过顶级赛事和故事（无论项目）做节目开场。他还倡导改变单场比赛集锦的时间顺序来突出最精彩和重要的时刻。在棒球比赛中，他们一般按每局的顺序播放集锦；在橄榄球和篮球则是按每节顺序；在冰球是按每局，诸如此类。但是沃尔什想要按照精彩程度依次排序放送，无论发生在比赛的什么时候。精彩时刻同样加入了一些新主意，包括"英雄"时刻、"史上最佳"时刻或者"绝杀"

[①] 这里是指鲍勃·利（Bob Ley）的姓氏和美国南北战争期间的领袖罗伯特·E·李（Robert E. Lee）将军的谐音。

时刻。另外里面插入了很多调侃成分，这样观众可以不换台一直看完余下节目。

集锦播放流程、头条故事和比赛放送顺序由各个《体育中心》团队决定。比如晚六点组，每天早上第一件事就是组织一个所有成员参与的第一次制作会议，包括斯坦纳、罗伯茨、利、导演、制作助理和联合制片人。它由制片人布鲁斯·伯恩斯坦主持，但是每个人都有同样的发言权。第二次会议被安排在两点来决定哪个故事要作为头条。最后，在节目结束后趁着它在每个人脑子里还很清晰时会有一个总结会，会议讨论什么是对的，什么是错的。

事实证明成立不同的团队效果异常好。就像是篮球、橄榄球或者冰球队里运转流畅的球队一样，《体育中心》团队的成员倾听并且尊重其他成员，尤其是在讨论哪个故事或集锦应该是开场选择的时候。但是当作出最终决定后，每个人都全心投入到工作中并且确保我们能够呈现出最好的节目。对于任何人来说，没有什么事是太大或者太小而不用处理的，所有该做的事都会被做好。

当然，这整个过程也不是一帆风顺的，包括任何一个组织内出现改变时常见的反抗。沃尔什必须争取一切，为了播放流程、内容、团队、演播室的文化以及可以招募多少人。在刚开始的两年尤其困难，因为有些方法是ESPN自1979年成立伊始就开始实行的。有些人不想改变并且表示当他们尝试新方法的时候，他们遭到了业内同行的嘲笑。比如CNN体育报道的记者嘲笑《体育中心》没有按照赛事来做集锦，而有些制片人则认为沃尔什是个疯子。

有段时间沃尔什压力非常大。利那时每天晚上11点节目结束后会开车送沃尔什回家（沃尔什由于视力原因无法开车），他回忆起沃尔什有一晚很沮丧

体育无处不在——ESPN的崛起

地猛击仪表盘。"约翰，想开点，"利说，"人们惧怕外来者，而你正在尝试改变很多事。另外，你还有自己的独特风格，也许你没注意到，从圣诞老人的造型到打铃开会。都会好起来的。等待一段时间吧。"

虽然沃尔什是个强势的领导，但是很快大家都认识到他对工作非常有决心。起初，他和很多播音员起了冲突。比如克里斯·伯曼，是个特立独行的人，而那有时会影响扰乱团队。所以沃尔什告诉他别再这么做了，并且为了证明他是认真的，他没有让伯曼去现场报道位于马萨诸塞州福克斯堡的NFL新英格兰爱国者队的比赛。伯曼解决了问题并且成为了一个更有团队精神的成员，因为他真的关心公司。对于沃尔什在这种情况下对纪律的要求，伯曼甚至后来开玩笑说，"爸爸把我的福特雷鸟汽车拿走了。"

沃尔什还对奥尔伯曼发过几次火，那时他和帕特里克搭档形成了很好的化学反应，也做出了精彩的节目。在评述体育集锦时有一种技巧：通过风趣的语言和自己的看法来讲一个故事——奥尔伯曼和帕特里克都是此中高手。体育爱好者喜欢他们，还有他们所用的标志性流行语，比如篮筐里的饼干和en fuego（西班牙语的"状态火热"）。人们喜欢他们的节目就像他们当初喜欢伯曼起昵称一样——不久后，帕特里克—奥尔伯曼的《体育中心》组合就取得了现象级的收视率。

但是当奥尔伯曼和帕特里克开始不断称他们的节目是"大制作"时，沃尔什拒绝了，他认为这档节目的名字是《体育中心》，而11点的《体育中心》并没有比其他时间段的更为特殊。于是，奥尔伯曼和帕特里克开始每次开场时改说"这里是《体育中心》"（而不是"这里是大制作"），这变成了他们新的流行语。

虽然多数播音员留了下来，仍然有些人就是无法遵守纪律或者适应沃尔什带给《体育中心》的许多改变。起初，有些人就是接受不了放弃集锦的比赛时间顺序。其他人则接受不了行业正在改变，体育世界也在改变，而ESPN则需要应势改变。那些无法适应新节目的人不得不被辞退，而事实上沃尔什和安德森那年至少解雇了十个人，他们不得不这样。如果组织内部有人拒绝改变，那么它就不能进步。这适用于所有行业。

历经所有对于改变的抵抗，沃尔什仍然坚持下去，因为他相信这个远见，也因为他是个好领导。他观看每期《体育中心》，他一直在办公室工作，做出了榜样。而他也建立了坚实的个人关系，这样每个人最终都意识到了他关心他们。沃尔什对他们的信任也得到了回报，因为随着《体育中心》的质量升级，观看节目的观众越来越多，收视率增长了。

***

1991年6月，我从布里斯托搬到ESPN的纽约办公室。事实上，这是我自己要求的。如果我在制作和节目规划部工作，我肯定会继续留在布里斯托，但是在我的销售和市场领域，纽约才是中心。我开始更多地思考未来的计划和职业生涯，部分原因是我现在有一个五口之家要照顾（我们的儿子詹姆斯刚刚出生，而小乔治则快要两岁了）。在ESPN工作十年后，我很满意我所处的位置，并且为第一次在纽约工作而兴奋。

当我在新岗位开始学习如何为公司增长资金的时候，节目和制作团队在布里斯托取得的成功让我很感兴趣。首先，我很为切特·西蒙斯骄傲，是他最初认定《体育中心》将是ESPN的胜负手，这不仅在高层中达成共识，并且真正实现了。没有其他任何一家媒体公司有任何可以匹敌的节目。第二，《体育中心》不断增长的收视率帮助提高了ESPN的价值，也极大地帮助了我们的

体育无处不在——ESPN的崛起

销售和市场推广。打个比方来说，它给我们的销售提供了更多"东风"，也就是给我们更多可聊和可推销的内容。

我还一直收看ESPN。就像是早些年我在外出差晚上学习的时候一样，我感觉想要在销售中成功，和我们的产品保持同步是至关重要的。而现在我管理着一半我们的联盟营销部门，我不断鼓励我的团队同样通过观看我们的节目、阅读他们能获得的一切并且了解接下来会发生什么来做到"从商业中学习"。ESPN在不断变好并且改变迅速。如果我们沉睡哪怕一刻，我们的销售和市场团队就会发现我们处在追赶过程中，而我不会让那种事情发生。

***

除了《体育中心》改版，ESPN还创立了两个现在被认为对体育新闻业有重大贡献的新顶级节目。第一个是《体育记者》，这是一档定位类似周日早报的节目。前《纽约时报》的体育写手乔·瓦莱里奥（他随后制作《体育记者》超过25年）认为周日早上是放松的。在做完礼拜并享用完丰盛的早餐后，多数体育爱好者会来一杯咖啡，坐下来看看早报，了解今天要进行的比赛。所以我们准备制作这样一个探索广泛多样的体育议题，并且邀请报纸专栏作家进行深度评论的节目。

《体育记者》首播于1988年10月，最初由加里·索恩和业界传奇迪克·沙普主持，后来由约翰·桑德主持（超过30年）。节目精华是和来自全国的顶级报纸体育专栏作家一同讨论，包括威廉·C·罗登（《纽约时报》）、杰梅尔·希尔（《奥兰多前哨报》）、迈克·卢皮卡（《纽约每日新闻》）、鲍勃·瑞安和杰基·麦克马伦（《波士顿环球报》）、伊斯雷尔·古铁雷斯（《迈阿密先驱报》）和米奇·阿尔伯姆（《底特律自由报》）等等。沙普用了13年时间将它打造成那些体育专栏作家指尖还沾染油墨的年代的深度体育爱好者的必看节目，每天下班后到他们最喜欢的酒吧谈论体育。沙普就像他在纽约的法庭出庭一样完美地主持了《体育记者》这个节目。

如果说《体育记者》是ESPN版本的《与媒体见面》[①]的话，那么《赛场之外》就是我们版本的《60分钟》[②]。沃尔什和安德森开创了这档节目，并且在1990年开始作为一个由利主持的一小时节目间断播出。前两期节目包括了很多重要的故事："在欢呼停止后"是关于运动员（包括大学和职业）在生涯结束后试图转型，而"签名游戏"则是关于棒球纪念品的巨大市场。不久，我们开始每年制作四到七期节目，并且不断变得更有雄心。比如在1993年，《赛场之外》揭露了游泳教练米奇·艾维和女选手的不正当关系。而在1996年，利和节目团队去往俄罗斯探寻苏联的体育。那次节目部分聚焦在帕维尔·布雷（那时在NHL温哥华加人队效力的"俄罗斯火箭"），并且报道了他和俄罗斯黑手党的联系。

《赛场之外》和《体育记者》都非常成功有两个原因：1.他们的制作基于高度职业的方式；2.他们获得了体育爱好者的信任。就像罗宾·罗伯茨曾经评价的一样："其他频道有观众；ESPN有粉丝——而这就是区别。你不能欺骗一个体育爱好者。如果你看上去像是在作假，或者你看上去像是不知道自己在说什么，那你就无法在这个行业生存多久。"

沃尔什通过坚实的体育新闻搭配标准的体育报道来展示材料，认识到

---

① 由NBC制作的新闻节目。从1947年11月6日首映播放至今，是电视播映史上最长久的节目。

② 由CBS制作的新闻节目，自1968年首播至今播放50年。

体育无处不在——ESPN的崛起

收获体育爱好者信任的重要性，并且因此获得了他们的信任。体育报道传递赛事的气氛并且提供集锦。而体育新闻则挖得更深。他们讲故事来吸引住观众。ESPN做到了而体育爱好者也注意到了。

在1989年到1992年之间，有五条重大的新闻改变了《体育中心》，进而改变了ESPN。如果它们发生在十年后的话，每一个故事都可以登上《纽约时报》的首页。这些故事以体育为中心，而在那时，ESPN是唯一一个以报道全国性新闻的态度来对待它们的媒体渠道（电视，电台或者印刷品）。

1989年10月，洛马普里塔地震袭击世界大赛导致我们的人员在现场必须反应迅速且自主行动。而在那年早些时候，我们ESPN的新闻团队积极地在第一线报道最终导致棒球传奇彼得·罗斯遭到终生禁止参与体育活动处罚的所有相关新闻。我们采访了解罗斯赌博情况的人们，包括和调查本案的特别检察官关系密切的线人。在报道故事期间，ESPN采用了一种全新的方式，我们派出记者到不同城市以获得所有相关信息。吉米·罗伯茨去了库珀斯敦，帕特里克去了辛辛那提市，斯坦纳在纽约街头，利坐镇布里斯托，而迈尔斯则在彼得·罗斯的所在地费城。ESPN覆盖了故事的每个细节，并且最终发布消息：职棒总裁巴特·吉亚马蒂发出了终生禁赛令，而罗斯在第二天接受了。这次连续48分钟没有任何广告的不间断转播对于《体育中心》是全新的尝试。

上述这一切发生十年之后，《纽约时报》编辑豪厄尔·雷恩斯被报道首创了"洪泛区"这个说法来描述派遣一组记者去实地调查、全方位覆盖并且随着故事收尾得出核心深度报道的一种常规策略。对于ESPN来说，这不是什么事先确定应对突发新闻时所采用的策略。相反，这是一个自然而然的运营方法。在那时，ESPN定期派出我们年轻有激情的记者去报道突发新闻。也因此，一些一开始看上去困难的问题变成了一个展示ESPN报道能力的证明机会。

其他三个我们以类似方式报道的全国性故事是1990年在洛杉矶举行的一场联盟篮球锦标赛中来自洛约拉马利蒙特大学的汉克·盖瑟斯猝死赛场；1991年洛杉矶湖人队的埃尔文·"魔术师"·约翰逊证实他是HIV阳性；以及1992年在印第安纳波利斯对拳击手迈克·泰森的强奸审判。在泰森被宣告因在一家印第安纳波利斯的酒店房间强奸18岁的蒂希尔·华盛顿（罗得岛州黑人小姐）有罪后，沃尔什和罗宾·罗伯茨见面并且让她做直播评论。

"什么？"她回答，"我们不做评论的！"

"罗宾，现在他已经被认定有罪，这不过是你作为一名记者和一位黑人女性的想法，"沃尔什回答，"是一位黑人女性有勇气起诉他。这样如何？"

在《体育中心》主持之外，罗伯茨做了一次出色的直播评论。那是我们第一次这么做，在我看来那是《体育中心》从单纯的体育报道转变为顶级体育新闻的一个完美示例。环境也成为了成功的因素，因为沃尔什原来的意思只是让《体育中心》成为一个顶尖的节目，而在转变的过程中，这五个全国性故事成就了ESPN。

10
打出一张"二点牌"

史蒂夫·伯恩斯坦在1980年以节目助理身份加入ESPN。到1990年，他被任命为主席。在那时，ESPN进入了超过5000万家庭。在90年代初，年仅37岁的伯恩斯坦的能量和热情会带来一系列的重大变革，让公司不仅准确获得了在那个历史节点所需要的东西，更建立了一个供未来成长的平台。随着来自福克斯和其他公司的竞争日趋激烈，他预见ESPN要成为一个在全球范围内有更多受众的组织和跨多媒体的内容产出平台。

一开始，在管理咨询师托尼·史密斯的号召下，伯恩斯坦亲自接手负责ESPN首个正式使命声明。他组成了一个四人团队，包括他自己、史密斯、埃德·杜索（法律总顾问）和里克·巴里（人力资源主管）来撰写声明，然后在公司公布。这个声明清楚地列出一系列ESPN生存立足的原则。我们全心提升我们"作为世界顶级体育节目商"的地位以便服务体育爱好者。ESPN的员工是我们"最有价值的资源"并且值得"尊敬和尊重"。声明继续写到"团队协作"是"我们成功的核心"并且一定程度上是"激进思考和敢于冒险"的回报。而最后，作为一个公司ESPN决心成为一个"健康的投资回报。"

个人来说，我很喜欢写使命声明的想法。作为一个成长中的公司，我们现在有一个关于我们认可什么以及我们想要去哪儿的表述。而这随着我们开打出一张"二点牌"

始一系列在美国和全球推广ESPN品牌的努力变得非常重要。

关于品牌的讨论往往很令人困惑，但是其实不需要如此。一个品牌就是一个特定产品或者公司出现在脑海中人们想到的东西而已。通常，品牌会被刻意发展并且伴随很多企业市场部门的想法。但是这不是ESPN的模式。在最初，我们不知道一个24小时体育频道应该什么样子的。没有什么想法能够像我们今日思考的一样清楚描述一个品牌。我们宁可让我们的员工实验、创新，并且实施那些看上去有效果的创意，而我们在这个有趣且快节奏的环境中一直如此。

从这个角度说，ESPN先有了企业文化，而随着时间推移，品牌就从完成每个人自己的工作中形成。比如克里斯·伯曼的昵称、我们转播的大量不同的体育项目、《体育中心》的集锦、丹·帕特里克和基斯·奥尔伯曼的化学反应、鲍勃·利和《赛场之外》——都在形成ESPN品牌中作出了贡献。品牌一经建立，我们的高层就开始在此基础上更加主动。比如在比尔·格兰姆斯和罗杰·沃纳跳槽到更高的职位之前建立了商品部门。这样我们就不仅仅只是在我们橄榄球比赛转播车后摆个小摊，带有ESPN标志的产品可以卖得更远。同样在他们的领导下，我们开始通过启动ESPN国际来在美国以外的国家运营，并且在全球超过60个国家播放节目。

伯恩斯坦对ESPN雄心勃勃的计划是打造更多的电视频道并且进入更多不同的媒体平台。比如ESPN电台和ABC电台频道合作，在1992的第一个工作日开始了全国广播。作为1984年收购后第一次和我们姐妹公司的主要合作，我们刚开始的时候只在大约50个电台每周播放16个小时的节目。

几年后，ESPN成为了最早的几个登陆互联网世界的电视频道。在那时，这么做绝对是个赌博，因为像谷歌一样的搜索引擎还没出现而电子邮件也没

81

体育无处不在——ESPN的崛起

有得到普及。所以为了降低风险，迪克·格洛弗（ESPN事业部门主管）致力于和由微软创始人保罗·艾伦创立的达威一同成立合资公司。在技术帮助之外我们还收获了工作伙伴，新加入的成员立刻为我们添加了深厚的互联网经验，他们在ESPN产生了重大影响，包括约翰·泽尔、阿伦·拉伯奇、丹·本肖夫和马里·多诺霍。1995年4月，ESPN启动了它的第一个网站，ESPNet.SportsZone.com。这很快成为互联网世界最受欢迎的网站之一，它向12万用户提供每日比分、数据统计、专栏、投票和聊天。当然，早期的网站为日后最终成为ESPN.com打下了基础。

在1992年初，伯恩斯坦任命约翰·A·拉克作为节目和市场副主席的决定令所有人惊讶（相当于公司二把手）。拉克在MTV和尼克国际儿童频道[①]这两个开创性的有线电视频道的诞生中起到了重大作用。随后拉克的同事，顶尖的广告公司威登–肯尼迪（当时也是耐克的代理）的元老，在MTV工作了13年的哈里雅特·塞特勒也加入了ESPN新的市场团队。事实上，没有体育相关行业的工作经历对塞特勒在ESPN的杰出创造反而有所帮助。不受传统思维的限制，她想出了不少在我看来真正改变我们传统的市场推广策略并且催生出公司制作过的最好促销点和广告宣传的主意。

那时，ESPN的直播宣传是相当缺乏想象力的，基本就是一堆比赛片段加上一个说着类似"今晚8点准时收看大东联盟的圣约翰大学对阵乔治城大学"的旁白。但是市场部门三巨头拉克、塞特勒和威登–肯尼迪开始通过在ESPN和体育爱好者之间建立情感链接而为公司设计一个全新的广告风格。他

[①] 尼克国际儿童频道于1979年开播，是一档针对美国少年和儿童的付费电视频道。

打出一张"二点牌"

们找来军乐队，明星，甚至聘请斯派克·李来执导。ESPN从没有发生过这样的事，这在公司的品牌发展上是一个全新且大胆的尝试。

也是在那时，我的上司罗杰·威廉姆斯离开了公司，而伯恩斯坦也开始在外面寻找接替人选。不久后的1992年11月，他邀请我出任这个职位，而我也感激地接受了。升任联盟营销部门的副总裁这一严肃的领导角色对我的职业生涯是一个很大的变动，部门现在对于ESPN的收入有着主要且增长的贡献，而如果我们不能分销出新的产品，那么公司的增长预期就会落空。旋即，我的新职位就把我推到了公司历史上最重要事件之一的前线：ESPN2台的开播——"二点牌"。

我们思考启动第二个频道已经有些日子了。虽然我们已经把所有想要的节目都安排在ESPN中，但是明显还有很多内容可供我们选择。关键在于我们不知道我们能否将这个新频道卖给我们的运营商。所以我的部门首要任务是去找到有线电视运营商，然后看看他们会对第二个ESPN体育频道有什么要求。我们开始在1992年中旬推销这个新想法。

用充满怀疑的见面形容我们的第一次尝试已经是太过保守了。"你觉得你需要另一个24小时体育频道吗，"他们问我，"乔治，你疯了吗？你这是冲击自己的产品。这会有什么不同吗？"当然，我们听出了在每个这样的讨论背后的潜在原因："你觉得我们付给你们的钱还不够吗？"

在一开始，我们和有线电视运营商的谈判毫无进展，很明显我们需要一个新的角度来顺利推销ESPN2台。但是那是什么？这就是拉克展示他市场营销创造性的时候了。他的想法是这是一个更年轻、更嬉皮版本的ESPN，一个定位为以另类体育设计来吸引年轻人的频道。除了NHL，我们还会转播滑板、小轮车、极限运动以及其他年轻人喜欢的赛事。

体育无处不在——ESPN的崛起

拉克将设想称为"DJ乐",一个背景播放摇滚乐呈现数据统计的节目。ESPN2台的旗舰节目将会是《体育之夜》,一个由奥尔伯曼、苏兹·科尔伯和米奇·阿尔伯姆主持的轻量级更加时髦版本的《体育中心》。"这不是你父亲的ESPN!"成为了ESPN2台的咒语。我们在1993年春天开始为"二点牌"推销这个新的描述形象,而这奏效了。随着新频道的计划获得了支持,运营商开始注意我们。

然而,美国国会给进程制造了一个我起初认为会产生问题的障碍。多年来,传统广播频道的高层都很沮丧有线电视运营商仅仅是接收他们的无线信号然后就能把它作为他们基础有线电视费用的一部分转售给客户,所以他们游说华盛顿并且在1992年10月成功向《有线电视客户保护和竞争法案》中添加进了一个新条款。"信号重发同意"规定(行业内称为"重发")简单来说就是要求运营商在使用广播信号前要获得广播频道的许可,而广播频道有权力为此收取满意的费用。更简单地说,运营商现在需要付钱给广播商来转播当地节目。

有线电视运营商憎恨这个法案,他们说,"我永远都不会付钱给广播商,因为毕竟他们是免费发出他们的信号的!"但是广播商则回敬说,"你们在我们后背上建立了一个行业,而我们理应为此收费。"不久,这两个电视行业的主要分支就像是两个在拳击场上对峙的拳手一样。双方都准备打上一架,没有一方想要退缩。

正是在那段困难的时期,ESPN察觉到了机会,采用了一个在福克斯广播公司非常奏效的方法。因为我们是大都会通讯公司的一部分,而他们同样拥有ABC,所以何不给所有签约ESPN2台的有线电视转播商转播ABC的权利呢?这样运营商就不用说他们是在给ABC付钱(虽然事实上是的,因为这笔

打出一张"二点牌"

钱被算到ESPN2台收费的一部分），而大都会通讯公司通过ESPN2台的授权费用，也能让运营商为使用ABC的信号而付钱。这是个新模式，但是这有可能避免一个行业内的大问题。

那年夏天，当业内激烈辩论"重发"的时候，我参加了在旧金山举行的全国有线电视大会，而那是所有人讨论的唯一话题——我可能应该补充下，非常热烈。"'重发'就要来了，而这将就是火车失控一样的灾难！""我们不会付给你们钱的！""不，你们会的！一定会的！"

听到这些，我们的团队开始散布第一个"假设"。"嘿，如果我们能够让你拿到ABC的信号重发同意作为你们播放ESPN2台的交换如何？"这个想法立刻吸引了很多人并且很快被大都会通讯公司作为一个策略采用。

现在唯一的问题是，根据法律所有的有线电视运营商必须要在1993年10月1日前签约。这意味着联盟营销部门有大概一百天的时间去和超过一千个运营商谈合同。个人来说，我这辈子从没有这么努力工作过。我们那个夏天太忙碌了以至于我必须每周日晚上通过电话组织员工会议，因为所有人每周都在外出差。当我问我的团队这是否可行的时候，他们都回答，"没问题，乔治。什么时候？"肖恩·布拉切斯也在我们的团队，他自从被我录用以后已经在公司稳步晋升。

那年夏天的销售工作就是没日没夜地不停展示、推销和谈判。我们甚至带上了ESPN多半的法律部门人员和我们一起出差来加快谈判进程。作为我们销售的一部分，我开始发出大胆的声明称ESPN是全国"最有价值"的有线电视频道。我没有任何官方调查来作为引用来源，但是没有人出来反驳我，所以我们继续这么强调。

"嘿，如果ESPN是最有价值的频道，那么你们就可以想象ESPN2台同样

体育无处不在——ESPN的崛起

值钱，所以让我们签约吧！"

作为我们销售活动的一部分，我们设计了一个口号："ESPN2台——ESPN更加狂野、更加疯狂的儿子。"我们做得还不错直到一个女员工联系我，告诉我她不知道原来ESPN是个男的。对于暗示了这样一个想法我们觉得很尴尬，于是我们放弃了这个说法。很多女性都是体育爱好者，而很明显女性在ESPN的成功中扮演了很重要的角色，无论是在内部还是外部。这是我永远不会忘记的一课。

整个夏天和初秋，我们成功签约了美国几乎所有有线电视运营商。事实证明，我们解决信号重发同意问题的主意成为了ESPN2台的主要销售动力之一。这不仅是销售的巨大成功，更是让我们因为取得了一个让所有人满意的双赢结果而收获了无数赞誉。不久后，我们的模式会被其他广播商和有线电视频道模仿。

在1993年10月1日美国东部时间晚8点，ESPN2台在1000万美国家庭成功开播。在首播中，奥尔伯曼和科尔伯一同坐在在《体育之夜》演播桌后。穿着皮夹克的奥尔伯曼用一句令人印象深刻却毫无关系的话开始了ESPN2台的首播。"欢迎来到我们职业生涯的终点。"他讪笑着说。"二点牌"开播了。

那一晚，我们在主园区的停车场举办了一场喧闹且疯狂的派对。ESPN的员工异常努力工作来启动新频道，他们需要释放一下。大都会通讯公司、ABC的员工和NHL总裁加里·贝特曼以及所有来自纽约的广告代理商都应伯恩斯坦的邀请加入了这场狂欢。"成人饮料"[①]应有尽有，还有现场音乐和舞

---

① 指酒精饮料。

打出一张"二点牌"

蹈以及MC锤子①的表演。ESPN2台的开播派对成为了ESPN 传说中的传奇。人们几年后还在讨论它。

这时问题出现了。我们只花了六个月就意识到这个更年轻、更嬉皮的ESPN版本并不被体育观众接受。收视率很低,而我们的观众也表达了他们的不满。他们希望少些噱头,多些传统体育。所以我们一起讨论并且很快决定通过放弃摇滚乐并且添加更多诸如棒球、篮球、橄榄球和赛车等主流体育的方式进化ESPN2台的节目。奥尔伯曼回到了《体育中心》并和帕特里克重新搭档。科尔伯则逐渐变成了主攻NFL的全能播音员。而阿尔伯姆则继续作为《体育记者》的主要撰稿人。

把"二点牌"作为更加狂野和疯狂版本的ESPN在市场推广启动时成功了,但结果是它作为一个长期的节目策略没有奏效。虽然事实上我们投入了大量时间并且为取得的成就而自豪,但当明显需要改变的时候,我们没有让我们的自满成为阻碍。而它教会我一个高层不能太过奉行一个商业模式。当事情不奏效的时候,你必须改变,并且要快。你必须处理那些冰冷严峻的事实,即使你曾付出努力来实现它。

在那时,ESPN2台的启动是有线电视频道历史上最成功的,而大都会通讯公司的高层对我们的努力尤其满意。几天后,丹·伯克给所有部门领导发了一张便笺,祝贺每个人并且称赞ESPN的团队协作和职业水准。在我的那张上,他花时间在最后手写了一句话。"亲爱的乔治,"他写道,"我的希望是你

---

① 斯坦利·柯克·伯勒尔(Stanley kirk Burrel)的艺名,他是20世纪90年代最著名的嘻哈歌手之一。

87

现在或者不久能稍微休息下。这次你和你的团队做了优异的工作，我们都很骄傲和感激！"最后他再次签字，"丹·伯克。"

我从没忘记伯克的表态以及它让我感觉有多好。也是从那时开始，我开始尽可能多地给同事手写留言。

＊＊＊

在1993年10月1日晚上，我在我的办公室看着下面停车场进行的派对。全国最大的有线电视运营商，来自丹佛的TCI还没有签约ESPN2台。我们的谈判那天早些时候结束了，虽然时间已经所剩无几，我仍然希望他们能够加入我们。

时钟指向8点整的时候，也就是"二点牌"开播以及奥尔伯曼的皮夹克出现在电视上的时候，我的传真机开始工作。传来的是TCI签好的合同。我把它从传真机中扯下来，然后直奔楼下的派对。我一开始给我们团队看那份合同，然后祝贺他们。接下来，我找到伯恩斯坦和拉克，告诉他们这个好消息。TCI签字的合同意味着我们突破了1000万家庭大关。于是，伯恩斯坦、拉克和我开了几瓶香槟并且举杯庆祝我们的成功。在9点钟的时候，我回家见我的妻子和孩子们。我累坏了。

11
"不要那么快，我的朋友"

1994年10月29日，克里斯·福勒、李·科尔索和克雷格·詹姆斯正在内布拉斯加州林肯市纪念体育场外的《大学比赛日》布景处安排人手。三号种子内布拉斯加大学玉米收割机队刚刚以24：7的统治级表现击败了二号种子科罗拉多大学，赢下了这场强强对话。而在准备赛后节目的过程中，他们注意到电视里的学生把球门拆了下来作为庆祝然后离开赛场。突然，布景前爆发出了一声咆哮，人群随之散开，然后学生扛着一块参差不齐的黄色金属大球门出现，并且在电视机镜头前将它放下。接下来人群变得疯狂起来，他们或尖叫或唱歌："我们是第一！我们是第一！我们做到了！玉米收割机队是最好的！耶！"

那时，福勒意识到这对ESPN的重要意义。"他们把球门扛到我们这里，"他回忆到，"就像一只刚抓到了老鼠的猫一样正在骄傲地炫耀——只不过这一次抓到的更像一只大型长颈鹿。"这只是《大学比赛日》前往现场报道的第一个完整赛季，而高层仍然不确定这个节目是否要继续下去。但是在这之后，福勒的怀疑消失了。"当他们把那个拆下来的球门给我们的时候，"他说，"我知道我们会一直去现场报道了。"

1987年，当《比赛日》作为ESPN的大学橄榄球演播室节目首播时，科

体育无处不在——ESPN的崛起

尔索与蒂姆·布兰多和比亚诺·库克是最初的团队成员。1990年，福勒离开《美国校园体育》并且成为节目主持，而詹姆斯则在1993年加入团队。最初，这个节目很低调，收视率也一般，偶尔有人到现场去转播一场碗赛。正是在这些季后赛中，他们能够亲身体验车尾派对、观众入场和大学橄榄球赛的社区本质。意识到前往常规赛现场会非常有趣，福勒、科尔索和詹姆斯不断恳求他们的上级允许他们到现场主持节目。他们将他们的机会压在焦点比赛上，当机会出现时他们就立刻扑上去。

他们等待的机会出现在1993年11月13日，当排名第一的佛罗里达州立大学塞米诺尔队造访位于印第安纳州南本德的二号种子圣母大学战斗的爱尔兰人队。这就是一场每个人在常规赛中都会关注的全国焦点大战。NBC负责转播，他们将本场比赛称为"世纪之战"。两支不败球队，两位顶尖教练教练博比·鲍登和卢·霍茨，一名海斯曼奖候选人塞米诺尔队的四分卫查理·沃德，以及一场地区间的竞赛——南方对阵北方增加看点。不论你从哪方面来看，这都是一场火星撞地球的比赛。《大学比赛日》的机会来了而我们必须在现场。

史蒂夫·伯恩斯坦和他的管理团队点头同意了他们到现场报道的想法，即便这是一个很昂贵的提议。在制作方面同样有很大风险，因为我们不太清楚在这样的比赛现场到底该如何布置这样的节目。有无数个问题我们无法回答。我们需要多少台摄像机？播音员需要怎么样的麦克风？我们是应该直播采访嘉宾还是提前录好所有片段？"我所知道的就是我们可能只有一次机会来做好它，"福勒说，"如果做砸了，那他们以后不会再让我们这么做了。"

比赛前一天的晚上，《比赛日》的布景搭设在了圣母大学校园内的篮球场外，报道传统的赛前动员会。我们能够捕捉到啦啦队、吉祥物拉布列康和所

"不要那么快，我的朋友"

有在场的学生展现出的能量和激情，这真是不可思议。在比赛当天，转播则位于荣誉展厅内，在那里陈列着圣母大学获得的所有体育奖杯。这个从11点到中午12点的一小时赛前节目是个小成本制作，只有一个临时搭设的布景和几台摄像机。大约二十几名学生在场安静地站在线后，只有科尔索摘下佛州州立大学的帽子，戴上了圣母大学的帽子来表明他对最终比赛结果预测的变化时才引起现场球迷的一阵欢呼。

出人意料的是，在战斗的爱尔兰人队以31：24爆冷取胜后，霍茨教练得意地走到正在进行赛后节目的《比赛日》现场。科尔索立刻把椅子和麦克风让给了霍茨，而福勒和詹姆斯则就比赛中发生了什么对教练进行了一次即兴的深度访谈。

虽然我们知道没有多少人看了我们那期节目的直播，但是很明显我们将会在未来每次前往的校园内看到球迷对于大学橄榄球相似的热情。所以在接下来几年中，我们逐渐增加我们的现场《比赛日》节目。我们选择我们认为会是每周最精彩的比赛，无论哪家电视台负责转播。比赛选择将会提前一周宣布，人们对此充满兴奋和期待。

不久，联盟总裁和大学官员开始游说《比赛日》去现场报道他们的主场比赛。而在1993年11月13日，当我们去到弗吉尼亚理工大学报道二号种子霍奇队迎战十九号种子迈阿密大学飓风队的比赛时，节目出人意料地被上升到一个前所未有的新高度。带领以四分卫迈克尔·维克为核心的霍奇队崛起的是主教练弗兰克·比默，他察觉到利用《比赛日》将弗吉尼亚州布莱克斯堡展示给全世界的机会。于是他放出消息给学生，到了我们赛前节目开始转播的时候，大约有11000名球迷在我们的转播台后面欢呼雀跃。

在那以后，《比赛日》转播经常吸引大约10000到15000名球迷到场，而这和以前是完全不同的两个概念。这引发了一段成长和创意爆发性的增长，而同时《比赛日》的主要任务仍然是搭建一个持续一整天以焦点比赛为中心的大学橄榄球平台。我们在接下来的20年里，将它的长度逐步从30分钟增加到3小时。当然，播音员会有些变化，不变的是热情和团队协作。在这些年，科克·赫布施特莱特、戴斯蒙德·霍华德、戴维·波拉克、埃琳·安德鲁斯和萨曼莎·庞德陆续加入团队。福勒和科尔索还在并且提供了重要的稳定性。比如科尔索一直在提醒团队的新成员开始工作后要抛开个人成见，告诉他们是"开着名为大学橄榄球的车在娱乐行业内行驶"。

《大学比赛日》的"娱乐"始于镜头内主持人的化学反应。他们的工作就是让观众感觉像是在看酒吧里一群讨论橄榄球、享受比赛乐趣的球迷一样。

***

在2004年，30岁的李·菲廷被任命为《大学比赛日》的制片人。这是一个震惊了很多人的任命，因为他跳过了几个正常晋升的阶段直接到了这个级别。1996年从詹姆斯麦迪逊大学毕业后，菲廷作为一个临时初级制作助理加入了ESPN的精选制作助理项目。在7个月的试用期后，他的上司把他拉到一边。"他们现在要给你投票了，"他说，"我不知道你能不能留下来。"但是在几个小时的焦急等待后，ESPN决定将菲廷头衔中"临时"二字去掉，并且分配他到《体育中心》制作特别专栏。他最初的工作时间是从晚6点到凌晨3点，周三直到周日。在2000年，菲廷开始作为《大学比赛日》的联合制片人，主要负责制作专栏。但是4年后，当首席制片人离职后，他整理了一份手写的提案并且交给了负责节目的主管说，"听着，我真的很想要监制《大学比赛日》，而这里就是一些如何让它变得更好的想法。"几周后，他们找到他。"好

"不要那么快，我的朋友"

吧，菲廷，"他们说，"让我们开始吧！"

当菲廷开始他的新工作后，他的管理事无巨细。他要过问所有事情。所有方面都需要按照他的想法来。但是因为他还年轻，他的上司仍然给予他一定监督。所以当他犯错时，而这也是必然会发生的，他们能在那里提供咨询和指导。菲廷的其中一个导师是约翰·怀尔德哈克，他不断在公司内顺利晋升，就像是1996年的菲廷一样，怀尔德哈克1981年也是作为初级制片人加入公司。正是如此，他了解菲廷正在经历什么，也能够在菲廷独立取得成功之前提供最佳建议。在此之后，怀尔德哈克告诉菲廷管理团队已经决定给予《比赛日》更多的自主权。"好了，李，他们把责任交给你了。你现在就是全权负责了。好好做。"

随着时间推移，菲廷认识到这对他个人来说意义有多大。被他上司信任不仅给他更多自由来施展个人想法，更让他感觉良好——非常好。而作为回报，他交出了更好的表现。所以他决定也这样对待他的下属。他不再在剪辑室里站在他们身后盯着了。他不再走到现场卡车里做图像和视频的最后检查。他停止发出命令，并且开始相信每个人的工作能力，就像是ESPN的管理团队相信他一样。基本上，菲廷不再进行微观管理并且开始委派他人。他不再只是一名经理，而成为了一名领导。而这也带来了更持久的优秀表现和更加有创意的想法，最终带来更好的产品。在我看来，菲廷从经理到领导的转变是ESPN以人为本文化的一个很好例证。如果你释放出你们团队每个人的天赋和能量，你就一定会成功。

***

《大学比赛日》已经成为最受关注的电视节目之一。它自己就成为了一

体育无处不在——ESPN的崛起

个品牌，而这对于ESPN来说也是显著的成功。公司们现在需要为赞助商名额竞争。布景由家得宝打造，有一辆专属的DirecTV[①]巴士，而其他的主要广告位也都被像AT&T[②]和可口可乐这样的蓝筹股公司占领。最初ESPN主管承担的风险转化为了长期的良好回报。

节目同样广泛受到球迷们的欢迎。我们每造访一所学校，就会在学生间产生一种节日般的车尾派对的氛围，他们有些人甚至在开赛前12个小时就到现场等候。而菲廷喜欢开玩笑说《大学比赛日》是第一个启用"社交媒体"的电视节目，因为在1994年的第三次现场直播中，就有一个人走到舞台背后举着一个牌子表达他的意见。到1999年，我们已经见过成百上千个缺乏思考或者令人费解的标语。有些标语羞辱客场球队，有些开福勒和科尔索的玩笑，而有些表达政治观点或个人倾向，甚至还发生过一次求婚。

在2010年，节目扩展到了三个小时，并且包括在ESPN电台的同步联播。增加的时长和节目完美结合，这允许增加更多的深度采访和专题。在每次节目的最后，直播团队还会开始讨论当天随后举行的其他比赛，每名成员选择一个胜者并且来回讨论这些选择的优劣。科尔索总是最后一个选择，而如果他不同意其中一个人的意见，他就会说，"不要那么快，我的朋友"——而这也成为了他流行的口头禅。

每周六，《大学比赛日》都建立于科尔索对重要比赛的选择，也就是我们会去到哪个现场。而节目中的高潮时刻则出现在他拿出一个吉祥物的头套来

[①] 美国最大的直接广播卫星服务提供商，在全美有超过2100万用户。

[②] 全球最大的通讯公司以及第二大的移动电话服务供应商，同时是美国最大的固网电话服务供应商，还提供宽带网络及收费电视服务，在全美有超过1.5亿用户。

"不要那么快，我的朋友"

表示他认为哪支球队将会取得胜利的时候。以前，科尔索就是戴上一顶带有所选学校校徽的帽子，但是这一切都在1996年10月6日改变了，那一天四号种子宾夕法尼亚州立大学前往哥伦布市挑战三号种子俄亥俄州立大学。在节目之前，科尔索告诉赫布施特莱特（他曾经是俄亥俄州立大学的四分卫）他要选择七叶树队[①]作为胜者并且询问是否可以借一顶帽子给他在节目中用。

但是赫布施特莱特有个更好的主意。他问他的未婚妻艾莉森（以前是啦啦队队长）能否借到俄亥俄州立大学吉祥物的头套。所以在节目最后，科尔索戴上了布鲁图斯·七叶树的头饰来表示他的选择。球迷们开始欢呼大笑起来，因为科尔索穿着西装却戴着一个布鲁图斯的头饰看上去非常滑稽。于是，一项传统就此诞生，而接下来的日子里，科尔索带过南加州大学木马队的头盔、德克萨斯理工大学的红色突袭者头套、堪萨斯州立大学的威利野猫、威廉姆斯学院的紫色奶牛和不计其数的老虎、大象、狗和熊，你说吧。他甚至有一次和俄勒冈大学的鸭子吉祥物一起骑摩托车。科尔索每次节目结尾选择头套的环节都是收视率高峰。观众想要知道他选择哪支球队以及他要干什么。所有人每周都会笑着看完那60秒，而这就是科尔索常说的一场娱乐。对于大学橄榄球球迷来说就是纯粹的乐趣。

对大学橄榄球的渴望和热情就像其他任何一个体育项目一样高涨。ESPN从最开始我们从机场取录像带并且录播比赛的时候就已经感受到了，人们仍然会一遍遍地重看。大学橄榄球球迷对他们球队的热情很像ESPN的员工对公司的热情。提供服务的人和被服务的人都充满热情，这也是任何行业成功

[①] 俄亥俄州立大学校队名称。七叶树是俄亥俄州一种特有的植物。

体育无处不在——ESPN的崛起

的公式。也因此《大学比赛日》不仅成功，更成为了大学橄榄球组成的一部分。

***

在2013年10月19日，三号种子克莱蒙森大学老虎队坐镇主场迎来五号种子佛罗里达州立大学塞米诺尔队，而《比赛日》也因为这场黄金时段的比赛造访了克莱蒙森大学校园。在节目的最后，演员比尔·默瑞被邀请参加预测结果。但是几乎每次默瑞作出选择，科尔索都不同意。"不要那么快，疯狂高尔夫！"他逗趣到，"不要那么快，捉鬼敢死队[①]！"科尔索一共对默瑞说了六次"不要那么快"来表示反对。

在科尔索离开演播台的几分钟，默瑞告诉福勒和赫布施特莱特他要选择克莱蒙森大学赢下这场焦点战，这让上千名老虎队球迷陷入了疯狂欢呼中。然后，科尔索回来的时候扮成佛罗里达州立大学吉祥物奥西奥拉酋长的样子，带着头饰，手持长矛。这当然意味着他认为塞米诺尔队将赢下比赛。在没有任何征兆的情况下，默瑞从他的椅子上突然站起来，像在职业摔跤赛场上一样抓住正在跳战舞的科尔索，然后将他抱摔到了一个有着克莱蒙森大学老虎队虎爪的垫子上。接着，在（假装）肘击和脚踏了科尔索几次后，默瑞像胜利者一样举着奥西奥拉酋长的长矛并且将它远远掷出。这些都是为了克莱蒙森大学球迷们的欢呼。

[①] 《疯狂高尔夫》和《捉鬼敢死队》分别是1982年和1984年上映的两部电影，由比尔·默瑞主演。

12
永不放弃

吉姆·瓦尔瓦诺教练，被人们亲切地称为吉米·V，有一个在笔记卡上写下自己的梦想，然后放在自己外套兜里到处带着的习惯。他的妻子帕姆，最早发现的一张卡片上写着："赢下全国冠军。"他正是靠着1983年带领他的北卡罗来纳州立大学狼群队凭借一次令人震惊的绝杀击败了大热门休斯顿大学美洲狮队，从而问鼎当年的NCAA篮球锦标赛，才一举登上全国舞台的。为数不多看过那场比赛的人永远不会忘记兴奋的瓦尔瓦诺在比赛结束后冲到赛场内，找人拥抱的场景。

不被看好的狼群队连续赢下9场淘汰赛获得全国冠军让全国人都吃了一惊。在常规赛结束时，他们没能位于全国前25名而且输了10场比赛，他们必须赢下大西洋沿岸联盟[①]锦标赛冠军才能获得通往全国锦标赛的资格。他们先是1分险胜维克森林大学，然后在加时击败了拥有迈克尔·乔丹的北卡罗来纳大学，在最后决赛中狼群队战胜了拉尔夫·桑普森率领的弗吉尼亚大学骑士队。ESPN那场决赛的解说由迪克·瓦伊塔尔负责，他作出了预言："灰

[①] 大西洋沿岸联盟（Atlantic Coast Conference，ACC），美国东海岸的15所大学组成的大学体育联盟，是NCAA的五大联盟之一。包括了9所公立大学和6所私立大学。

体育无处不在——ESPN的崛起

姑娘！爆冷之城！"

随着他的球队闯入NCAA锦标赛，瓦尔瓦诺给他弟子的信息是："生存和前进！一次只想一场比赛！"那时的大学篮球既没有进攻时间限制也没有三分线，任何事皆有可能。在首轮，北卡州立大学通过双加时逆转佩玻代因大学，然后抹平12分差距击败内华达大学拉斯维加斯分校。在他的球队打入甜蜜十六强后，全国媒体开始称瓦尔瓦诺的球队是"大心脏的狼群：命运之队"。在精英八强的对决中，北卡州立大学再次击败了弗吉尼亚大学（在比赛最后7分钟的时候球队还落后7分）打入了最后四强，接下来他们在全国半决赛中击败了佐治亚大学。

狼群队将在决赛对阵锦标赛头号种子，也是全国排名第一的球队休斯顿大学美洲狮队，它的昵称是"灌篮兄弟会"[1]。坐拥像哈基姆·奥拉朱旺和克莱德·"滑翔机"·德莱克斯勒[2]这样的球员，休斯顿大学当时已经连胜26场，也被强烈看好能够击败北卡州立大学。媒体说瓦尔瓦诺的球队"毫无机会"，而休斯顿的胜利则是"轻而易举"。回顾那场比赛，杜克大学篮球队主帅迈克·沙舍夫斯基[3]承认，"我认为休斯顿会杀死他们，北卡州立没有任何胜利的可能。"即便连瓦尔瓦诺都开玩笑说他的母亲也认为休斯顿大学会以8分优势胜出。

---

[1] 英文原名 Phi Slamma Jamma。
[2] 两人均是美国篮球巨星，进入了 NBA50 大巨星行列。
[3] 美国大学历史上胜场数最多的篮球教练，他带领杜克大学蓝魔队获得过五次 NCAA 全国锦标赛冠军，并且作为美国男篮"梦之队"主教练取得过 2008 年、2012 年和 2016 年三届夏季奥运会男篮冠军。

永不放弃

在赛前的新闻发布会中，瓦尔瓦诺说他会降低比赛速度，这样美洲狮队就不能施展他们的快速进攻。然而，让所有人大吃一惊的是比赛时他让球队主动跑起来，这也打了休斯顿大学一个措手不及并且在半场结束时领先美洲狮队7分。下半场，"灌篮兄弟会"找回状态，重新获得领先。但是瓦尔瓦诺的球队团结一致，通过故意犯规来打断比赛节奏并且逼迫美洲狮队进行罚球，而他们则频频罚失。在比赛的最后一回合，时间还剩4秒，比分是52平，大四生德瑞克·威滕博格（他在季后赛狼群队的神奇表现中格外突出）的30英尺超远投篮没有命中。但是他的队友洛伦佐·查尔斯跃过奥拉朱旺并且一气呵成地抓下球扣篮，完成读秒绝杀。北卡州立大学以54：52赢下比赛。《体育画报》[①]称之为奇迹。ESPN则将其称为20世纪大学篮球史上最值得铭记的时刻。"令人不可思议的定义就是北卡州立击败休斯顿，"沙舍夫斯基说，"那就是不可思议的。"

在锦标赛后，瓦尔瓦诺热情洋溢的个性让他成为了全国名人。他频繁出现在电视脱口秀中并且做了无数深受好评的励志演讲。在1989年，他放下教鞭加入了ESPN并且很快就通过专业的篮球知识和幽默的风格受到观众喜爱，他也成为了我们的首席分析嘉宾。偶尔，瓦尔瓦诺会和瓦伊塔尔搭档，而因为他们相似的激情风格，人们开始称他们为"杀手V组合"。他俩也在那时候成为了很亲密的朋友。

从加入伊始就受到ESPN员工的欢迎，瓦尔瓦诺真正融入了我们的团队。

[①] 自1954年开始出版的美国体育杂志，拥有超过300万订阅读者，每周成人阅读量超过2300万次。

体育无处不在——ESPN的崛起

一天，罗宾·罗伯茨正在接受篮球赛事评述员的训练，而瓦尔瓦诺正好在楼里。约翰·沃尔什看到他就问，"嗨，吉姆，你愿意和罗宾做一场模拟比赛吗？""当然没问题，"他说，"罗宾，我会帮你剪辑评述样带的。"他俩下楼去到演播室，一起坐下来，用一场比赛录像模拟了赛事评述和分析嘉宾的工作。

"吉姆在那时是个明星，"罗宾回忆到，"他完全不需要那么做。"然而，这正是瓦尔瓦诺的特点。就像当他执教篮球时，没有什么是太多或者太小而不帮助团队成员的事情。我相信，这同样是ESPN文化的本质。我们都想要每个人都取得成功。吉米·V完美融入其中。

1992年的夏天，在经历了腰背部一些严重和持续的疼痛后，瓦尔瓦诺进行了一个完整的医疗测试。他最终被确诊为一种少见的腺癌。医生告诉他癌细胞在快速扩散并且已经无法控制了。他必须立刻接受一次强力化疗，而如果奏效的话，他可能还能活一年，如果效果不好，则只有十个月。

瓦尔瓦诺一直是个坦诚的人，所以他在前往纽约的斯隆-凯特琳癌症中心接受治疗前告诉如家庭一般的ESPN成员他的病情。在初次化疗之后一个月左右时间，瓦尔瓦诺决心回来工作，他在考虑到脱发情况后刮掉了他的头发。但是头发还会长回来，所以瓦尔瓦诺就会立刻赶回布里斯托每周做两到三个节目。

他周围的人知道他正在承受巨大的痛苦，但是他从没有让观众察觉。而对于所有人，他一直是那个如常乐观微笑的他自己。瓦尔瓦诺相信他能够击败癌症——并且让他周围所有人也这么相信。

＊＊＊

在1992年中期，雷·沃尔普联系了ESPN主席史蒂夫·伯恩斯坦，他和他的合伙人埃德·格里尔斯运营一个叫做万花筒的独立制作公司。有过制作包括宇宙小姐选美大赛这样高端活动的两个人向伯恩斯坦提出了一个举办全国体育奖项节目的主意。深受打动的伯恩斯坦让ESPN的首席财务官吉姆·阿莱格罗与沃尔普和格里尔斯见面，如果阿莱格罗认为这个提议可行的话，就开始准备。他和两位企业家见了面并且确实喜欢这个主意，所以他直接找到沃尔什争求他的意见。"这很有趣，"沃尔什说，"我在1987年给伯恩斯坦的36页提议中提出过非常相似的主意。我想是因为时机不对，最后没能成型。可能现在是时候了。"

伯恩斯坦当然这么想。他仍然有意发展ESPN的品牌，在意识到娱乐行业内体育奖项节目空缺后，他决定不让这个机会从手中溜走。所以当阿莱格罗建议推进这个项目的时候，伯恩斯坦爽快地同意了。

沃尔什和阿莱格罗领导设计这项后来被人熟知的ESPY奖项的工作，而这是一个怎么样的任务呀。他们必须决定要办什么奖项以及如何选择提名及获奖人选。必须设计一个奖杯。有上千个问题亟需回答。在哪里举办这个活动？在什么时间？它是直播还是录播？谁来当主持人？谁来当颁奖嘉宾？我们必须设计、印刷并且销售门票。我们必须做到所有你可以想象到的一场全国颁奖典礼转播所需要的事。毕竟，这是我们的奖项。我们拥有它。

在这过程中，制作团队提出了设置一个表彰勇气的奖项，并用网球伟人阿瑟·阿什命名，他当时刚刚宣布由于输血感染了艾滋病。我不知道是否沃尔什、阿莱格罗和伯恩斯坦从一开始就知道谁将获得第一届ESPY的阿瑟·阿什勇气奖，但是很明显瓦尔瓦诺是个有力的候选人。可以肯定的则是我们的管理层已经决定实施一些重要举措来帮助受癌症困扰的瓦尔瓦诺和ESPN家庭其他成员。

体育无处不在——ESPN的崛起

后来，一次瓦尔瓦诺造访布里斯托期间，他和他的妻子一同和伯恩斯坦及拉克共进早餐，他们告诉瓦尔瓦诺夫妇ESPN想要做些能够改变现状的事情。"我们希望和你共同创立癌症研究V基金会。"伯恩斯坦说。瓦尔瓦诺夫妇深受感动，我认为部分原因是企业这么做是很少见的。但是伯恩斯坦、拉克和我们的管理团队是认真的。

在吉姆以他一贯的热情和激情同意了提议后，ESPN成立一个办公室，分配了预算，并且委派人手开始和他合作来让新基金会落地。虽然深受重病之苦，瓦尔瓦诺仍利用他作为篮球教练的经验，亲自领导全局。找寻到癌症的治疗方法是V基金会的宗旨，他决定第一个正式目标就是投资于年轻的医师和科学家来帮他们立业。瓦尔瓦诺知道年轻人有更多的能量并且不会被老式做事方式所束缚。他相信，一名年轻人将会有最大概率发现一种尖端的想法最终导向解药。第二个目标则是保证基金会收到的捐赠将会直接交与研究者，而不是一个大型机构。就像是他在北卡州立大学执教时所做的，瓦尔瓦诺亲自招募了一个由家人和朋友组成的团队来完成这项任务。第一任董事会的主席是鲍勃·劳埃德，他和瓦尔瓦诺在1967年共同担任罗格斯大学篮球队的队长。首届董事会成员还包括来自1983年北卡州立大学冠军团队的威滕博格、杜克大学教练沙舍夫斯基、耐克公司的CEO菲尔·奈特、华盛顿演说局的主席哈里·罗兹和ESPN的约翰·桑德。

瓦尔瓦诺和沙舍夫斯基作为大西洋沿岸联盟的对头教练，两个篮球死敌之间的对峙就像是其他运动一样剑拔弩张。但是在1993年8月，当瓦尔瓦诺从斯隆-凯特琳癌症中心转院到杜克大学医学中心接受化疗和其他医疗时，沙舍夫斯基几乎每天都会去看望他。每当他来的时候，瓦尔瓦诺都会让所有人出去——而他俩会就篮球、家庭和人生聊上很久。老V教练和老K教练在那

永不放弃

时建立了很强的羁绊。他们成为了好朋友。

***

在第一届ESPY颁奖前夜，瓦伊塔尔（他将会颁发阿瑟·阿什勇气奖给吉姆）参加了在麦迪逊广场花园菲尔特剧场举行的彩排。他知道他的搭档身体状况并不好，而且很有可能不能出席典礼。但是当他看到为瓦尔瓦诺制作的一部非凡的视频时，瓦伊塔尔给瓦尔瓦诺的家里打了个电话。帕姆接起了电话，"对不起，迪克，他不会接任何电话的。"她说。

"帕姆，我必须和他说话。请让他来接电话。"

瓦尔瓦诺接起了电话，但是他的声音非常虚弱。"迪克？"他小声说道。

"吉米，兄弟你明天必须来纽约，"迪克说，"这将会很伟大。"

"迪克，我不关心什么奖杯和奖项。我看不到我的小女儿从高中毕业了。也不能看到我的女儿步入婚宴礼堂。迪克，我不会去纽约的。"

瓦伊塔尔一下就哭了。"吉米，兄弟你必须要来。你一定要来。"

瓦伊塔尔接下来就给沙舍夫斯基打了电话，他和他的妻子米奇立刻行动并且说服吉姆和帕姆参加颁奖。他们将会在次日早上一同飞往纽约。他们订好了机票和酒店。一切都安排好了。

在第二天北上的飞机上，瓦尔瓦诺非常虚弱和不适。"他一路一直在吐，"沙舍夫斯基回忆到，"我当时都认为他根本不可能在晚上做演讲了。"当他们到酒店的时候，状况似乎变得更严重了。"除了恶心和背痛，吉姆那时开始发烧，"帕姆记得，"所以我们不得不送一些药品到房间去。"

1993年3月4日，ESPY颁奖典礼当夜，纽约迎来了一场严重的暴风雪。摩天大楼的窗户都被吹破，交通异常糟糕，人们赶路困难，而颁奖嘉宾也迟到

体育无处不在——ESPN的崛起

了。丹尼斯·米勒是主持人，而其他嘉宾包括比尔·默瑞、拉寇尔·薇芝、玛瑞尔·海明威和达斯汀·霍夫曼。那天晚上总共颁发了大约三十个奖项。最佳男运动员（迈克尔·乔丹）、最佳女运动员（莫妮卡·塞莱斯）、最佳教练/经理（吉米·约翰逊）以及大学篮球年度时刻（克里斯蒂安·莱特纳的压哨绝杀）是一些重要奖项。贯彻了ESPN的风格，当晚也包括一些有趣的奖项，比如：体育从业者在尝试进入演艺行业的出色表现（沙奎尔·奥尼尔和说唱歌手宇宙暴徒一起在阿森尼奥·霍尔脱口秀中表演的说唱）和年度最令人吃惊的表演（一只兔子在密歇根大学和普渡大学的比赛中完成达阵）。

我和我的妻子安在现场享受这个夜晚，并且为ESPN通过它自己的颁奖典礼庆祝体育赛事不断成长而激动不已。然而，我在那时所不知道的是接下来将要发生的事，会是所有人关于那个夜晚的唯一记忆。

霍夫曼在后台准备介绍瓦伊塔尔时，注意到他有些紧张。"我紧张，"瓦伊塔尔回忆到，"我看到吉米、帕姆、迈克和米奇坐在前排，我无法控制我的情绪了，我不知道我能否完成介绍。"

"听着，迪克，"霍夫曼说，"会没事的。走出去然后说出你的心里话就好。"而这正是他做的。在放完回顾瓦尔瓦诺成就的视频后，瓦伊塔尔没有用他事先写好的台词，而是简单地说起瓦尔瓦诺对他意味着什么。接下来他走下台到前排去。"我就想要给吉姆一个麦克风，然后让他在宣布奖项后说句谢谢，"迪克说，"但是吉米拒绝了。"

"你带我到台上去，"瓦尔瓦诺告诉瓦伊塔尔，"我来纽约不是就为了坐在这儿然后说句谢谢的。"

所以瓦伊塔尔帮助瓦尔瓦诺走到讲台上，然后站在旁边。"我认为他会从我手上接过奖杯，表示感谢以及他迫不及待看到V基金开始运营，然后坐回去，"瓦伊塔尔回忆道，"我不知道他还有力气去做个完整的演讲。"

随着瓦尔瓦诺开始讲话（没有任何笔记或准备），疼痛看上去离开了他的身体，而全国电视观众从来不知道他的病有多严重。他开始先感谢所有人并且表示能够"和阿瑟·阿什一起被提及"是种无上荣耀。接下来瓦尔瓦诺承认他确实正在和癌症作斗争。"时间对我来说很宝贵了，"他说，"我不知道我还有多久，但我有一些事想说。"

"我们每天都应该去做三件事，"吉姆说，"首先就是笑。你每天都要笑。第二是思考。你应该花些时间思考。第三是你应该让你的情感变成泪水，可以是快乐或者愉悦。但是想想吧。如果你笑了、你思考、你哭了，这就是完整的一天。那才叫一天。"

瓦尔瓦诺还谈到他的梦想。"你要怎么从现在所处的位置到你想要到的地方？我想你必须要有对生命的热情。你必须有梦想，有目标。你必须愿意为之拼搏。无论你深陷何种困难，都不要忘记你的梦想。"

他提到他的父母，罗科和安杰利娜，他的妻子帕姆和他们的三个女儿，妮科尔、杰米和莉安。"我号召你们所有人……都享受你们的生活，〔以及〕你们所拥有的宝贵时刻。"他说。

随后，瓦尔瓦诺说他想要将他剩余的时间来"给予其他人一些希望"。他宣布"在ESPN的帮助下"，癌症研究V基金会正式成立。"这可能救不了我自己，（但是）这可能能救助我孩子的性命。这可能能救助你们所爱的人。"他引用癌症数据并且寻求支持。"如果你能够为基金会出一份力，那么可能就会有人活下来，活得很好，并且真的可能彻底治愈这个可怕的疾病。"他说："基金会的格言将会是不要放弃，永不放弃。在剩余的每分钟里我都会这样做。如果你看到我，微笑着给我个拥抱。"

"我要走了,"瓦尔瓦诺在结尾说。但是他"还有最后一件事"要说:"癌症可以夺走我所有的物理能力。但是它不能触及我的思想,不能触及我的心灵,也不能触及我的灵魂。而这三样将会永远存在。"

随着瓦伊塔尔和老K教练帮助瓦尔瓦诺回到他的座位,人群站了起来向他致敬。房间里的每个人都哭了。

[吉姆·瓦尔瓦诺在不到两个月后的1993年4月28日去世。他的妻子帕姆在瓦尔瓦诺的外套口袋里发现了最后一张笔记卡片。简单地写着"击败癌症"。]

13

极限体育奥运会

1995年5月，我被任命为销售和市场部门的高级副总裁，这个职位要求我负责ESPN两个主要的资金渠道。在我现有的联盟营销部门之外，我还要负责市场和广告销售部门，这意味着我的责任一夜之间翻了三倍。在我履新的第一天，我了解到这三个部门中的两个正在互相争斗，而这正是那两个我毫无经验的部门。所以我的第一个首要任务就是找出问题所在。

这一切都始于市场部设计了一个叫做"狼吞虎咽"的广告活动。想法是人们对于ESPN的《星期天橄榄球之夜》总是意犹未尽，他们希望能够"狼吞虎咽"一样地观看节目。这个活动非常别出心裁，它不同于其他推广，非常有创意和煽动性。市场部门已经完成了印刷和电视广告的制作，他们还买了1000个印有"狼吞虎咽！"字样的粉色存钱罐①用于送给广告客户。只有一个问题，还是一个大问题。我们理论上会从这个活动中受益的广告销售部门的员工厌恶这个想法。"这发出了一个错误的信号，"他们告诉我，"我们不会把ESPN和他的观众描绘在一个懒猪一样的主题下。我们面对的销售对象是高端

---

① 这里借用的是"狼吞虎咽"一词的英文 Pig-out 和"存钱罐"一词的英文 Piggy bank，都是以猪（Pig）为词根。

体育无处不在——ESPN的崛起

观众群体。"

"好吧，那你们为什么不把你们的感受在活动推进前告诉他们呢？"我问。

"因为没人和我们提起过。"他们回答。

现在我知道问题是什么了。这个"狼吞虎咽"活动已经产生了一个隔绝外界的筒仓。市场部员工在没有征询广告销售部门意见的情况下设计了一个大型广告活动。对我来说，这是不可接受的。所以我召开了一次会议，开会时我带着一个被我圈出来划掉"狼吞虎咽"四个字的存钱罐。"伙计们，我刚接手这份工作不久，"我说，"但是这决不许再发生了。下一次我们设计大型市场活动时，所有部门从计划确定和开始实施前就要参与其中。"

筒仓往往是公司发展的结果。人们开始向内看，而不是从整体上做出对公司最有利的事。我对这个情况格外担忧，因为沟通应该没那么困难，考虑到这两个部门就在我们纽约办公室的同一层！我可以理解在布里斯托和纽约之间由于地理上110英里的距离导致的沟通不畅，但是我现在领导的这两个部门并没有这样的借口。他们就在同一层楼里却没有交流这样的事实让问题显得更加严重。但是我要如何打破这个人性的趋势来让各自筒仓里的人走到一起去呢？

首先，我理解我是要和人打交道，而这需要领导力。每个部门都充满了有才华的个体，他们不愿意承认在同一层另外一个部门有着和他们一样优秀的个体。我认为如果他们尝试去互相认识对方的话，会好很多。所以不是靠发出一道要求人们互相交流的命令，我需要一个要求他们跨部门合作的项目。

108

而事实证明，创造出最终命名为X运动会的过程成为了一个让所有人通力合作的共同事业，不仅是纽约办公室的销售和市场部门，也包括布里斯托的制作和节目部门。事实上，几乎公司所有部门都参与到了这个项目中。

这一切都单纯地源于一位在那时称自己为"一名前线士兵"的ESPN员工的想法。容·塞米奥在1985年作为一名会计加入ESPN。1989年，他作为单位运营制片人带了一个柴油发电机到世界大赛现场，让ESPN能够在洛马普里塔地震后转播现场实况。到了1993年，塞米奥调到节目部门来协助启动ESPN2台，而他立刻开始探索在那时被认为是"另类"的"极限"体育来吸引更年轻，更嬉皮的体育爱好者。

为了更好了解这个主题，塞米奥造访了一家当地的书店并且惊讶于每项运动都有专门的杂志。有滑板杂志、小轮车杂志、滑雪杂志、冲浪杂志等等。但是没有一本杂志包含所有这些运动。所以塞米奥买了一大摞书并且花了一下午时间在他家里的沙发上阅读这些杂志。

当天晚上，塞米奥作出了三个重要的结论。首先，对于当代年轻人，职业极限运动员是很受尊敬的。对他们来说，滑板手托尼·霍克和迈克尔·乔丹一样厉害。第二，每项运动都不仅仅是一项活动。它们是一种反映了年轻爱好者如何表达他们作为个体的生活方式。第三，主流印刷品广告商都在主动尝试将他们的产品和这些运动联系起来，因为年轻人认为这些运动很酷。

塞米奥把现在极限体育的状态比作上世纪50年代到60年代的摇滚乐运动。家长说那不是真正的音乐，但是孩子坚持他们的观点直到它成为整个音乐文化中被接受的一部分。塞米奥认识到同样的事情也会发生在极限运动上。孩子们已经开始支持它们，而它们可能将成为整个体育文化中被接受的

体育无处不在——ESPN的崛起

部分。所以为什么不让ESPN将所有这些运动展示在一个主要转播赛事中呢？他想，我们不仅能举办赛事，还能展现运动员们独特的生活方式。

塞米奥有了新想法，但是这远超出他为ESPN2台设计节目的职责范围。他知道ESPN文化的一部分就是倾听任何有好主意的人。所以塞米奥把他的理念分享给他的老朋友和同事约翰·怀尔德哈克，他在那时是远程制作部门的经理。怀尔德哈克的热情给予塞米奥信心找到他自己的上司，而他也鼓励容继续向更高层进言。塞米奥接下来见到了节目部门高级副总裁的戴维·朱克。在准备中，塞米奥将他的话术缩减成一句简单易懂的话："我想要创造一个极限运动的奥运会。"他这么告诉朱克。

经过一些讨论后，朱克让他通过备忘录的形式写下他的想法，朱克则会交给史蒂夫·伯恩斯坦。"我们在其他公司之前想到这个主意就要先发制人推进它。"朱克说。而接下来塞米奥知道的就是他展示极限运动的想法被ESPN纽约的高层严肃考虑了——也包括作为销售和市场主管的我。

ESPN应该举办极限运动会（它第一年的名称）吗？如果是，我们应该外包给一个第三方还是由我们筹划和制作？而这在管理层中制造了不少分歧，部分因为我们在考虑支出1200万美金来自己承办赛事。当伯恩斯坦向所有人征求意见时，我投了赞成票。"我们的销售人员将会全力以赴，"我说，"这令人兴奋而我们可以实现它。"最终，很喜欢这个主意的伯恩斯坦打破了僵局，他宣布我们不仅要推进，而且ESPN将会拥有、承办和制作极限运动会。

这个决定同时制造了机会和风险。很明显，我们有机会通过建立一个我们自己全新的产品来增加额外的资金流。而风险则是ESPN从没有尝试过这个体量的活动。这不仅要求一个全新的商业模式，更要一个新的部门来承办赛事，以及额外的每个项目本身的专家。

塞米奥成为了实际上的项目领导，他打了一通电话给完全陌生的杰克·威纳特。威纳特是前密苏里大学的橄榄球运动员，曾经参与承办奥运会级别的赛事，他欣然接受了在ESPN工作的机会。在威纳特从圣路易斯飞来完成了一次持续很久的面试后，我们聘用他来组建领导我们全新的赛事制作团队。他现在负责关于搭建极限运动会的所有工作，包括建造露天看台、搭建运动场地和印刷门票等等一切。

因为ESPN拥有赛事的每一部分，我们要负责设计体育竞赛、竞赛规则以及对运动员的评价和打分方式。在我们的想法中，我们必须让运动员参与这些决定，因为他们比我们更了解他们的运动。所以我们请他们来帮助我们设计赛事。虽然这个想法听上去像是常识一样，但是这一点都不简单。滑板运动员、单板滑雪运动员、旱地雪橇运动员以及其他所有运动员，由于他们的本质，有着和普通职业运动员完全不一样的节奏。因此，我们必须说服他们和我们合作。有些人认为这是向统治集团的倒戈。但是我们最终让他们相信我们不是让他们叛变，我们是让他们投资。两位参与到早期规划中的知名运动员是先锋滑板手托尼·霍克（昵称"鸟人"）和职业小轮车骑手马特·霍夫曼（昵称"秃鹫"）。凭借他们在其他运动员中的声誉，他们坚信他们的运动将会被职业地转播，而不是像马戏团表演一样被对待。

销售和市场部门的任务是向消费者展示和销售这个赛事。市场部必须恰当定位极限运动会，这样我们的销售人员才可以成功售出广告。然而起初，我们不能决定我们要将极限运动会看作是一项赛事还是一个节日。运动员他们自己更倾向于节日定位。他们不是高中运动员了，但是他们都有一个他们深爱着的运动。而且他们对比赛不太感兴趣。如果有十个人参加滑板比赛，其他九个人会像他们自己赢得比赛一样为第一名感到高兴。这种为他们的朋

体育无处不在——ESPN的崛起

友取得优异成绩而真诚欢呼的场景在体育赛场中独一无二，我觉得非常令人耳目一新。所以我们决定将第一次赛事定位为一个"节日"。

我们展示参赛者是真正的运动员，是有着独特生活方式的艺术家，而不是特技选手或者敢死队员。我们向观众讲解不同的运动项目，展示很多的技巧，并且努力吸引观众观看赛事，因为这些运动是不同寻常的。很明显，ESPN正在延伸到核心体育爱好者之外的群体，而为了有效做到这点，我们必须利用传统电视渠道以外的方式。所以除了在ESPN播放广告外，我们利用了ESPN电台、ESPNet.SportsZone.com以及在每份极限运动杂志中刊登广告。ESPN还在频道时间之外购买其他频道的时间，比如MTV、CNN，和多个联合广播电台。

我们的宣传广告不仅要好，更要和销售部门达成一致。毕竟，极限体育赛事的电视广告时间不像是NFL或MLB那样能够更轻易地吸引大型广告赞助商。相反，我们现在必须吸引公司在他们的苏打饮料罐上放一名滑板选手，或者在衣服及其他产品上放一个标志。我们还必须在电视转播外寻找赞助商和销售广告牌。之前在我们销售部门没有人曾经担心过一场滑板比赛中要在哪里悬挂一个赞助商标志。这一次我们在接触潜在赞助商时会告诉他们，在滑板赛场的固定位置放置一个标识然后摄像机就能在比赛中拍到它。像这样的细节要求销售部门具备和以前完全不同的能力，所以他们必须和制作、节目以及赛事组织部门紧密合作。没有其他方式可以完成我们的目标。

因此，准备极限运动会成为ESPN真正团队合作的催化剂。当然，我们的协同工作不是一帆风顺的。但是当分歧出现时，塞米奥永远在那里化解争端并且协助达成共识。经过一段时间，人们通过内部多种训练开始建立起对他人更多的尊敬，而这使得整个ESPN都有了一种更强大的内部文化。

***

在1995年6月和7月，首届极限运动会在罗得岛州的普罗维登斯和纽波特举行。超过20万粉丝参加了赛事，比赛项目包括滑板、旱地雪橇竞速、直排轮滑、山地自行车和高空滑板。ESPN和ESPN2台提供了超过60个小时的电视转播。为了让比赛更加刺激，我们的制片人在运动员的头盔上、滑板斜坡的墙上以及赛道周围放置了微型摄像机。无线摄像机同样被放置在跳伞运动员、旱地雪橇和盘旋在赛场上空的直升机上。

我参加了首届极限运动会并且被现场充满热情和肾上腺素的气氛所振奋。每个参赛选手都收到了奖杯。在海滩有一场盛大的派对，而一如既往，为了赛事辛勤工作良久的ESPN员工也举行了我们自己的派对，并且狂欢一整夜。

第二年，我们将赛事的名字变成了"X运动会"，增加了更多项目，邀请了更多运动员，并且开始提供奖金和奖牌。在1997年的1月和2月，我们在加利福尼亚州的大熊湖举办了首届冬季X运动会，包括了像单板滑雪、冰岩攀登、雪橇竞速和雪山自行车竞速等项目。

在随后的几年，X运动会随着塞米奥和威纳特的团队不断尝试新的场馆、角度和想法而不断进步。比如，他们增加了运动员休息室（配有音乐和沙发），这样参赛者就可以休息放松。而随着X运动会的收视率和受欢迎程度上升，我们每年都能卖出我们所有的广告时间。我们的大型赞助商包括了激浪、塔可钟、雪佛兰、耐克和米勒淡啤。

那时还有不计其数付不起广告时间，专门给年轻人制作产品的小型公司。他们的产品包括能量饮料、电子游戏、体育设备、服装以及类似背包、手套和固定器一类的产品。所以，塞米奥和威纳特把这些公司都放到了一个

113

体育无处不在——ESPN的崛起

大帐篷里，观众可以在内部走动，就像是你可以在任何大型会议中看到的赞助商展览一样。有一年，塞米奥带我参观时，我们走到了一个大的展示帐篷内，里面装扮成了卡萨布兰卡的主题风格。"容，这是什么？"我问，"这看起来就像是一个毒窟！水烟什么时候送上来？"

塞米奥同样尝试通过带来最流行的乐队来让年轻人高兴，而这我就跟不上潮流了。一年，他开玩笑地给我发邮件争求意见，所以我向我还未成年的女儿凯特征询建议。"你为什么不给容回电邮建议他请来好把戏呢？"她说。

"好把戏是谁或者说是什么？"我问。

"拜托，爸爸。好把戏乐队超赞的！他们是最好的！"

所以我拍了一张好把戏乐队海报的照片并且发给了塞米奥。"嘿，容，你觉得邀请好把戏乐队来下一届X运动会表演如何？"

塞米奥惊得下巴都掉了。"你怎么知道好把戏乐队的？"他邮件里回复，"我还以为你会提议说老鹰乐队或者滚石乐队呢！"

年复一年，X运动会逐渐成长为一个国际性品牌，而每个人都获得了成功。很多运动（比如滑板和小轮车）成立了自己的联盟。不计其数的运动员变得出名——比如奥运会单板滑雪金牌获得者肖恩·怀特，他成长于ESPN的平台并在2002年赢得了他第一枚X运动会的奖牌。甚至国际奥委会对这些运动的态度都有了180度的变化（在第一届赛事举办后不久，一位国际奥委会成员称极限运动会是"昙花一现"）。

不久，国际奥委会开始推动奥运会改变以更加吸引年轻观众。在1994年利勒哈默尔冬季奥运会中，一项X运动会项目都没有。到1998年，两项单板滑雪赛事加入到正式项目中。到2014年索契冬奥会举行时，已经有12项单板滑雪和"类X运动会"滑雪项目了。事实上，那年NBC转播的第一项赛事就是单板滑雪坡面障碍技巧赛。

ESPN当然从X运动会的巨大成功中盈利。但是我们公司取得的成功远不是金钱所能衡量的。ESPN的文化让一位叫做容·塞米奥的年轻人将他的想法向上快速传递到高层并且得到认可，最终取得了全球范围的成功。这一简单的事实继续激励ESPN的人们每天想出新点子，也让我们公司保持在创新的前沿。而且，自己拥有和承办赛事让我们能够进一步推动ESPN团队间相互尊敬和协同合作的传统。而从企业领导层面来说，那就是X运动会的核心价值。

＊＊＊

在ESPN准备极限运动会的期间，我雇佣了朱迪·费林来接替哈里雅特·塞特勒担任市场部高级副总裁的职务。拥有12年在百事公司的工作经验和达特茅斯学院的MBA文凭，她是对我们的完美补充。

在费林就职的第一天，我让她来到我的办公室，交给她一份兰德·麦克纳利出版社出版的纽约和康涅狄格州路线图。

"这是什么？"她问。

"这是张地图，"我回答，"虽然市场部门在纽约，但在布里斯托我们有很多顶尖的制作和节目人员。我想让你了解那里的情况，并且向他们展示市场部门是他们的伙伴。"

14
和米奇合并

作为市场部新的主管，朱迪·费林很快召开了两次会议来缩小布里斯托和纽约之间的距离。首先，她开车到布里斯托和约翰·沃尔什、约翰·怀尔德哈克以及其他人坐下来进行了交流。"告诉我市场部有什么问题。"她对他们说。"市场部做什么都在自己的筒仓里，"他们回答，"你们从来不询问我们的想法。我们只能从电视里看到广告，而多数都不能反映我们真正的状态。"费林将意见整理成表并且保证将会付诸实施。第二个会议则是和我们的广告代理威登–肯尼迪进行的，他们回顾了所有ESPN的宣传促销（其中有些费林认为非常不错）并且讨论了他们和在布里斯托的制作和节目部门的交流。她还向他们询问对于ESPN品牌的看法以及这是如何影响广告活动的。

费林从威登–肯尼迪听到的第一个重要的反馈是ESPN的广告"基本上不需要制作和节目部门的合作，因为它们都不是在布里斯托拍摄的。"费林决定立刻改变这个现状。不久之后，代理商展示了一个关于我们公司品牌解读的精彩且有创意的文件。"ESPN不只是一个大型频道，"它这么开始，"它首先是一个巨大的体育爱好者——那种会每天早上看报纸时会直奔体育版汲取相关重大比赛新闻和最新排名的粉丝。作为一个热情的体育爱好者，ESPN是有知识的，坦率的并且非常有见解。"

和米奇合并

费林喜爱这个将我们想成巨大的体育爱好者（而不是一个大公司）的比喻，并且立刻想要在整个公司灌输这个理念。当她向我汇报这个主题时，我想起了ESPN的第一次转播，乔治·格兰德明确指出我们的宗旨是服务体育爱好者。将这个宗旨变成ESPN自己本身就是一名体育爱好者对我来说再正常不过了，所以我鼓励费林去实现它。不久，市场部设计了一些强有力的表述，这样每个人都可以把这些想法运用到他们的日常工作中，不论是制作一档节目、频道规划、招揽人才抑或是销售广告位。其中一个叙述简单明了："ESPN是个体育爱好者。"另一个则是："ESPN严肃对待它的体育，活泼地对待自己。"很快，从他们自己作为体育爱好者的观点，我们的员工开始思考其他体育爱好者会想要看到和听到什么。

正是在这时费林将市场学通用术语"社交货币"引入到ESPN。就像天气一样，人们谈论体育来增进社交。比如他们走入芝加哥一家咖啡馆，在不认识任何人的情况下，他们可以说，"嘿，小熊队昨晚赢球了吗？"或者"嘿，熊队这个赛季预期如何？"既然10个美国人中有9个认为他们自己是体育爱好者，那就有很大的机会获得回应。本质上讲，这就是社交货币——分享信息可以鼓励进一步的人际交流。体育是能够将人们带到一起的，因为几乎所有人都喜欢谈论体育。因此，费林分析如果我们视ESPN为一个体育爱好者，我们的声音——我们在转播中说的话——就可以用作社交货币。

虽然这是一个多数职业市场营销从业者熟悉的概念，在费林入职之前，我从没有在ESPN听任何人提到社交货币，而她则通过一个非常有趣且有效的方式介绍这个术语。她就是在饮水机旁或者早晨咖啡时间的闲谈中开始提起这个说法的，就像是种下一颗种子然后让它生根发芽。然后，人们就希望从市场部学习更多如何使用它以及让它奏效的方式。

体育无处不在——ESPN的崛起

我记得费林被邀请到销售部门来讲如何给潜在广告商定位ESPN。"在早上，我们的观众调到ESPN来了解体育世界发生了什么，这样当他们见到他们的朋友、客户或者顾客时，他们就可以紧跟最新情况，"她告诉他们，"这就是为什么你，广告主先生，想要在ESPN推广你的产品。通过我们的集锦、洞察和职业分析，我们吸引这些强力的、难以接触的体育爱好者。我们提供给他们所需要的社交货币来建立链接和关系。这就是他们为什么看ESPN的原因。对他们来说，这是不可或缺的。"

将我们想象为一个体育爱好者并且把我们的声音看作社交货币是ESPN品牌发展过程中巨大的一步。另外，从这些关于社交货币的闲谈中涌出了一个关于市场营销的新宣言："ESPN应该成为体育谈话的一部分，不论是在看体育、读体育或者谈体育中。"

当我们的员工看到这句简单的话，反应是可以预料的。"对啊，当然了，我们应该做到这样！"每个人都这么说，"这是显而易见的。"而在哪里体育是会被看到、读到和谈论到的呢？电视、电台、报刊和互联网——以及任何其他未来可能会出现的新的和创新的科技。这个新的宣言成为了我们的驱动力和催化剂。ESPN的品牌应该到哪里，它就能够到达哪里——而我们将会真正实现它。

这些所有关于品牌的讨论，以及在纽约和布里斯托之间新的交流，催生了一个执行时最终将ESPN的品牌提升到前所未有的高度的主意。ESPN市场部和威登-肯尼迪同意我们应该为我们的旗舰产品《体育中心》做更多的推广，所以我们决定启动一个新的广告活动。但这个项目并不会只由市场部一方启动，费林派出了一支团队去布里斯托从节目一开始参与制作和规划。这个团队包括了费林的左膀右臂艾伦·布罗斯以及我们来自威登-肯尼迪的客

和米奇合并

户团队，他们花了一周的时间来感受幕后的《体育中心》。他们参加了制作会议，学习了如何挖掘故事，看到了播音员写自己的台词、选择他们的衣柜、画妆，并且在控制室观看了节目直播。

回到纽约后的头脑风暴中，团队回顾了李·伦纳德在首次ESPN转播中所说的一句话。"嗨，我是李·伦纳德，欢迎来到康涅狄格州布里斯托，"李当时这样说，"为什么是布里斯托？因为在这里将会带给你所有正在进行的体育赛事。"团队接着分析到：如果布里斯托是体育世界的中心，那么全世界最成功的运动员是否也会在这里闲逛散步，和播音员打成一片呢？所以何不制作一系列幽默的广告展现受欢迎的运动员在布里斯托的办公室里呢？随后，采用来自丹·帕特里克和基斯·奥尔伯曼用过的流行语，他们决定称它为"这里是《体育中心》"广告活动。

制作过程的第一步是回到总部去说服布里斯托的员工同意这个想法。于是，市场部的员工和沃尔什以及他的《体育中心》团队见面来解释整个概念。我们希望让播音员成为明星，这样可以吗？我们想要有些人开自己的玩笑，而有些人则得扮演配角，这样可以吗？他们想要参与进整个活动的成型过程吗？他们有没有一些关于我们可以在广告里展现的场景的想法？虽然最初有些犹豫，这些问题最后的回答都是肯定的。

我们下一步就是找到愿意参与到我们这个新宣传中的运动员。最初，我们认为这不会简单，因为在赛季进行期间他们没有很多空余时间，更不用说布里斯托离哪里都不近。但是当我们发出大规模试镜邀请看看谁在纽约地区并且有兴趣参与的时候，出乎意料地有很多人同意了。于是我们和运动员确定了我们可以有足够人手到布里斯托拍摄广告的日期。

在早期的一集广告中，我们把ESPN的入口打扮成一个带有吧台和钢琴表

体育无处不在——ESPN的崛起

演的酒店大堂，人们可以把小费放在钢琴上的玻璃杯里。而格兰特·希尔则身穿他的底特律活塞队队服弹着钢琴，帕特里克西装搭在肩上走进来，看上去情绪低落。格兰特叫住他说，"嘿，丹，你没事吧？"

"嗨，格兰特，"帕特里克回答，"呃，节目很糟糕。发型看上去很糟。提词器也不工作了。我还在集锦中说错了话。"

"我来让你高兴些，"希尔说着就开始弹奏一首欢快的乐曲。帕特里克就笑了，摇了摇头，然后往杯子里放了些小费。

"谢谢你，格兰特。我很感激。"

"没关系，朋友，"希尔说，他继续弹奏着音乐，而帕特里克则跟随音乐节奏轻拍着钢琴。

这样的广告在我们的观众群体中逐渐变得非常受欢迎。我们不太费力就说服几乎各种项目的运动员参加演出。其中包括：佩顿·曼宁和本·罗斯利斯伯格（橄榄球）、罗杰·克莱门斯和大卫·奥尔蒂斯（棒球）、勒布朗·詹姆斯和坎迪斯·帕克（篮球）、阿波罗·安东·大野（速度滑冰）、肖恩·怀特（单板滑雪）、亚历山大·奥维契金（冰球）、玛莉·卢·雷顿（体操）、泰格·伍兹（高尔夫）和丹尼卡·帕特里克（赛车）。

在ESPN外部，"这里是《体育中心》"广告活动成为了电视历史上最成功的活动之一。从上线至今，它已经持续了超过二十年之久。在ESPN内部，活动同样对我们的行为有着巨大的影响。比如，它通过在布里斯托和纽约之间设置了一个新的合作进程来进一步缩短两地的分离。如果市场部想出一个主意，我们收到来自制作和节目部门的认可和参与，然后我们成立一个多样化的团队来制作产品。布里斯托的人不再看不上纽约的市场部门，"你们不再把自己关在筒仓里了，"他们说，"你们非常棒。"而每个人都认识到合作让结

和米奇合并

果以指数程度变好。整个过程提醒我一支成功的球队意味着最终结果大于每个个体总和。这不仅适用于体育界，也适用于商界。

"这里是《体育中心》"改变了ESPN的一切。它通过展示ESPN一直富有幽默感并且能够让他们开怀大笑帮助我们建立起和体育爱好者的情感链接。广告活动的成功还极大助推了市场部的发展，也激励我们在品牌上做得更多。所以我们继续告诉我们的广告商社交货币能够怎样帮助他们吸引体育爱好者以及ESPN的品牌有多强势。但随后我意识到是时候收集一些真实数据来支撑这些说法了。也正是那时，ESPN的调查主管阿蒂·布尔格林完成了一份关于我们品牌强度的深度调查。

即使是公司里最乐观的人都被结果震惊了。"我们的品牌不仅是体育转播行业中最强的，"布尔格林说，"它也是电视转播行业中最强的，没有之一！"

***

1995年7月31日，华特迪士尼公司宣布他们将会以195亿美金的价格收购大都会通讯公司/ABC（在那时是美国历史上第二大的收购）。当这笔收购在1996年初最终完成的时候，迪士尼拥有ESPN股份的80%（1990年赫斯特国际集团以1.7亿美金的价格购买了ESPN股份的20%）。最初，公司内部员工都很紧张，不知道这对我们意味着什么。毕竟，迪士尼是一个拥有超过16万员工的全球大型企业，而ESPN只有5000人。他们同样拥有多个商业分支，当然包括迪士尼世界和迪士尼主题公园，还有一家好莱坞电影公司、消费品和迪士尼电视频道。迪士尼会吞并我们吗？他们会把我们整合进ABC吗？我们会被搬到奥兰多吗？还是我们都要被裁员了？无论是否有答案，整个公司都流传着这些问题。然而，从组织角度看，迪士尼CEO迈克尔·艾斯纳在1996年4月宣布ESPN和ABC将会继续作为独立公司，都向史蒂夫·伯恩斯坦汇报。

从一开始，艾斯纳就认可了ESPN至今所取得的成绩。他们让我们继续留在布里斯托，允许我们保持我们独特的文化，并且基于我们的相互尊敬和信任开始着手建立一个坚实的关系。即便我们在转型过程中经历了一些波折，最后我们都创造了一个如何让大型收购成功的范例。

作为销售和市场部门主管，我可以清楚地看到迪士尼对于ESPN可以说是尽职尽责。艾斯纳在宣布收购时，将我们的品牌和可口可乐一样称为"神奇的名字"。他随后还表示我们同样在以正确的方式建立品牌。这是来自世界上最顶级的营销组织华特迪士尼公司的无上认可。我们都是看着《迪士尼奇妙世界》长大的，而他们也是世界上最受欢迎和最知名的品牌之一。所以当迪士尼就像一个睿智的导师一样开始鼓励ESPN培养增强我们的品牌时，我们市场部的多数人都很高兴。以一个比我想象中更加正规的方式，他们将品牌管理的艺术和科学性都提升到了一个新的层次。

他们说培养品牌的一部分是扩大它。所以迪士尼的高层（尤其是鲍勃·艾格）促使我们接受新的挑战以使ESPN的品牌更大、更强、更有力。他们佩服我们是早期几个将我们的产品拓展到互联网的电视频道，首先是ESPNet.SportsZone.com，然后是我们在1998年启动ESPN.com。"很明显，你们领先了这场竞赛，"他们说，"但是你们可以在线上做得更好。"而我们则在关键人员带领下加强实现承诺的力度，比如约翰·科斯纳先后历任ESPN.com的节目和发展主管（1999年）和ESPN全数字媒体主管（2003年）。［在科斯纳的领导下，ESPN.com成为了ESPN在全球增长的驱动力，尤其是我们在从互联网向手机转型时。在2015年，ESPN数字媒体在美国体育细分市场拥有35%的市场占有率（是第二名的三倍还多）。］

和米奇合并

迪士尼进一步鼓励我们利用ESPN的品牌力度并且进入新的行业。"更多产品，更多商品，以及更多传播渠道会让ESPN承载更多重量。"他们说。所以我们和迪士尼新的投资小组一起，开始搜寻新的行业作为扩展目标。我们放弃了很多机会，但是确实推进了ESPN商店来销售商品以及ESPN地带餐厅，专门给球迷提供一个既有餐饮又可以在大屏电视上享受体育比赛的高端体育吧。因为ESPN之前没有过在这些市场方面的经验，迪士尼的员工提供了他们大量的资源给我们用于启动市场和降低风险。他们提供给我们专家、资金和创意人才来设计出最好最可行的产品。

总而言之，ESPN被华特迪士尼公司收购对我们市场和销售部门的收益是立竿见影的。迪士尼高层在我们的品牌能力和它能走到多远上给予我们更多的信心。他们使我们有胆量去突破上限。"不要满足于你们今天所拥有的，"他们说，"既然今天已经如此美好，那么明天就可以变得更好。"

***

在1996年，我们意外地失去了两位重要和挚爱的ESPN家庭成员。《体育中心》最初的播音员之一汤姆·米斯，在他家附近不幸溺水身亡。在早期，米斯和克里斯·伯曼搭档主持每周五到六个晚上的深夜档《体育中心》。他是体育电视新世界的先锋，通过专业的解读和绝对的趣味为观众带来集锦和评述。作为一个长期的冰球球迷，我真的很享受听米斯做赛事评述。他在早期奠定了ESPN的NHL和大学冰球转播。米斯去世时只有46岁，留下了他的妻子米歇尔，和两个女儿劳伦和加布里埃勒。

我们同样失去了斯科蒂·康纳，他在1996年亚特兰大奥运会期间突发心脏病去世。和切特·西蒙斯一样，康纳是ESPN最初的心脏和灵魂。他聘用了很多将我们公司带上成功道路的人才。他给像我一样没有证明过自己的年轻人机会来展示我们能做到什么。他确定了ESPN要如何作为一个公司运营的基调，创造了一种乐观、诚信、有热情和家庭感的文化。我想康纳的儿子布鲁斯·康纳一句简单的话能够最好地描述他："父亲善于和人打交道，无论你是一名保安还是一名高管。"康纳离开了他的妻子提尔，8个孩子和11个孙子。享年68岁。

15
"再告诉我一次你怎么做到的"

在被迪士尼收购后，公司充满了进取求胜的欲望，而我们也努力拓展我们的品牌。所以当突发的竞争出现时，我们能够立刻做出反应。在1994年获得NFL转播权后成立的福克斯体育启动了一个新节目叫做《福克斯全国体育报道》，每晚播放两次（6点和10点）。这是他们对《体育中心》的回应。然后，在1996年2月，时代华纳宣布CNN和《体育画报》将联合创立CNNSI，一个每日提供24小时体育新闻的有线电视频道。在同年12月中旬，频道正式开播。

没过多久，ESPN管理团队就坐到一起来探讨行业最新的动向。"我们不能干坐在这里看着别人启动像这样的节目，"我们异口同声地说，"如果观众想要24小时体育新闻的话，我们就要提供这样的产品。"房间里每个人都同意这个结论，所以我们决定创立我们自己的体育新闻频道，并且决定在CNNSI上线前开播。对速度的要求是迪士尼影响的直接结果。迈克尔·艾斯纳不断推动ESPN拓展我们的品牌，而不久成为迪士尼公司主席的鲍勃·艾格则不断鼓励我们"轻装上阵，快速前进"。

我们立刻作出公开声明宣布ESPN将会启动一个新的全体育新闻频道。然后我们就要立刻投入准备中。并不是直播所有节目，我们决定循环重复播放

体育无处不在——ESPN的崛起

一个半小时的新闻直到我们制作出新的节目。我们的焦点将会是播放体育新闻、集锦、新闻发布会，以及如果必要的话，从我们其他两个频道中分流赛事。在经过公司全体部门六个月极为艰苦的努力后（就像我们在ESPN2台和X运动会时所做的），ESPN新闻频道在1996年11月1日正式上线，迈克·蒂里科是频道的第一位播音员。

CNNSI在六周后的1996年12月12日开播。几乎是同一时间，频道的两大分支CNN和《体育画报》合作伊始就遇到了问题。但是当CNNSI陷入挣扎时，ESPN新闻频道则迎来了开门红，这得益于坚实的团队合作以及我们已经确立的和有线电视运营商以及最近成立的卫星公司的商业关系。〔在2002年，福克斯停止了他们的《全国体育报道》，而CNNSI也宣布关门。行业内风传CNNSI停业部分是因为两个公司的员工无法共同合作。而ESPN新闻频道则一直在线并且运营良好。〕

在1997年，也部分因为迪士尼的倡导，ESPN决定把我们的品牌扩张到印刷新闻业。四年前，迪士尼就已经和赫斯特国际集团合资制作一本叫做《全体育》的杂志，但是它运营情况不太好。让ESPN从头做起的主意是迪士尼出版部门高级副总裁约翰·斯基普的想法。他也被认为是迪士尼世界和ESPN文化之间的完美桥梁。作为前《美国周刊》和《滚石杂志》的高管，斯基普不仅非常有创意，更棒的是他还是个狂热的体育爱好者。毫无意外，他和约翰·沃尔什（也曾经在《滚石杂志》工作）形成了良好的合作关系，并且一同为新的杂志确定了发展方向。

为了让斯基普和沃尔什远离他人干扰，ESPN为杂志团队在纽约提供了一个独立的办公空间。他们很快组成了一个新团队，包括加里·赫尼希、迪克·格洛弗和约翰·帕帕内克（他曾是《体育画报》的总编辑）。为了做出

"再告诉我一次你怎么做到的"

与众不同的产品，团队决定通过新兴运动员、幽默故事、大量照片、体育文化和时尚的内容组合来瞄准比《体育画报》更年轻的群体。另外，《ESPN杂志》的规格将会更大，而且两周一期。

《ESPN杂志》在1998年3月发行首期，封面的标题是"下一个"，搭配科比·布莱恩特、埃里克·林德罗斯、科戴尔·斯图尔特和亚历克斯·罗德里格斯的帅气照片。创刊号就向读者发出了明确的信息：这不会是你父亲的体育杂志。这将会是不同的，它会向前看，而不是向后。在标题"下一个"后，它将会关注潜力巨大的未来新星。随着时间的推移，ESPN的新杂志由于它轻松的封面和专门赞扬健美身材的"人体"特刊而变得知名。《ESPN杂志》从创刊之初就取得了成功。最终，它的办公室搬到了布里斯托并且在公司庞大的内容产出机器中赢得了一席之地。

***

回到1987年当我还在丹佛的时候，ESPN第一次赢得了NFL《星期天橄榄球之夜》的转播权。在那时，我们想出了利用增设额外收费来填补开销的创新方式。和NFL的合同让ESPN上升到新的高度，而我们也有幸多次更新这份合同直到1997年。

在1996年被迪士尼收购后，我开始准备1998年初举行的和NFL电视转播谈判。那时候谈判桌上将不仅有ESPN的《星期天橄榄球之夜》的合同，还有ABC的《星期一橄榄球之夜》的谈判。我相信华特迪士尼公司的财政实力将会提供给ESPN额外的优势来在报价上击败特纳广播公司从而获得整个赛季的转播权，并且为ABC保留住《星期一橄榄球之夜》。［在1994年，特纳广播公司通过获得另一半《星期天橄榄球之夜》的转播权加入了NFL的转播派对。］

体育无处不在——ESPN的崛起

换句话说，在接下来几年内将会出现一个绝佳的机会，而我知道我们必须设计一些新的有创意的东西来抓住它。所以就像我每次评估重大机遇时都会做的一样，我召集联盟营销部门来谈论这个事情。

我们的第一次谈话聚焦在一个问题上：我们要如何利用这个情况，如果我们获得了一整个赛季的《星期天橄榄球之夜》，它会将ESPN推到一个新的高度吗？我们几乎是立刻就开始讨论开创一个联盟合同的新时代。有人建议我们取消1987年合同的额外收费，取而代之的则是一个如果我们能获得整个赛季转播权时增加我们收费的选择。本质上讲，我们就是在赌最后的结果。

接下来问题就变成：那么，这个涨价的幅度是多少呢？因为从没有先例供我们参考，我们决定激进一些。"不如我们有权每年提升最多20%的资费，"我们说，"这就很好了。"

我们在1996到1997年开始谈判新的联盟合同。那几年的经济状况非常不错。有线电视行业仍然在快速增长，而运营商们每个月都能收获很多新的家庭客户。体育和电影驱动着他们的销售，而事实上多数人不愿意观看没有ESPN的有线电视。所以，我们从未停止谈论我们频道的价值。我们的宣传点是让运营商签约一个没有NFL额外收费并且将我们的产品通过一个完整赛季的《星期天橄榄球之夜》提升到新高度的蓝图。另外，潜在的收费上涨只有在ESPN获得了完整赛季转播的情况下才会有效。根据我们需要付给NFL的转播费用，我们在合同期内将有权每年最多提升20%的收费。

没有人真的知道会发生什么。但是很多有线电视运营商不认为我们有一丝机会来获得特纳广播公司那另一半《星期天橄榄球之夜》的转播权。特德·特纳在有线电视行业的业务众多且消息灵通。在过去十年间，他在NBA

"再告诉我一次你怎么做到的"

和主要大学橄榄球转播上的出价都击败了ESPN。普遍的观点是:"他们不可能让特纳拿不到NFL的转播,ESPN不会获得完整赛季的转播,所以签下这份合同有什么坏处吗?"

而我们的一个优势是我们已经和多数有线电视运营商建立了很好的个人关系,有些可以追溯到1979年。他们喜欢我们的团队,相信我们,也尊重我们,部分由于我们一直说到做到——那就是制作出受到他们订阅用户推崇的产品。

基于这些长期合作关系,我们最终让所有运营商在我们和NFL的谈判开始之前就完成签约。而正是这些合同成为了我们谈判中的一个巨大优势。

在谈判中,几个核心因素影响了最终的结果。首先,ABC担心《星期一橄榄球之夜》的财政表现,但是频道仍然想保留他们的旗舰节目,而事实证明迪士尼的CEO艾斯纳也是这么想的。第二,NFL总裁保罗·塔利亚布(他在1989年接任彼得·罗兹尔)正在为联盟争取周一和周日夜场比赛转播包的最大利益。最后,如果ABC想要在保留《星期一橄榄球之夜》的同时获得完整赛季的《星期天橄榄球之夜》,华特迪士尼公司将为此支付堪称天价的88亿美金。

由于公司的高层无法达成一致,艾斯纳打电话给我。"乔治,你怎么看?"他问我。

"好吧,保留《星期一橄榄球之夜》对ABC很重要,但获得一整个赛季的《星期天橄榄球之夜》对于ESPN则将是颠覆性的,"我回答,"ESPN通过这个合约从运营商那里获得的收入对于迪士尼整个公司来说都会非常可观。"

"你确定吗?"他问,"我的意思是,你说的增长有多少?"

"我们能够在接下来7年内每年增加最多20%的收费。"

体育无处不在——ESPN的崛起

"不可能!"艾斯纳说,"没人会付这些钱的。"

"迈克尔,这些都已经写在合同里了。"我说。

在一阵很长的沉默后,艾斯纳说,"好的,乔治。谢谢你。"然后他挂掉了电话。

接下来我知道的就是迪士尼拿到了合同。ABC将会继续播放了28年的《星期一橄榄球之夜》,而ESPN则收到了一份为期8年(1998–2005)的合同来转播全部赛季的《星期天橄榄球之夜》。多数有线电视运营商对这个新闻非常惊讶,而他们也清楚我们将会在第一年就提升我们的收费整整20%,我们也确实这么做了。每年,我们审视我们的产品,商业环境以及市场的承受能力。在连续几年每年提升20%的收费后,运营商们开始抗议了。"我们不喜欢现在的价格,"他们说,"你们涨得太高了。"

作为回应,我们非常小心地花时间来处理这个情况。每年,在资费上升之前,我们会给我们的运营商发一份列明我们在过去一年中做了什么来改进ESPN的清单。我们强调我们的价值,我们提供的产品以及有线电视行业的状况有多好。但是,在发出清单之前,我都会亲自通知最大的20家有线电视和卫星公司的CEO们即将到来的收费上涨。我强调ESPN提供了优异的产品,所以我们也配得上新的收费。"现在,我知道这不是你们想要听到的,但是每家公司的收费都会上涨,"我会说,"这就是赌博的代价。"

我一点都不喜欢打这些电话,而我们的运营商也自然不喜欢20%的增长。但是他们感谢我花时间打电话给他们,而不只是发出一封冷冰冰的信。不止一次,他们的CEO和我说,"乔治,我们不喜欢这个价格,但我们喜欢你。"

商业领导的一部分是保持和你的顾客已经建立起来的人际关系,而这就是我正在做的。如果你养成既传达好消息也传达坏消息的习惯，而且是诚实、直接、充满尊敬的，多数情况下你会保持你的关系并且留住你的客户。

在接下来ESPN和NFL合同的6年里，我们每年都将资费增长20%。在这段时间，对于有线电视和卫星运营商来说，转播ESPN的价格从80美分增长到了将近3美金。这样的增长让ESPN在有线电视行业中一枝独秀。这为华特迪士尼公司增加了数十亿美金的资产价值。那些年收获的资金改变了迪士尼，改变了ESPN，当然也改变了整个有线电视行业，这并无丝毫夸张。

在随后的那些年里，每当艾斯纳和我在一起的时候，他都会问，"再告诉我一次你怎么做到的，乔治？"而在他离开迪士尼5年后，艾斯纳给我写了一封难忘的电子邮件回忆起1998年的NFL合同。"乔治，这些能够发生都因为那通电话。你告诉我你可以通过从有线电视运营商那里获得的资金支撑起ESPN的这份合同。我继续推进谈判完全是因为那次谈话。这就是为什么最后能够签订合同。我们（你）为迪士尼增加了数十亿美金的价值。这都是事实。把这封电邮存起来，以后读给你的后代们吧。"

***

在1998年的秋天，一封内部备忘录的复件神秘地出现在我的桌子上。是史蒂夫·伯恩斯坦写给艾斯纳的，上面只有两句话："我想要让乔治·博登海默接任公司主席。我晚些时候和你说。"

我和伯恩斯坦的办公室正好挨着，所以我走过去把备忘录给他。"史蒂夫，我想这不小心发给了我。"我说。

看过便笺后，他说，"是的。这正是我在准备的。准备好。"

几周之后，我了解到伯恩斯坦将会离职前往加利福尼亚州，负责迪士尼

体育无处不在——ESPN的崛起

新的互联网门户网站Go.com。那时是互联网热潮的顶峰时期，AOL[①]正在发力，而艾斯纳想要转向这个方向。他刚刚收购了流行的搜索引擎搜信，并且将它重新设计，改了名字。计划是通过Go.com支撑来自迪士尼、ABC和ESPN的内容。但是艾斯纳需要人来管理它，所以他选择了在公司内不断晋升的伯恩斯坦，他无法拒绝这一升职任命。

伯恩斯坦随后选择我作为继任者，艾斯纳和艾格同意了提议。在1998年11月19日，我被任命为ESPN的主席。从个人来说，我觉得受到了庇佑，也感到非常自豪。从传达室到最新的NFL合同，在过去的17年间，我一直尽我最大的努力为ESPN工作。我在这里成长，结婚，生子，交到了无数的朋友。我觉得我仿佛认识ESPN的所有人，而我可以确定他们会支持这个任命。

正式宣布的当晚，我和我的家庭一起庆祝。安、孩子们、我的父母、我的姐姐苏以及岳父一家共聚一堂——能够和他们共同分享这一时刻对我来说意味着一切。我的父亲看上去尤其自豪。"真糟糕我们不能再去蛤盒子喝啤酒了。"他说。［那家在康涅狄格州格林尼治的老店运营46年后于1985年关门了。］

"是啊，爸，"我回答，"还记得你当初告诉我要考虑职业发展，而不是收入多少吗？看上去确实是这样的！"

"当然了，"他微笑着说，"那么告诉我，作为主席你接下来要为ESPN做些什么呢？"

[①] 美国在线（AOL）是美国著名的门户网站及互联网服务提供商。2015年，威瑞森电信以总计44亿美金收购美国在线。

132

16
"全套"

当你有一天早上起床意识到自己成了一把手,要承担所有的责任,你会发现要管理整个公司的运营并不是一件很轻松的事。通常,在你出任最高职位后会有一个过渡期,但是我却没有。我成为ESPN主席的第一天,史蒂夫·伯恩斯坦只和我交代了几分钟,因为他要赶飞往加利福尼亚的航班。"恭喜你,乔治,"他说,"我很遗憾给你留下这样一个局面,我们正在和MLB打官司,而你也将失去老年PGA[①]巡回赛。但是别担心,你会处理好的。祝你好运!"

我们和MLB的问题发生在那年早些时候我们获得《星期天橄榄球之夜》转播之际。因为我们同样转播着《星期天棒球之夜》,而两个联盟的比赛在9月份是重合的,这导致我们陷入了一个困境。当ESPN宣布我们想要转播NFL所有周日夜场比赛时,MLB的高层表示了反对。"嘿,等下,"他们说,"我们和ESPN有周日夜场的转播合同的。"

"我们想要把你们的比赛放在ESPN2台。"我们回应。

[①] 美国职业高尔夫球员协会(Professional Golfers' Association of America,PGA of America)是美国的职业高尔夫球组织,创建于1916年。

"但是你们没有权利那么做。"

"对不起，但是ESPN的周日晚上是给橄榄球的。"

所以我们和MLB的分歧最终导致我们走上了法庭。

我从没有见过MLB总裁巴德·塞利格，但是我知道如果我们想要成功解决这个问题的话，我必须很快和他见一面。所以我作为ESPN主席的第一通电话就是打给MLB在纽约的总部，尽快安排一次会议。

"巴德，我想要一个全新的开始，"当我们俩坐下后我说，"我们ESPN和MLB有着很成功的合作，而我的目标是继续这样的伙伴关系。我们能够解决这个诉讼吗？"

塞利格马上微笑着拒绝了我的提议。"除非你退一步。"他告诉我。我知道立刻改变他的想法几乎不可能，但是至少我们现在开始交谈了并且开始了一段关系。

我在第一周还联系了PGA的总裁蒂姆·芬奇姆。在上世纪90年代，我们经常在周末傍晚时间直播老年PGA巡回赛，这份合同也即将到期。然而，由于《体育中心》变得愈发重要，我们决定在周末晚6点转播我们的旗舰产品，这就会造成和老年PGA巡回赛的时间冲突。在和PGA总裁的交谈中，我尽可能地将我们的状况如实相告。

"你知道，我们当然希望我们的赛事获得直播。"芬奇姆回答。

"我知道，"我说，"但是我们真的无法保证这点，因为我们需要为《体育中心》添加更多的一致性。"

"好吧，乔治。我明白。谢谢你和我说清楚。"

"感谢你空出时间见我，蒂姆。我们一直有着良好的合作关系，而我也希望你们可以继续和ESPN合作。"

"全套"

在我们的交谈中几乎没有任何争吵，但是我们都没有打算改变我们的转播计划，因为我们的合同即将到期，而芬奇姆也有其他选择。但是我们同意保持交谈。

几周后，我和ESPN的首席律师埃德·杜索以及两名MLB的高层保罗·比斯顿和鲍勃·迪普伊坐在纽约的联邦法院里。我们面前是一位曾经处理过严重刑事案件铁面无私的法官。我们的分歧只是关于合同条款和钱。这既不是什么死罪也没有伤害到任何生命。在我们各自向已经看过证词和相关文件的法官阐述观点后，她对我们说："我觉得你们真是一群混蛋！我愿意把我的一个会议室提供给你们，我建议你们四个人进去自己解决这个荒唐的分歧，再不要回来。我保证如果你们这么做了，你们都会后悔的！"

考虑到我们曾经良好的合作关系，双方都想要继续谈下去而且更不愿触动法官的怒火，我们进了她的一间会议室，开始就ESPN继续转播MLB的合同进行谈判。

在这些谈判之前，基本上ESPN只是简单地购买"电视"转播合同。当你全部需要谈判的只是在一个频道上转播赛事的时候一切都很简单。但是时代已经变了。我们现在有多个电视频道，互联网开始发展，我们需要对我们增长的业务有更广泛的权利。我们行业的未来正在变得清晰，而ESPN的未来也在变得清晰。

在我们四个人同意一份6年价值24亿美金的合同后，两个MLB高层都笑了，因为他们认为谈判可以说结束了。随后，出乎他们意料之外，我递给他们一张纸说，"这是所有我们为付出这个价格提出的全部要求。"内部，我们称之为"全套"，就像当你点齐一个热狗所有配菜的时候，这包括我们当时能够想到的所有事，包括各种多媒体权益和供美国及全球不同频道使用的权

体育无处不在——ESPN的崛起

益。我们的提议远远超出一份基本的单一频道转播合同。"全套"的长度达到两页，非常详细，远远不像以前谈判中我们在酒吧餐巾纸上潦草写下几行那样。

我们又花了三到四天昼夜不停地谈判来确定ESPN每年花费4亿美金都能获得什么。但是无论你怎么看，回到1998年，对于体育赛事转播权来讲，那都是一份划世纪的合同。"全套"现在更明确指代一份多媒体合同，包括手机端、互联网、多电视频道等等。虽然现在已经司空见惯，但我可以很自豪地说ESPN领导了这种新时代的合同———一份影响了我们行业未来的合同。

最后，MLB和ESPN继续了我们的合作，而我们也一直是很好的伙伴。然而，我们没能留住老年PGA巡回赛：芬奇姆和CNBC[①]签下了一份新合同。在我看来，有人会说留在ESPN对于老年PGA巡回赛发展更好。但是，我明白芬奇姆想要什么。最终，我们赢得了一项赛事，也丢掉了一项赛事，我的击打成功率是50%。但是在建立关系方面我的成功率更高，因为芬奇姆和塞利格都成了我的朋友。

在杜索和我（以及一个团队的律师和会计）通宵工作几天来完成和MLB的谈判后，我们一起去吃早餐。点完餐后，我打电话给克里斯·伯曼。"嘿，朋友，我是乔治，"我说，"我想告诉你个好消息。我们刚刚和MLB达成了协议。接下来六年我们都会继续转播他们的比赛。考虑到你有多喜欢棒球，我知道你会想听到这个消息的。"

[①] 消费者新闻与商业频道（Consumer News and Business Channel，CNBC）是美国的有线电视和卫星电视财经新闻频道，隶属于NBC环球新闻集团。

"全套"

"乔治！这太好了！就该这样嘛。感谢打给我。"

"当然，伙计。之后再聊。"

伯曼和我之间的关系很好，就像是每个经历过ESPN早期发展的人一样。在布里斯托工作19年后，伯曼已经很出名了。他无意为之的棒球球员昵称和洪亮的声音帮助《体育中心》打出了名头并且极大促进了ESPN品牌的成长。几乎所有美国体育爱好者都知道他的名字。而即便伯曼有机会跳槽到其他公司，他仍然留在了ESPN，因为ESPN是他自己的公司。"我喜欢我做的事，"他后来和我说，"另外，我也在不断成长，这让我觉得很兴奋。"

在我接任最高职位差不多同一时间，ESPN在美国已经有8000万有线电视家庭订阅，在美国以外有1亿的全球订阅用户。我们不仅对于迪士尼来说变成了一个非常挣钱的公司，我们现在也是世界上表现最好的媒体公司之一。就像我们称呼自己为"全球体育界全球的领跑者"一样，我们是体育行业的第一（基于几乎你可以想到的任何调查或者统计）。

现在我们要找到保持榜首位置的好方法。

很多人明确地告诉我ESPN不能保持持续增长的势头。但是我从没见过ESPN沾沾自喜——而我现在是主席了，我决定要继续这个传统。我们已经通过不断增加我们的内容，运用最新的科技以及创建新的频道和产品来保持成功。我非常确信只要我们能够继续把这些工作迅速高效地完成，我们就能够在竞争中保持领先。不停的创新将会一直作为最重要的议程。我们永远不会自满。当然，只是这么说不代表就能做到。ESPN已经证明了如何在24小时体育行业取得成功，现在我们面对着来自所有广播频道的激烈竞争和地方有线电视频道、互联网公司以及电台节目的合作与评判。

随着我们的收视率上升，当其他频道提供机会时有人开始跳槽到竞争公司。比如基斯·奥尔伯曼在1997年去了MSNBC[①]。他是《体育中心》员工中的负面因子，经常和管理层起争执，奥尔伯曼在其他频道做了几次未经许可的上镜后，最终被约翰·沃尔什和霍华德·卡茨（制作部门执行副总裁）停职两周。在其中一次转播中，他称布里斯托是"一个被上帝遗弃的地方"，这让很多ESPN的人很失望，包括我。当奥尔伯曼离开后，《体育中心》幕后开始平静下来。

从领导角度看，我认为奥尔伯曼离开对所有人都是件好事。不幸的是，他离开前没给自己没留一点后路，在那之后几年，他和一些ESPN员工之间总有些来回的公开斗嘴，这对任何人都不是件好事。

然后在1999年，福克斯体育为了挑战ESPN在行业中的龙头位置从MSNBC挖来了奥尔伯曼。福克斯将他们所有的地区体育频道放到了一个品牌下，并且公开向我们宣战。他们尤其说明他们将会追逐《体育中心》和它在全国巨大的观众。而作为他们攻击ESPN的一部分，福克斯在《哈特福德报》上买下了一整版广告，放上了一幅带有棕榈树的图片并且邀请ESPN员工离开布里斯托去到一个"更好的地方"，比如福克斯总部所在地洛杉矶。

作为公司的主席，我认为支持布里斯托对我来说很重要。毕竟，这是个理想的工作和成家的地方，而且整个地区都有很好的学校。简而言之，我不会为ESPN在哪里而道歉。事实上，我认为布里斯托对我们的文化影响巨大。它承载了有着优良传统的新英格兰工作道德，布里斯托绝对是ESPN成功的秘

[①] MSNBC 是隶属于 NBC 环球新闻集团的美国有线电视新闻频道，频道在 1996 年由 NBC 和微软（Microsoft）共同成立，命名也由此得来。2002 年，双方结束合作，NBC 收购微软所有剩余股份。

密之一。"为布里斯托和周边地区而骄傲,"我告诉公司员工们,"我们不会阻止任何人离开。有很多人想要在ESPN工作。如果你们不想在这里的话,请离开,就这个下午。另外,请不要难过。"

***

当我作为ESPN主席的第二天早早到了办公室后,我的语音信箱里有一条前一天晚上的信息。一个激动但是熟悉的声音从电话里传来:

"乔治!乔治!我正在大西洋城机场,我刚听说你成了ESPN的新主席!"迪克·瓦伊塔尔狂喜地说,"太好了!'我能在这里闯下一番事业吗?我做的就是开车带你到处跑!'还记得你在1981年这么和我说吗?乔治,我太为你骄傲了!祝贺你!你不再是一个菜鸟了。你太出色了,伙计,大写的出色。另外,我不想要拿块腕表然后退休。一份新合同怎么样?"

17
全都关于人

"都挺好的，乔治，但是为什么我们不在停车场多安装点照明呢？"

"是啊，而且你不知道聚苯乙烯对环境不好吗？为什么我们还在使用泡沫塑料的咖啡杯呢？"

"乔治，我们能把健身房的开放时间延长些吗？"

我刚刚完成了作为ESPN主席的第一次全公司视频会议，然后开始开放性讨论。我期望人们来问些关于我们的战略或者是我的意见相关的具体问题。毕竟为了准备这次会议，我花费了很多的时间和精力来了解公司的方方面面，基本列出了我们的问题，展望了公司在美国及全球范围各项业务的预期增长情况。

随后，人们告诉我所有的统计数据都很好，而他们也对ESPN的未来感到非常乐观。但是他们同样明确告诉我他们对于日常工作中和他们相关的事宜也很感兴趣（也有可能更关心）。所以我在刚刚出任主席后就学到了重要的一课，虽然企业领导理应了解公司业务的各个方面，他们也同样需要格外注意那些对于员工重要的"小事"。

了解这一点，我开始推动在布里斯托园区建设一座新的自助餐厅（我们从来没有过）。在ESPN早期，《体育中心》的员工在节目间隔常出没于白桦树酒吧，而我则只能从自动贩卖机里买两个汉堡然后解决它们。那时候，每个人想的都是只要能够填饱自己的肚子就行了。到了90年代初期，有一个部门时常在会议时点外卖，"三楼有食物"的消息就会立刻在全公司传遍，然后几分钟内所有食物就被哄抢一光。那些年，我们吃的烤通心粉（一道当地餐饮公司的特色菜）比整个意大利南部吃得都多。

建造一座自助餐厅的提议起初被迪士尼以预算原因拒绝了。这导致了我们双方持续数月的来回探讨。与此同时，我行使了我自己的权力并且决定，"开工吧。"

在我们开业后几天，我早期的室友（同样是ESPN的老兵）唐·克兰托尼奥从我的办公室窗外看到人们走进自助餐厅去吃午餐。"嘿，你作为主席的第一个大成就，乔治，"克兰托尼奥指着那个方向说，"恭喜你！"

"是啊，我们终于有热餐了，"我回答，"感觉如何！"

"你为此被上面批评了吗？"克兰托尼奥问。

"迪士尼的采购部门昨天给我打电话了，他们说'嘿，我们必须谈谈关于批准自助餐厅支出这事。'"

"'是啊，那你们得赶紧了，'"我说，"'因为今天的特色菜是肉馅糕而且现在已经上桌了！'"

我为我们现在在园区中心有了一个所有人都可以吃东西的地方而感到骄傲。我们的食物同样很好，这使得餐厅一直很忙。然而，我必须承认，我没有预料到ESPN的第一个自助餐厅将在增强我们的文化中扮演如此重要的角色。

突然在午饭时间，所有人都会碰到他们可能平时很难见到的员工，由于园区在过去的二十年扩展到了很大的规模，有时他们甚至几年都见不到对方。来自不同部门的人们开始交流。播音员和技术员一起吃饭。经理和传达室员工交谈。看上去所有人都在交换故事，分享信息，谈论他们工作中的最新进展。

"哇，鲍勃。昨夜《赛场之外》的故事真是超赞。你们的人是怎么想到的？"

"来，坐下来我和你好好说。"

接下来的事你知道的，人们开始举行现场会议产生新的想法。甚至在最初计划中没有这一项，我们新的自助餐厅立刻开始促进不同部门之间的交流和协作。人们结交新朋友，建立新关系，了解到关于公司的其他方面，而这一切还搭配着一顿好饭。我再高兴不过了。

早些时候，我们购买了附近的金色健身房并且将它变为ESPN员工的健身房。当然，人们确实在那里碰面交流，但是机会不多。当我发现在自助餐厅发生的现象后，我开始思考在园区设置更多类似的地方，不仅满足人们的需求，更为了提供日常工作以外让我们聚在一起的机会。最终，我们将会在离自助餐厅不远的地方建造一个最先进的健身中心，我们也将会提供员工要求最多的设施：一个现场儿童保育中心。提升的士气，更多的能量和创新的思考，这些设施的回报远远超出投资。

作为我新职责的一部分，我努力平分我在纽约和布里斯托办公室的时间。而每次我在布里斯托的时候，我会特意到自助餐厅进餐，去健身中心锻炼，并且把车停在大家停车的位置。能够被看见和被找到对于一名领导来说很重要。所以我尝试让每个人和我说话变得容易，而我也和所有要求见我的人见面。我还努力做到记住员工的名字，不论他们是保安、自助餐厅的收银员或者是部门主管。不久，员工开始注意到我能叫出很多人的名字。"乔治，你是怎么记住这么多名字的？"他们问我。

"我的记忆不比别人好，"我回答，"我只是努力，因为这份工作全都是关于人。"

事实上，如果我不能记住一个人的名字的话会把我逼疯的。而从一个纯粹的商业角度来说，当员工看到一个高级领导和所有人打招呼时叫出他们的名字，他们明白他们工作在一个具有友善、尊敬和真挚文化的地方。

到1998年，ESPN的文化已经深深植入进我们那些早期员工的DNA中。但是我们沉浸在我们的工作中，快速成长，并且每天都有新人加入，这稀释了我们的企业血液。而当我开始了解公司的一些年轻员工时，我察觉到了这一点。那时我意识到如果ESPN想要坐稳行业头把交椅的话，我们必须重新找回我们早期的那些饥饿魔法。于是我将在公司范围内关注和扩大ESPN的文化作为我的个人使命。在以前这是我们的战略优势，而我决心让它继续成为ESPN未来工作中的主要推动力。

公司文化的重要性是不会被夸大的，而它会随着公司的成长与发展变得更有价值。在我看来，为什么文化对公司很重要有三个原因。首先，这是领导唯一能够真正控制的。公司内的多数变量是任何一个人的个人影响都无法改变的。你们不能控制销售，而对ESPN来说，我们也不能制作出高收视率。总有些时候，我们转播的比赛一边倒或者很难看，人们就会换台。这是无法改变的。同样，我们有多少次看到纸面上很棒的商业计划？永远都有各种图表来证明它能够奏效，但是又事与愿违，因为公司里的员工不能真正做到它。这就是文化的作用。文化就是人和他们工作的环境。也因为员工从他们的顶头上司那里获得指示，确立文化是企业领导的"首要任务"。

第二，文化支撑着一个公司要做的每件事。它驱动品质、利润和员工的热情。领导不能出现在每个会议中、每次交谈中或者每场鸡尾酒派对中。但是一个有活力的文化使得员工会自发地为公司最大利益着想。如果你的员工通过他们自己的创意发展出新方案，你知道公司文化正在发挥作用。

第三，一个成功的企业文化吸引行业内最好的人才——而这导致更多的行动，更好的产品和更高的效率。在ESPN的早期，我们的工作环境鼓励创意和创新，尊重每个人，我们也知道我们是这个比自己更重要的团体的一分子。那样的环境产生忠诚，给予人们一个原因来团结一致，并且直接带来每年不停的增长。

我为扩大ESPN文化所做的第一件事是在随意和正式的会谈中不断提到它。我强调保持企业家精神和弱势者精神。"我们不要自我陶醉，止步不前，"我说，"让我们像运营一家初创公司一样继续下去。这会带来高效的行动，保持自省并且击败我们的竞争对手。"有人称它为我的弱势者演讲，但是我还谈及了工作和生活的平衡，鼓励他们将家庭放在第一位。"对ESPN来说处在紧随其后的位置没问题，"我告诉所有人，"但是永远不要搞乱顺序。你的家庭才是第一位的！"

确实，在80年代ESPN运营得像一个大家庭一样。我们互相关心，就像每个家庭都会做的那样，我们一路走来互相帮助。所以我让所有人知道如果他们需要来自公司的帮助，我们就会提供。"告诉你的主管你的目标是什么，你的理想是什么，你想要去哪儿以及你想要做什么，"我建议他们，"我们都会提供机会来帮助你实现的。"而最后，我鼓励每个人好好享受他们在ESPN工作的时间。"记住，我们严肃对待我们的体育，但我们不会那么严肃对待我们自己。所以要在工作中找到乐趣。"

我为提升ESPN文化做的最重要的事就是提拔"文化载体"到有权力的位

置并且围绕他们打造公司。这些人体现了努力工作、诚实正直和尊敬他人的价值。文化载体是我们最有热情的员工，并且一直正面影响着他们周围所有人。就我个人来说，我知道他们是谁，在成为主席的前两年，我让他们其中不少人直接向我汇报。比如，我提升查克·帕加诺为工程部副总裁。帕加诺在1979年的ESPN首播中就已经是技术主管了，他的升迁一直很顺利，并且被广泛认为是公司工程方面领先的创意思考者。

当朱迪·费林升职主管迪士尼消费品的市场推广后，我任命她的首席助手李·安·戴利来接手我们的市场营销工作。我留下首席财政官克里斯蒂娜·德里森（她在1985年作为财务主管加入ESPN）和传讯部门高级副总裁罗莎·加蒂。加蒂是ESPN早期开拓者之一，而且是1980年由切特·西蒙斯亲自聘请来组建部门的。她的上级是ESPN的"拖车"元老克里斯·拉普拉卡和迈克·索尔提斯。肖恩·布拉切斯是联盟营销的主管，而埃德·杜索（在公司工作已经十年）则作为首席律师和行政主管完善整个管理团队。

我们在香港的亚太区主管和新加坡的ESPN星体育的节目主管拉塞尔·沃尔夫被调回美国来负责我们所有的国际运营。我聘请埃德·埃哈特来负责广告销售，他从没有在电视行业工作过更不要说卖出一个有线电视广告了。埃哈特是《广告时代》杂志的副总裁和集团出版商，而随着我们即将进入多媒体销售的前线，我确信他能够带给ESPN新的想法。因为埃哈特来自公司外部，我的任命遭到了一些负面反馈。但是这样的反对从没有真正干扰过我。对领导来说相信他们的决断是必要的。

ESPN文化的一部分是团队合作。一直如此，而我希望也会继续下去。虽然已经证明合作的团队能够比同样数量的人各自为战完成更多并且取得更好结果，有效的团队合作仍然是个不小的困难。就像球队一样，你可以拥有全世界最好的球员，但是如果他们无法在一起合作打球的话，你什么都赢不了。在商业中，将每个人作为个体对待的同时强调他们的良好合作是个微妙的平衡。

在ESPN，负责各个部门的高管直接向主席汇报，这是一个类似扁平组织的概念。然而，不设置中间人要求领导愿意相互协作。否则，很容易产生封闭。自从我在1990年中经历过"狼吞虎咽"活动后，我一直着重强调不同部门的人们保持相互交流。所以从出任ESPN主席的第一天起，我就专注于团队合作并且重视部门之间的协作。现在我只剩一条领导原则融入公司。

领导只关于人。人。人。还是人。

一个领导做的每件事都必须以尊敬待人为中心。不搞个人倾向，也不搞公司政治，平等对待每个人。让他们做他们的工作，帮助他们做他们的工作。鼓励他们尝试新事物，允许他们犯错（只要是诚实的错误）。在他们失败的时候不要对他们施压，但是在他们成功时要表扬他们，并且一直确保在他们需要信任的时候给予他们信任。最重要的是，真正关心他们。

另外，放权给别人也是领导最重要的部分之一。所以是人参与其中——不仅是商业中的每日运营，更是公众对于公司的看法，而这开始于当地社区。当我担任最高职位后，我想要把每个人包括进来——绝对意义上的每个人。所以我最初做的事情之一就是集中和扩展我们企业的外展服务。在加蒂的建议下，我们重命名TEAM ESPN并且给予了它一个口号"球迷帮助球迷"。我们的第一个慈善活动是特奥会，然后是一系列有价值的努力，从国际仁人家园到布里斯托男孩女孩家庭中心。

TEAM ESPN的成立是因为多数人确实关心他们的社区并且想要回报。但是志愿者工作对所有人都不容易。所以当一个企业组织和促进外展服务，会有很多员工发自内心的感激。我还能根据一手经验说ESPN TEAM在内部产生了巨大的热情和自豪。人们会真正地为公司关心除了商业盈利以外的事情而感到骄傲。ESPN在很多事情上都做得很好，但是我们的企业外展服务增加了一个我们如何看待我们自己的全新维度。员工在社区做志愿者的时候感觉很好，而当他们对自己感觉良好的时候，他们工作更愉快高效。我可以百分百确定TEAM ESPN为公司的整体表现提升巨大，对此我毫无疑问。

我一直很骄傲作为ESPN的一分子。而当我成为主席后，对我来说很重要的是我仍是在传达室当司机的那个人。我那时候交的朋友，仍然是朋友，我努力保持这些友谊。而作为主席，我开始认识到在一个组织里领导的位置越高，建立和保持人际关系就越重要——不论是公司内还是公司外。

ESPN增长非常快，我们不断在增加新人，而每次我在办公室的时候，我都能看到一些新人。我记得有天和鲍勃·利走在外面，看到约翰·沃尔什在和什么人说话。随着他们走近我们，我转向利问他，"鲍勃，约翰在和谁谈话？她叫什么？她叫什么？"

"对不起，乔治，我真的不知道。"利回答。

"我应该知道的。我应该知道她的名字的。我之前见过她。"幸运的是，当我们刚说完，沃尔什就叫到了她的名字，拉了我一把。

这么多年来，我一直努力从伟大的教练身上学习。我也学到很多他们关于团队合作的金玉良言。文斯·隆巴迪曾经说过："一个组织的成就是每个个人共同努力的结果。"而凯西·施滕格尔在被祝贺赢得另一座世界大赛冠军时，他回答说，"没有我的球员，我做不到这些。"

这两位体育界的传奇人物知道他们在说什么。而他们的智慧不仅能够应用于体育上，更同样在商业中。如果你把人放在首位，利润自然会来。

18
把它当作首要任务

在2001年的第一季度，ESPN的电视收视率较前一年下滑了19个百分点，这是我们自1996年收视率峰值后经历逐步下滑的又一个低点，也是我们的历史最低点。收视率是一家电视频道的命脉，我们很明显面临着一次重大危机。

多数行业专家认为我们的下滑是不可避免的，而且由于"碎片化"导致观众有更多的选择。曾经只有12个频道的有线电视系统已经"数字化"并且快速向一个"超过五百个频道的宇宙"进化。那时候的共识是观众拥有更多的选择会导致每个频道拥有更少的观众选择，因为媒体是一个零和游戏，添加到等式中的是欢迎度不断增长的直接播放卫星（DBS）提供商，比如Dish Network①和DirecTV。ESPN过去这么多年的指数性增长部分归功于新订阅用户的常规增长和产品覆盖范围的扩大（到了一个即使我们的收视率持平或者略微下降我们的利润仍会增长的节点）。但是在2001年，呈报给我的2002年预算提案反映由于收视率下降我们的年度收入将会下降，而对我来说，这是完全不可接受的。我不会通过一个估计我们明年做得会比今年还差的预算。

---

① 美国卫星广播服务供应商，为用户提供卫星电视及互联网流媒体转播等服务，现有超过1400万用户。

把它当作首要任务

我立刻在格林尼治召开了一个高管会议并且陈述清楚事实。"我们现在有个问题,"我说,"我们的收视率表现糟糕,但我们没有一个具体的计划来扭转这个趋势。我们要怎么做?"不到一分钟,房间里就有人说,"为什么我们不把提升收视率作为首要任务呢?"每个人都认为这是个非常好的主意,我们也决定将它作为我们公司的第一优先级任务,随后,我们还添加了另外三个紧要任务。在我们多日会议的最后,我们集体通过下述四项任务:1.提高我们的收视率;2.给予我们的联盟营销和市场推广持续的支持;3.支持ESPN.com的增长;4.进一步发展我们的技术。

在制定行动计划细节前,我们决定先深度探究我们收视率下降的根本原因。为此,我们将任务交给了由阿蒂·布尔格林领导的ESPN调查部门。布尔格林在1996年从ABC加入ESPN,在那里他领导了针对ABC电视台系统的全国销售调查。我对我们的调查部门非常有信心,也知道他们会找到问题的根源。几周后,布尔格林向"首要任务"团队展示了他们的发现。"对于这个研究,我们已经设计了一种深度调查的新模式,"布尔格林说,"我们管这份详尽的报告叫做'观众X光'。我们之前从没有做过这样系统的调查,但是我相信结果是很能说明问题的。"

事实上,碎片化确实是我们收视率下降的原因之一,因为观看ESPN的人数在每个季度都开始呈现出系统的下降。但是还有其他原因在里面。互联网的发展是一个因素,其他还有数字视频录像(DVRs),比如刚刚出现不久的TiVo[①]。然而,根据调查部门的报告,ESPN收视率下降主要是因为我们自己

[①] 由TiVo公司在1999年推出的数字录像机,内置选台器、电子节目指南,并可录制节目。

体育无处不在——ESPN的崛起

的节目。"观众告诉我们他们是ESPN的粉丝，"布尔格林汇报说，"但是他们换台是因为很多的节目对他们毫无吸引力。调查还显示我们的推广工作可以变得更有针对性。另外，《体育中心》表现依旧优异。他们仍然很喜欢我们的旗舰节目。"

布尔格林的调查部门得出结论：即使大环境改变了，仍然是我们自身的原因造成了收视率下降。我们不能将现在的问题单单归结于超出我们控制的外界因素。这是我们自己的错误。我认为作为ESPN的领导我必须承担责任并且通过行动改正问题。

作为我们"首要任务"团队行动计划的一步，我们决定完全重新评估ESPN的节目阵容。我们将会分析每个节目来确定哪个节目表现良好，而哪些配不上ESPN的转播时间。布尔格林的部门称他们的策略为"回归平均值"，结合了系统的收视率判定和数据分析。他们设计了一张展示所有ESPN频道节目的分布图表，最上面的是包括《星期天橄榄球之夜》和《星期天棒球之夜》这样收视率最高的节目。而下端则是表现不好的节目，比如健身和户外节目、拉拉队以及X运动会的重播。布尔格林的推理是如果我们能够将分布在最下面的节目向上挪，那我们的总收视率就会上升（也就是回归平均值，或者中心点）。

所以我们通过取消收视率很低的节目并且扩展新闻和信息类节目，比如《体育中心》的直播时间，逐步修改我们的节目。我们同样开始执行基于ESPN强大的讲故事传统（基于《体育记者》和《赛场之外》都有着稳定的收视率）来发展更多节目的长期策略。一个好例子是《E:60》，一个时长一小时，覆盖美国和国际体育的新闻调查节目（由ESPN元老文斯·多里亚主管），由杰里米·沙普（迪克·沙普的儿子）、克里斯·康奈利、莉萨·萨尔

把它当作首要任务

特斯和汤姆·里纳尔迪主持。

在整个公司的不同部门还有一些工作开始展开以提升ESPN的收视率。比如为了优先转播广告推广，我们设计了一个新的数据模型由每个节目制片人按需随时控制。通过这一模型，我们了解到想要有效推广职业高尔夫锦标赛，我们必须在比赛推广前四天推广这一赛事20次。我们决定修改我们的全部转播策略，并且整合到更高的管理层级。起初，在制片人中间有些反对的声音，但是他们看到新方法确实提升收视率后，抵触情绪就立刻消失了。

回首过去，如果我们没有立刻采取有效行动的话，2001年的收视率下降对ESPN就可能是灾难性的。在那时，我没有认识到简单的一个"为什么我们不把它作为首要任务"的建议会对ESPN长期有多深远的影响，虽然它看上去就像个常识一样。我们新的进程最终成为了一个我们未来如何应对危机的五点模板：1.让所有人在一起讨论问题；2.将解决问题作为首要任务；3.发掘造成问题的具体原因；4.设计一个详细的行动计划；5.将它与整个公司交流并且鼓励每个人参与。这很奏效，因为在2002年（仅仅一年后）我们的收视率就反弹了，增长了14个百分点。更好的是，我们开启了一个9年的增长，直到2010年达到顶点，那是我们收视率最高的一年。并非巧合，这段时间ESPN的收入经历了平均每年两位数的不断增长。

***

2001年的收视率危机对ESPN是一个转折点。我们很快扭转局势的事实（尽管普遍观点是我们几乎没法做什么）对我们的管理领导团队影响很大。事实上，我们把自己学习到的经验应用到我们之后的运营中将那次危机转变为一个机会。确定一个每个人都相信的目标，比如设定每年公司的优先级任务成为了公司新的商业标志。

方法很简单。我们首先从全公司收集主意。我们会将收到的上百个提议分析和分组到不同主题下。它们涵盖公司的所有范围，包括商业发展、节目、资金、国际和人文，取决于我们当时的需要和我们对下一年的设想。然后我们会召集六七十名ESPN高管在公司外举行会议。

考虑到你在公司听到最常见的抱怨就是太多会议是在浪费时间，我决定让优先级会议成为例外。会议开始，我会展示一份关于公司的总览，然后将会议交给我们事先选好的主持人，我则坐回听众中，并且看情况加入讨论。我还确保有一个每个人都被鼓励参与讨论的自由且公开的环境。我们欢迎不同的观点，我也保证没有人会因为发表意见而受到惩罚。有些人开始将我们的开会方式称为"坦白文化"。但我很认真，我不想让人们说些他们觉得我想听的话，我想要他们的真实意见。毕竟，他们都身处行业前线，努力工作，比我更接近公司的每日运营，所以他们自然会有非常切实的洞见。另外，审视所有选择在任何情况下都必然会产生更好的决定。

在这些会议中，我们回顾和辩论一长串来自整个公司的建议。最终，我们削减到十个，然后再选择三到四个作为正式的优先任务，并且确保每个都用词简单明了。事实上，我们在整个会议过程中都使用民主投票的方式。在早些年是通过举手表决，后来我们启用了电子投票系统。几乎每次最后一项投票结束后，房间里都会爆发出雷鸣般的掌声。不仅是因为我们努力工作取得了这些成果，更是因为中途没有休会时间。首要任务确定的时候也就是会议结束的时候。从无例外。所以每个人不仅觉得我们ESPN做了些大事，而且终于能够回家了。

一回到布里斯托，每个首要任务的"提议者"就被召集来组成团队，制

把它当作首要任务

定计划，并且定时汇报给公司。然后我们向公司的所有人传达当年的首要任务。起初，我们认为列出个列表并且通过电子邮件发送给每个人是可行的，但是并没有。所以为了确保每个人都能收到信息，我们要求团队成员去讨论并且解释为什么这个具体事项被确定为优先任务。另外，我们把首要任务打印在卡片上分发给所有员工。

很多人开始在卡片上打孔，和他们的身份证/安全卡一起挂在腰带上。我们从没有要求任何人这么做，这也从不是一个要求，但后来我们开始制作提前打好孔的卡片。每个人都参与其中，因为它激发出每名员工的积极性，每个首要任务背后都有一连串旋风式的行动。

随着经验，ESPN学习到确定每年的首要任务有四大收获。首先是聚焦。在我们追逐头号优先任务的过程中，每个人都开始向同一个方向前进。我们要去增加我们的收视率，无论任何艰难险阻。这一点毫无疑问。能够目睹整个企业如此强烈地聚焦于一点是很惊人的，而我则被深深打动。我在挨着办公室入口的墙上挂了一张照片，它阐明了这一切。它难以置信地记录了一场1964年的高中橄榄球比赛，比赛正在进行，而看台后面就是一场三级火灾。学生、教练、父母、裁判和观众都将精力放在了比赛上。没有什么能够阻止他们。

第二个确定每年首要任务的收获是激励。在很多公司，当高管对公司所有重要的进程保密时，其余多数员工被隔绝在外，但他们渴望了解信息。了解公司的首要任务是对员工的授权，而一旦他们收到了信息，就会激励他们付诸行动。负责一个首要任务的部门员工回电话速度更快，而其他部门则通过首要任务来协助进行决策。"嗨，乔治，我上周参加了一个会议，"有人曾经这么和我说，"我们遇到一个问题，但是不知道向哪个方向发展。然后有人就拿出了他们的卡片，于是我们决定要往能够最好支持首要任务的方向推进。"

　　对我来说，作为一个领导，没有什么比这更好了。没有人会在会议中说，"好吧，我们最好打电话问问高级副总裁该怎么做。"毫无意义。他们知道该做什么。他们是自己领域内的专家——不论是会计、制作、交流、工程等等。他们知道首要任务是什么。他们可以自己采取行动并且保证我们公司快速行动来服务体育爱好者。就像我一直告诉别人的，"如果你等着你的上级办公室给你发来备忘告诉你干什么的话，这将是一个痛苦且漫长的等待。你必须自己发现答案。"

　　第三个收获则是骄傲。2013年，在我们布里斯托总部，我碰到一位在阿根廷布宜诺斯艾利斯的高管。"嗨，吉列尔莫，很高兴见到你，"我说，"最近怎么样？"

　　"我们来这里展示我们的计划，乔治，"他回答，"你知道我们是今年的首要任务！"吉列尔莫对这个事实很骄傲——而骄傲则是强大的激励。

　　第四个收获是首要任务能够帮助发展公司文化。一旦什么事情被确定为ESPN的首要任务，它就会融入我们每日与他人的活动和交流中。即使它在第二年不再是一个首要任务了，每个人都知道主动性仍然是重要的，尤其如果它解决的正好是人际问题时。

　　没过几年，关于ESPN年度首要任务的消息传遍了整个行业。在一个全国性会议上，一个CEO找到我并且提到了它。"嘿，乔治，我听说你们每年都会确定公司的首要目标，"他说，"我还听说你们把它们印在一张卡片上，分发给每名员工。你能和我具体讲讲吗？"

　　"当然了，"我回答，"每年，我们确定公司的首要目标。然后我们把这

把它当作首要任务

些目标打印在卡片上。给我们的每名员工发一张。"

在那个CEO不笑了之后，我说，"这就是这一切。但是你猜如何？这很有效！我们让7000人准确了解公司当年的首要目标是什么。而思考如何将他们所在的部门和那些首要目标联系起来是他们工作的一部分。每个人都被鼓励参与其中。"

19
秘书处排在曼托之前？

1999年中期，我被任命为主席大约六个月后，多个迪士尼部门开始为ESPN的品牌发展项目增添更多内容，包括ESPN Zone餐厅、ESPN商店和一系列其他的计划。他们在品牌发展领域的专业性毋庸置疑，但是大量的提案开始影响我们的工作，进而引发了反对的声音。"乔治，我真的有必要做所有这些事吗？"他们问我，"如果是的话，那么有限的资源意味着我们就要放弃其他一些计划。"我的时间同样被严重影响，而且实话实说，其中一些提议我也并不赞成。于是，我打了一通电话给迈克尔·艾斯纳。

"迈克尔，你必须告诉我我应该怎么做，"我说，"我们这些从迪士尼来的新朋友，他们是来告诉我们该做什么……还是要求我们呢？我需要一些指导。"

"乔治，你的工作是经营ESPN这个品牌，"他回答，"如果你不想要做什么，你不用非要做。"

"非常感谢，迈克尔。"我说。

这是个又好又明确的指示，艾斯纳一向坚决。他和鲍勃·艾格把我放在这个位置并且允许我在干扰很少的情况下运营ESPN。这份工作由我自己定义，而我有创意的自由来尽可能利用它。自从1985年大都会通讯公司的汤姆·墨菲和丹·伯克将"去中心化管理"带入我们的世界后，它就一直是ESPN文化的一部分。而当艾斯纳给我这个建议时，我就又多了一条相信被迪士尼收购对于ESPN来说是个好结果的理由。

我在成为ESPN的主席前很幸运地能够直接向史蒂夫·伯恩斯坦汇报，因为他同样给予了我很大自由度来以我自身的能力取得成功或者遭遇失败。比如伯恩斯坦在1997年就一个项目征求我的建议，那个项目最终在2001年我们面对收视率跳水危机时帮到了我。那个建议是推进一个叫做《体育世纪》的项目。这个主意最初的设想是由ESPN制作100小时的节目来回顾20世纪的体育并且定义谁是伟大的运动员，为什么他们伟大，哪些是重大赛事，它们如何与众不同，然后将所有这些放到美国历史的宏观角度来审视它们。伯恩斯坦对此表示中立态度，部分原因是一些高管认为这个项目提议的预算高达2000万到2500万美金，这是我们无法承受的。但是我和伯恩斯坦的头号顾问比尔·克里西一起努力让《体育世纪》落地。"史蒂夫，我们无法承受不做这个项目的后果，"我说，"我不希望等到2000年的时候看到我们的一个竞争对手抢先一步做出这样的节目，而我们没有。我们有多少次能够回顾过去一整个世纪体育发展的机会呢？ESPN必须做这个节目。还有谁能做得更好呢？"

伯恩斯坦不仅同意推进这个项目，他还接受了克里西和我的推荐来任命26岁的马克·夏皮罗作为《体育世纪》的协调制片人。自然，人们质疑这个选择。"他们在想什么？"有些批评这么说，"ESPN要让一个小孩子来定义过去一百年的体育运动。"但是克里西和我毫不退缩。我们从夏皮罗1993年作为制片助理加入公司时就注意到他。毕业于爱荷华大学后，夏皮

体育无处不在——ESPN的崛起

罗放弃了在NBC体育工作的好机会，而是选择提供薪水更少的ESPN，并且把所有他接手的事情都完成得非常出色。"夏皮罗是领导这个项目的正确人选，"我们说，"他有我们所需要的能量和智慧，另外，将有潜力的年轻人放在管理岗位上也是ESPN文化的一部分。他还是个历史爱好者，他能做好的。"

为了给予这个项目尽可能多的独立和关注，《体育世纪》被安排在在康涅狄格州韦斯特波特（距离布里斯托大约60英里）的独立办公室。夏皮罗带领他的六十人团队立刻开始工作。他亲自面试和录用每名编辑、调查员、制片人和秘书。他们中的一些人是从ESPN布里斯托转来，另一些则是从附近更大的纽约人才市场中招募而来。但是夏皮罗最初的两个任命则是最重要的，因为他成功说服备受尊敬的元老巴德·摩根和帕特·史密斯从一开始就加入团队，并且为项目定下了战略基础。摩根是传奇制作经理，他几乎认识行业内所有人，而史密斯则是位老练的写手，了解所有的角度。针对那些认为他对于这份工作太过年轻的批评，夏皮罗通过选择这两位体育转播业的先锋，立刻为自己增添了威信。另外，ESPN的迪克·沙普向夏皮罗提供明智的建议，而约翰·沃尔什则负责监督整个项目。

能够有这些经验丰富的老兵加入团队非常重要，但是对夏皮罗的领导力真正产生巨大影响的还是他和团队的所有人每天一起工作，永远全力以赴，并且愿意做任何事情。他还不断提醒大家《体育世纪》将会比任何一个个人都重要。"ESPN将这个品牌托付给我们，"他这么说，"我们对这个项目负有重大责任。"

他们花了1998年一整年的时间来准备和制作《体育世纪》，整个团队像发狂一样一周七天都在加班。他们梳理了20世纪的电视、电台、杂志和报纸档案所记录的所有体育新闻。他们不仅完成了大量的调查、写作和拍摄，团队在创建伊始就决定只使用对真人进行的原创采访导致了超过5000次新的采访工作。所有工作都基于将每个细节做好、确保所有真相以及制作出最好节目的决心。

《体育世纪》的核心是一个关于过去100年最顶级的50名运动员传记的半小时节目，每周一集。评审团由大约50名体育记者、制片主管和其他知名人士组成，他们多数人都是节目的采访对象。虽然评审团不包括任何职业运动员，但它确实由业内知名人士组成，包括鲁恩·阿利奇、雪利·波维奇、米奇·阿尔伯姆、戴维·哈伯斯塔姆、鲍勃·科斯塔斯、柯特·高迪、萨利·詹金斯、布莱恩特·冈贝尔、罗宾·罗伯茨和克里斯·伯曼。投票是完全开放式的，没有人知道其他人选择了谁，也没有候选人名单可供参考。另外，我们没有提前宣布结果而是完全保密，所以所有评审团成员就像其他观众一样，需要观看ESPN才知道谁最终入围了名单以及顺序是什么。

《体育世纪：20世纪的50位顶级运动员》从1999年1月开始每周播放一集。从第五十名网球冠军克里斯·埃弗特开始，我们到圣诞节那天终于播放了前两名运动员的传记，分别是贝比·鲁斯（第二名）和迈克尔·乔丹（第一名）。节目反响很好，收视率也在最后几周内达到顶峰，因为每个人都想知道谁进入了前十名。在乔丹和鲁斯之后分别是穆罕默德·阿里（第三名）、吉姆·布朗（第四名）、韦恩·格雷茨基（第五名）、杰西·欧文斯（第六名）、吉姆·索普（第七名）、威利·梅斯（第八名）、杰

体育无处不在——ESPN的崛起

克·尼克劳斯（第九名）和贝比·迪德里克森·扎哈里亚斯（第十名）。[1]

可能最有争议的时刻出现在第35名的秘书处，高于米奇·曼托（第37名）两个位置。[2]甚至有些评审团成员都震惊了。"一匹马怎么会出现在这份名单里？"他们想要知道原因。多数观众认为选择很有趣，而事实上，争议只会增加关注和收视率。体育爱好者们喜欢辩论。

在每周运动员倒数之间是ESPN每天播放的超过1200个时长1分钟的《体育世纪："时刻"》。"在1951年的今天，巴比·汤森面对拉尔夫·布兰卡击出了'全世界都听得见的那一击'，帮助纽约巨人队击败了布鲁克林道奇队赢得了冠军。""1963年这周，CBS在费城举行一年一度的陆军学院和海军学院的比赛中首次使用即时回放技术。""1972年的这周，匹兹堡钢人队的佛朗哥·哈里斯以'天赐接球'达阵，帮助球队在季后赛美联分区赛最后30秒击败了奥克兰突袭者队。"在此之外，ESPN的《体育世纪》团队还制作了五部

---

[1] 贝比·鲁斯（"Babe" Ruth），美国棒球史上最伟大的球员，活跃于1920、30年代，多次打破本垒打纪录。

吉姆·布朗（James Nathaniel Brown），被认为是有史以来最伟大的橄榄球运动员之一。

韦恩·格雷茨基（Wayne Douglas Gretzky），冰球史上最伟大的运动员。

吉姆·索普（Jacobus Franciscus "Jim" Thorpe），第一位为美国赢得金牌的美国土著居民，被认为是现代体育运动中最多才多艺的运动员之一，获得过1912年奥运会五项全能与十项全能金牌，也参加过国家美式足球联盟、美国职棒大联盟与美国职业篮球联盟。

威利·梅斯（Willie Howard Mays Jr.），被称为在世的最好的棒球运动员。

杰克·尼克劳斯（Jack William Nicklaus），美国最成功的高尔夫运动员。

贝比·迪德里克森·扎哈里亚斯（Babe Didrikson Zaharias），被认为是有史以来最伟大的女运动员之一，在高尔夫、篮球、棒球以及田径等多个领域表现优异。

[2] 秘书处（Secretariat），20世纪美国最出色的竞赛马之一。

米奇·曼托（Mickey Mantle），美国职棒名人堂成员。

两小时的特别节目来回顾过去一个世纪最有影响力的体育人物、经典比赛、最有争议的人物和决定、最伟大的王朝和最伟大的教练。当一切结束的时候，这个项目在广度和深度上都是前无古人的。所有人都在看ESPN。公司对于我们的成果非常骄傲。最重要的是，《体育世纪》不仅为卓越制定了新的标准，更是对20世纪体育历史合适的致敬。

随着ESPN进入新千禧年，《体育世纪》项目结束了，团队也随之解散，每个人都开始了新的工作。一些人留在公司，有些人则回到纽约继续他们的工作，还有人选择退休，因为他们觉得自己已经用一件特殊的成果为职业生涯画上句号。但是我还是ESPN的主席，而就像任何冠军球队的教练一样，我还要不断寻找好的球员。我知道夏皮罗就是一个，所以我决定给他加薪并且为他创造一个新的主管职位。

回到1997年，我们购买了经典体育频道并且将它重命名为ESPN经典频道。考虑到多数《体育世纪》的节目将会在ESPN经典频道重新播出，看起来这对于夏皮罗来说是个完美的平台，所以我决定任命他为经典频道的主管。这对于ESPN来说是全新的尝试，因为夏皮罗将会是我们第一位专职负责一个频道的人。以下就是我告诉他这个任命时发生的对话：

"马克，我们希望你回到布里斯托并且成为ESPN经典频道副总裁和执行制片人。"我说。

"这是什么意思？"马克问我。

"这意味着你要负责这个频道。"

"可那到底具体是什么意思？"

"我也不知道具体是什么意思，"我回答，"经典频道有3000万家庭订阅用户，而为了让它的用户数量再翻一倍并且盈利，我们需要一个领导，而你

161

体育无处不在——ESPN的崛起

就是那个人！"

"我喜欢这个说法，乔治，但我还是不清楚我要做什么。比如负责经典频道联盟营销和广告销售的员工会向我汇报吗？"

"不会。"

"好吧，他们在尝试销售ESPN、ESPN2台和ESPN新闻频道。经典频道处于什么等级呢？"

"我不知道。你得和他们一同得出答案。"

这时，夏皮罗安静下来，略带疑惑地看着我。"听着，马克，"我说，"你已经通过《体育世纪》证明了你可以跨越鸿沟，搭建桥梁并且赢得人心。如果你之前能够做到，那你也能在更大的平台做到。虽然这些人不向你汇报，我要告诉你你必须和他们合作。所以去建立关系。实现目标。"

"好吧，"马克最后说道，"我明白了。"

我知道我没有给夏皮罗提供明确的方向，但这是我故意的。作为领导，我重视并鼓励每个人参与团队协作，这不会因为夏皮罗现在处在更高职位而改变。我想要他运营ESPN经典频道，与此同时也支撑我已经在管理团队建立的扁平化结构。本质上说，我把他放在一个限制不多的岗位上，我就不会拉着他的手。我的信息很简单："入局，适应，成功。"

ESPN经典频道的多数节目都是库存影像，而随着夏皮罗参与其中，员工开始加入更多为《体育世纪》录制的采访。于是，观众观看1972年慕尼黑奥运会上苏联男篮击败美国男篮获得冠军这样富有争议的经典比赛的同时，还能够听到当时美国队成员道格·科林斯的评述。总而言之，经典平台开始在观看比赛中融入更多讲故事的元素，而这非常有效。收视率立刻获得了提升。

受到这些对节目初步调整正面反馈的鼓励，夏皮罗的团队不仅重播了

《体育世纪：20世纪的50位顶级运动员》，还决定制作一部名为《50位顶级运动员以及更多》的节目。现在，如果一位观众对他们最喜欢的运动员没有进入初次名单感到失望的话，他们将有机会看到那名运动员的传记了。我们不仅将名单扩展到20世纪的百名顶级运动员，还把每集的时长翻倍到了一个小时。另外，经典频道后来还开始基于体育专栏作家的作品制作一到两小时的纪录片。第一部是沙普的《在我眼前闪过》，而没过多久便问世的第二部则是哈伯斯塔姆的《1949年之夏》。

随着ESPN经典频道节目质量的升级，频道有了更多关注和更高的收视率，有线电视运营商也开始将它加入他们的有线电视系统。渐渐地，ESPN的人们意识到夏皮罗的团队正在让经典频道取得巨大成功。于是，联盟营销和市场营销的主管肖恩·布拉切斯找到夏皮罗，并且要求他提供少见的直接支持。"我们需要获得芝加哥更多家庭的订阅，"他说，"经典频道能帮我们做些什么吗？"

根据这一要求，夏皮罗的团队展开了一系列行动。首先，经典频道播放了一整周关于著名芝加哥运动员（沃尔特·佩顿、厄尼·班克斯、迪克·布特库斯和迈克尔·乔丹等等）的《体育世纪》节目。然后我们播放了一周包括公牛队、小熊队、白袜队、黑鹰队和熊队在内芝加哥球队的经典比赛。所有这些节目（目标直指芝加哥的体育爱好者）都在ESPN市场营销和宣传团队的配合下在ESPN、ESPN2台和芝加哥当地进行推广。

在这些转播之中，还有来自芝加哥的知名运动员造访演播室接受采访。布拉切斯甚至安排了一位当地有线电视运营商的主席在节目里谈论芝加哥体育商业的脉搏。最终，ESPN经典频道的关注度取得了爆炸式增长，而有线电视用户的订阅需求也急剧上升。接下来我知道的就是夏皮罗和布拉切斯在达拉斯、迈阿密、洛杉矶、亚特兰大和布法罗不断设计类似的"巡回演出"节目。

体育无处不在——ESPN的崛起

从领导角度，我对此欣喜若狂。每个人都相互协作，没有任何闭塞。也是第一次，联盟营销团队可以直接找节目团队来扩大用户群。总而言之，ESPN有了更多的订阅用户，更多的广告商，当然，还有更多的收入。

当夏皮罗带领ESPN经典频道大踏步前进时，我们2001年的收视率危机到了紧要关头。在经过确立全公司首要任务的会议后，我们制定了一个长期策略来发展更新更好的节目。有鉴于此，在2001年中期，我和我们的市场营销以及节目策划团队坐下来一起探讨拓宽ESPN观众群的方法。我们的目标是吸引更多女性观众和非死忠体育爱好者，并且为漫长的暑期时光吸引更多观众。所以我们决定成立一个专注于设计非传统节目的部门，他们负责专为电视制作的电影、脱口秀、有奖竞赛、真人秀等等。我们将它称为ESPN原创娱乐部门（简称EOE）。紧接着，我让夏皮罗去尽他所能参与其中，因为我想让他接触到公司更多业务。

原创娱乐部门只是我个人推动去解决收视率危机的计划之一。而我的其中一项重大决定确实改变了ESPN的状况：我让夏皮罗负责ESPN所有的节目策划。思量这个决定时，我想起了ESPN早期就像一家创业公司一样人手短缺的时候，为了解决问题，我们经常将年轻有激情的员工派到各个岗位，然后问题就变成了机遇！

在这个案例中，我们的问题是收视率下降，而我相信拥有夏皮罗这样的年轻有激情的员工能将它转换成一次机遇。他在《体育世纪》和ESPN经典频道的成功已经证明他能够把事情做好同时与人合作愉快。然而，我也知道这个决定将会多少引起争议。首先，夏皮罗只有32岁，几乎所有ESPN的高管都比他年长；第二，节目策划部门包括上百名员工，而它的成果最能够直接影响ESPN的品牌。

当我准备宣布决定时，我把夏皮罗叫到我在纽约的办公室，和他在中央公园散步。我想和他在没有其他外界干扰的情况下聊聊。

"马克，我要让你负责ESPN所有节目的策划。"我平静地说。

"什么？"他回答。

"看，你已经做得很出色了，而我喜欢你的领导力和能量。我的直觉告诉我你将会在这个位置上做得很好。你怎么想呢？"

"好吧，乔治，这必定会产生一些问题的。"

"我很高兴你提到这点，"我说，"确实会有人不喜欢这个决定。有些人不愿意听命于一个32岁的人。"

"我知道这点，乔治。但是你想我让我做什么？"

"我想要你赢得他们。这就是我想要你做的。他们是我们家庭的一员，而我希望你照顾他们。明白吗？"

"是的，我明白。"

在那次中央公园的散步中，我没有和夏皮罗说他最重要的目标是提升收视率。他已经知道这点了。这是ESPN的头号任务。我所想要传达给他的信息是在追逐我们商业目标的同时，我们必须尊敬和关心公司的员工。我相信他能做到这两点。时间将会告诉我们答案。

［1999年，《体育世纪》赢得了ESPN的第一座皮博迪奖[①]以及1999、2000、2001和2005年的全国体育艾美奖最佳编辑体育系列节目奖。ESPN经典频道在2000年有3000万订阅用户。七年后，这个数字增长到6500万。］

---

① 乔治·福斯特·皮博迪奖（George Foster Peabody Awards），又称美国广播电视文化成就奖，广播电视媒体界最悠久、最权威的全球性奖项之一，美国广播电视界的最高荣誉。

20
31句脏话

马克·夏皮罗作为新任ESPN节目策划部高级副总裁的第一个动作是召集全部80名员工举行部门会议。在会议中，他介绍了自己并且再次强调部门的首要任务是提升ESPN的收视率。在自由讨论时，夏皮罗被问到他被认为是工作狂的评价。"如果你自己做不到，你就不能要求别人，"他说，"所以我不会要求任何人工作比我努力。但我也不会认为这是个问题，因为努力工作就是ESPN的核心。"随后，夏皮罗令人惊讶地表示他将和每个人进行单独谈话，讨论部门的未来发展以及他们的好主意。"我将会在接下来三四十天里进行一个巡回倾听，"他说，"基于你们和我交谈的内容，我们会设计出新的策略和计划来提升收视率。"

不出所料，夏皮罗在40天后推出了他的详细计划。"它将会成功，"他告诉我，"我知道我们可以做到。"个人来说，我喜欢夏皮罗的乐观以及他几乎让节目策划部所有人都参与到计划制定中。因此，我批准了计划并且提供支持，同时给予他实施计划的自由。

团队最初阶段的策略是延长《体育中心》的时长，因为它一直能够取得坚实的收视率。在周日晚11点的《体育中心》成功延长到90分钟后，我们将周一到周六晚上11点的《体育中心》都延长到90分钟。优秀的收视率表现证明了策略的成功。

夏皮罗团队的下一步是设计引进《体育中心》的新节目来攻克工作日的下午时段。我们那时的想法源于体育爱好者喜欢辩论他们所关注赛事的各个方面。于是在2001年10月22日，在ESPN新闻部副总裁吉姆·科恩的带领下，我们和独立制片人埃里克·吕德霍尔姆合作启动了一档叫做《打扰一下》的新节目。它由托尼·科恩海瑟和迈克尔·维尔邦（都是《华盛顿邮报》的体育专栏作家）主持，这个半小时的节目在5:30开播，正好处于《体育中心》前，搭配了当天最热门体育新闻的讨论和辩论。

《打扰一下》很受欢迎，部分因为科恩海瑟和维尔邦很有激情，很幽默，而且随着电视屏幕右侧的"简要"一个个聊完，他们展示了非常好的直播化学反应。《打扰一下》几乎立刻成为了一个破局者。收视率很高，节目也为《体育中心》带来了更多观众。随后ESPN的制作部门执行副总裁诺比·威廉森指出在《打扰一下》和《体育中心》之后的直播赛事收视率同样取得了提升。这就意味着这个节目让观众从傍晚到黄金时段一直留在ESPN。这是个巨大的成功。我们知道我们已有所成就，而我们想要更多。

我们接下来在2002年11月启动了由马克斯·凯勒曼主持（2004年由托尼·雷亚利接替）的《双杀传球》，一档《打扰一下》的姐妹节目。它是一个体育脱口秀和体育知识竞赛的结合，主持人邀请四位报纸专栏作家就每日体育头条新闻进行辩论。《双杀传球》极富娱乐性，观众也对此作出反应。事实上，《打扰一下》和《体育中心》都有了更高的收视率。

在那之后，就像是打开了闸门一样，节目策划部门设计了一个又一个新节目。《第一和第十》探索体育世界当日十大问题。《梦想工作》是一档真人秀，参赛选手接受面试成为《体育中心》的播音员。最终的胜者是迈克

体育无处不在——ESPN的崛起

尔·霍尔，他也确实加入了ESPN。《冷披萨》则是我们自己的早间秀。《难倒施瓦布》则是参赛选手尝试击败在ESPN多年的编辑以及公司内的体育知识专家霍维·施瓦布。所有这些新节目都取得不错反响，并且允许我们开始推广整个下午作为一个精彩节目的集中时段。

在开发这些非常成功的新节目的同时，原创娱乐部门开始制作专为电视定制的电影来制造舆论并且吸引新的观众。我们的第一部作品是改编自约翰·范斯坦同名畅销书的《疯狂赛季》，它讲述了1985-86赛季由博比·奈特执教的印第安纳大学男子篮球队的故事。这是一部花费250万美金拍摄的完整版电影。原创娱乐部门改编了剧本并且完成了整个项目制作，包括导演、拍摄、剪辑和选角（资深演员布莱恩·丹内利饰演奈特教练）。当首次剪辑完成后，夏皮罗把它带来和我一起看。电影结束后，我转向他说："你知道，我没有意识到剧本需要这样的台词。"

"我认为这很真实。"夏皮罗回答。

"好吧，我明白爆粗口在体育世界里很普遍。但是ESPN有很多年轻的观众，而我们被认为是适合家庭观看的频道。"

"乔治，你想怎么做？拍摄已经结束了。"

"我还不知道。但是我们必须找出解决办法。"

夏皮罗和我接下来召集了15名ESPN的员工来集体观看电影，并且尝试解决这个我认为很严重的问题。我们非常认真地挑选了一个多样化的小组来确保我们不会错过任何观众或者我们内部人员的观点。那天坐在行政会议室里的人们从年龄、性别、族裔、政治取向、职业领域和公司职位上都非常不同。看完电影后，几乎每个人都表示他们很喜欢。但在我提出那个问题之前就有人说，"我们要怎么处理那些脏话呢？"

"是啊，"还有人说，"我数了，总共31句。"

然后人们开始发表他们的意见。"我认为必须要删掉。""但我觉得应该保留。""是啊，这很真实。教练和球员就是这么交流的。""但是这对有些人来说很无礼。""我认为它们冒犯到我了。""我不这么觉得。""把它们留着吧。""把它们删了吧。"

"好吧，我们都有什么选择呢？"我问。

"我们当然可以做消音处理，"夏皮罗回答，"或者我们可以留着。我们还可以彻底冷藏这部电影。"

"我们不能就这样扔掉250万美金！"

"为什么我们不利用我们自己的频道和不同平台的优势呢？"有人说。

"那是个好主意。"

"是啊，我们可以同时在ESPN和ESPN2台播放电影。一个版本是未修改的，而另一个则是对所有脏话做过消音处理的。"

"我们可以提前宣传电影。'那些对强烈成人语言很不适的观众，你们可以观看经过修改的版本。'"

"这对我来说可以接受。"一个最初对那些脏话很不满的人说。

在最后，我们就是这么做的。2002年3月10日，《疯狂赛季》同时在ESPN（原版）和ESPN2台（消音版）首播。第二天，《今日美国》以《ESPN统治周日电视节目：观众更喜欢未消音的"疯狂"》为题报道了新闻。原版在ESPN取得了3.4的惊人收视率，而ESPN2台则有0.6的收视率。所以通过在两个频道同时播出，我们收到了总共4.0的收视率！

在这之前，我们所有频道里只有《星期天橄榄球之夜》曾经取得超过3.0的收视率。所以"问题"变成了巨大的成功。我们通过在两个频道播放电影

体育无处不在——ESPN的崛起

受到了更多的关注，同时也没有收到多少来自家长、FCC[①]或者政府方面的批评。个人来说，我相信这是召集一组多样化人群共聚一起，并且鼓励他们自由发言从而得出合理且有效的解决方案的直接结果。

从2002年到2005年，原创娱乐部门制作了六部为电视定制的电影，包括：《橄榄球少年》、《三：戴尔·厄恩哈特的故事》、《飞身救球》、《四分钟》和《破译员》。我们每一部电影都做足了市场宣传，而每一部都取得盈利且收视率也很成功。然而总体来看，我们既没有感觉我们取得了足够利润，对有些电影产生的争议也不感到高兴。而如果我认为那些脏话是个问题的话，那么我们的第一部电视剧《橄榄球队员》才是真正的问题。该剧从2003年8月26日到11月11日每周一集，它从方方面面描绘了一位虚构的职业橄榄球运动员的个人生活。但是NFL球员工会、球队老板以及联盟管理者都对于其中一些内容展现了联盟负面内容表示了担忧。所以，即便收视率非常好，我仍然决定在11集后砍掉整个剧集。如果让我们的主要合作伙伴如此不满，我不认为继续这个节目是个正确的决定。

最终，我们决定不再将为电视定制电影或者电视剧集作为我们设计新节目的长期策略。然而从宏观来看，我认为整个过程是成功的，因为我们确实增加了很多新的观众，也确实提升了收视率，更何况我们还为ESPN的员工提供了开阔视野的机会。最重要的是让我们公司充满了创意的火花，为我们在2009年为纪念公司三十周年而制作的一系列异常成功的纪录片奠定了基础。

[①] 联邦通信委员会（Federal Communications Committee，FCC）是美国联邦政府机构，由美国国会领导。委员会负责规定所有非联邦政府机构的无线电谱使用，美国国内州际通信和所有从美国发起或在美国终结的国际通信。

我们另一个提升收视率的主要办法则聚焦于我要求我们的团队获得更多重大体育赛事的转播权。毕竟,我们称之为"棍棒球类项目"的运动是ESPN的根本,所以为什么不尝试扩展我们的品牌,并且在这场价值连城的竞赛中保持领先呢?因此,夏皮罗和我将视线放到了重新获得离开ESPN长达20年的NBA上。我们上一份NBA的转播合同还要追溯到1982年,那是一份为期两年包含40场常规赛和10场季后赛转播的合同。NBC和特纳已经在过去十几年中垄断了转播,但是他们的合同在2001年底就要续约,是时候行动了。

当我们第一次接触NBA总裁大卫·斯特恩的时候,他不想更换转播商,因为和NBC以及特纳一起度过整个迈克尔·乔丹时代让他获得了巨大成功。那些年,职业体育转播通常会分给一个广播频道和一个有线电视频道。所以传统思维是ESPN将要和特纳竞争NBA的转播权。但是夏皮罗的想法是不受这些束缚的,他想到了一个绝佳策略。首先,他提议我们和特纳共存,去抢NBC的转播权。他认为NBC作为传统广播频道会更容易击败。第二,运用ESPN在多媒体平台的长处来说服NBA我们能够为驱动联盟未来成长提供最好的平台。

2001年感恩节前后,我们在纽约和NBA完成了第一次面谈。这也是我们第一次应用新的"360模型",我们通过这个富有创意的工具来向体育权益方证明为什么他们应该优先选择ESPN。基本上,我们在一张纸上画了一个轮子,而轮辐则从轮毂(比如这里就是NBA)周围辐射开来,导向ESPN不同的媒体资源,包括:ESPN、ESPN2台、ESPN新闻频道、ESPN经典频道、ESPN电台、ESPN.com、ABC和迪士尼(每个都可以用来启动、转播或者推广赛事)。事实上,ESPN在那时已经建造了一个更好的捕鼠器,而包括NBC在内的其他频道都没有类似的能力。斯特恩总裁立刻意识到我们的优势并且同意开始正式谈判。然后,事情就开始变得有趣……和紧张。

体育无处不在——ESPN的崛起

我们在接下来几周内展开了数次讨论，然而最后也最困难的则是在纽约第五大道NBA总部行政会议室举行的一整天会议。总共有五个人在场：斯特恩和两名NBA的高管，亚当·萧华[①]和埃德·德瑟；夏皮罗和我。最后一个主要事项是我们必须确定ESPN将会转播多少场WNBA[②]的比赛。斯特恩是1997年WNBA成立背后的策划人，而他想要我们转播12场比赛。夏皮罗则讨价到10场。那时是凌晨两点，所有人都累了，所以德瑟尝试让双方在11场达成妥协从而签约。但是，夏皮罗没有一丝犹豫地拒绝了。他没有注意到我的反应，但是我有些迟疑。斯特恩不情愿地同意了10场的提议，而除了一些文本工作之外，谈判基本就结束了。

2002年1月22日，NBA宣布我们锁定了超过100场常规赛和季后赛，还包括NBA总决赛的转播权，这对于ESPN来说是个巨大的成果。这份合同为期6年，总价值24亿美金（每年4亿美金），给予了我们跨平台转播（ABC、ESPN、ESPN2台、ESPN经典频道、ESPN新闻频道、ESPN电台和ESPN.com）包括视频点播、交互电视宽带和电子游戏开发等新兴科技的权利。在那时，体育有线电视历史上第一次有一个频道同时拥有了四大职业体育联盟（NFL、NHL、MLB和NBA）的转播权。

这对我们所有人来说都是个值得骄傲的时刻，而纯粹从商业视角来看，拥有四大职业体育联盟将公众对ESPN的认知提升到了一个新的高度。但是我们没有停止脚步。夏皮罗的节目团队还以一份5年3亿美金的合同从2003年起

[①] 现任NBA总裁。
[②] 国家女子篮球协会（Women's National Basketball Association，WNBA）成立于1996年，现有12支球队。

锁定了网球锦标赛的皇冠——温布尔登网球公开赛的转播权。我们其他新增或者更新的赛事包括：法国公开赛，室内长曲棍球以及更多对于印第500赛车、PGA和MLB的转播。

虽然每个新的赛事都在帮助我们提高收视率，但是一个非传统体育赛事出现了并且令所有人惊讶。在2002-03赛季，我们从拉斯维加斯获得了世界扑克锦标赛的长期转播权。ESPN在1988年到1995年之间转播过这项赛事并且收获了一定的成功。但是时代变了，尤其是随着在线扑克的发明，这项赛事也变得非常受欢迎。我们做得每一件和扑克相关的事都很有效。我们增加了我们的转播覆盖锦标赛的多数比赛，而不是仅仅转播最后的决赛。我们添加了很多迷你摄像机，这样观众可以看到选手的底牌，也让评论员能够谈论扑克的策略。我们在非高峰时段重播比赛并且仍然收到了不错的收视率。最终，世界扑克锦标赛让ESPN收视率取得巨大成功，而有一段时间，全国都掀起了扑克热潮。

总而言之，夏皮罗和他的团队成功帮助ESPN扭转了2001年的收视率危机。不仅如此，我对夏皮罗努力提升公司对收视率表现的关注度印象深刻。我认为导致危机的原因之一是当我们的收视率下降时，很多的高管没有足够关注这个问题。但是夏皮罗会定期在全公司范围的备忘和电子邮件中贴出收视率数据，和每个愿意倾听的人讨论它并且基本将这个问题扩大到公司每个人都能定期了解我们的进度。

**

在和斯特恩、萧华和德瑟达成协议转播10场WNBA比赛作为我们全部NBA转播协议的一部分后，我们决定休息一下并且在早上十点再见面最终签订合约。那时大约是凌晨两点半，我和夏皮罗走在纽约的街上想找一家通宵营业的餐厅吃点东西。他仍然非常兴奋，一直在说着谈判的事，并且对于我们即将签订合同感到非常激动。

最后，我们停下来，我把胳膊放在他肩上。"马克，我喜欢你的能量、你的热情以及你如何竭力为公司取得胜利，"我说，"但是我想让你知道你应该接受德瑟提出的让步。一场或者两场比赛的区别完全无关紧要。11场而不是10场也是可以的。即使你是对的，而且即使你不想这样，有时候妥协才是正确的选择，尤其是你在考虑到长期合作关系时。今晚你可能多少伤害到了总裁。"

我不想打击夏皮罗，我也不是以责怪的态度和他说的。但是他需要知道我那时的感受。他欣然接受了。后来，他告诉我因为那次谈话他调整了很多后来的做事方式。他不再像以前那样一直踩着油门，会定期停下来问自己，"这是一个我们应该让步的地方吗？"

［从2002到2005年，ESPN经历了连续14个季度的收视率上涨，每季度都高于前一季度，每年都高于前一年。］

21
干 杯

印度班加罗尔，拉塞尔·沃尔夫、克里斯蒂娜·德里森和我坐的车在距离我们要去的有线电视运营商还有几个街区的距离时停了下来，接待人员让我们坐进一个华丽的马车车厢，然后我所知道的就是我们处在一支游行队伍之中，很多当地地位显赫的人参与其中，人们穿着特色服装，还有一个乐队。当我们到了运营商的办公室，外面挂着一条巨大的横幅，写着：欢迎ESPN的乔治·博登海默先生。我们一踏出马车车厢，员工们就涌上来欢迎我们，进去后就立刻用礼品和特意准备的食物招待我们。"哇，"我记得有一刻我在想，"这和当初坐在比洛克西、小石城和瓦科那些家庭有线电视运营商的里屋箱子上还真是变化很大啊。"但那已经是二十多年前了，从那时起ESPN在全球范围内取得了飞速发展。

这次特别的旅行是沃尔夫在2002年接任ESPN国际部高级副总裁后，和我一起进行的很多次出访之一。1997年，拉塞尔从MTV来到ESPN，他之前主要负责美国国内事务。在ESPN最初的三年他作为我们亚太地区的副总裁在香港工作。随后，他调到新加坡出任ESPN星体育的节目策划主管，那是我们和鲁伯特·默多克的新闻集团一同经营的频道，服务26个亚洲国家。

即使是在ESPN早期，我们也一直在探索海外市场的可行性。我们最初的

体育无处不在——ESPN的崛起

努力是由首席律师安德鲁·布里连特领导，并且包括将美国体育赛事销售给外国转播商。作为ESPN的首席律师，布里连特最擅长的是理解其他国家的法律法规。1989年，我们正式成立了ESPN国际部来抢占拉丁美洲、亚洲和欧洲增长的卫星电视市场。除了内容销售，我们还经常通过利用合作伙伴的资源启动新的频道。ESPN拉美频道在1989年启动，接下来ESPN亚洲频道在1992年成立。到1993年，我们已经和法国转播巨头TF1和Canal Plus（法国顶级付费频道）合作加入欧洲体育频道[①]从而进入了欧洲市场。1994年，成立两年的ESPN亚洲频道被合并进总部位于新加坡的ESPN星体育。

在世纪之交，沃尔夫和德里森已经重新制定了ESPN的国际战略并且着手于本质上的多元化本土化，专注于当地产品和当地员工。总而言之，我们想要服务世界各地的体育爱好者，只要那里能做生意。这对我们来说是巨大的一步，因为我们通过和当地员工合作或者雇佣的方式去尊敬每个文化和习惯，而不是派遣员工移居国外负责全部工作。我们还强调去中心化管理，这样每个机构都会有尽可能多的权力和责任，而不需要从布里斯托获得许可才可以做他们想做的。

作为ESPN国际部主管，沃尔夫力劝我和他每年一起出差几次。"我们的任务，"他告诉我，"是在预算内尽快且有利润地在全球扩大ESPN的品牌。为了实现它，我需要公司主席能够亲自去到尽可能多的国家。"

"好的，拉塞尔，"我回答，"你把一切安排好我就和你去。"

[①] 欧洲体育频道（Eurosport）是一家泛欧洲的体育电视频道，由华特迪士尼公司全资拥有并运营。

干　杯

　　至此我们每年都会有几次国际出差。每次都会细心地提前准备并且通常持续四到七天。无论我们在哪里，一落地就开始行动。多数时候，我们会早上7点开始工作，直到晚上10点。我们拜访我们的联盟有线电视和卫星运营商、赛事权益方、广告商和潜在伙伴。

　　通常，我们将行程时间尽量和当地主要体育赛事重合，这样我们可以和合作伙伴、潜在客户以及外派人员一起观赛。每趟行程的焦点都是销售ESPN，提高我们的业绩以及拜访和激励当地的ESPN员工。我们的行程中有很多的迎宾会，而我也学到了很多种语言的祝酒词："Cheers"，"Prost"，"Yung sing"，"A votre sante"，"Saludos"，"cin cin"[①]等等。

　　2002年，我们去了欧洲，从伦敦（ESPN欧洲总部所在地）开始先后去了法国、西班牙、意大利和德国。2004年，我们去了亚洲，先是在香港和迈克尔·艾斯纳以及其他迪士尼成员一起考察了香港迪士尼乐园的建设进度。接下来我们去了中国大陆并且和NBA的球员及工作人员一起参加了他们的中国赛行程。在北京，我们正式启动了中国版的《ESPN杂志》。虽然ESPN在香港和大陆都有一些小型办公室，但是我们的行程终点在新加坡，那里有500名员工供职于ESPN星体育。

　　沃尔夫、德里森和我在2006年去了印度，班加罗尔的有线电视运营商用那场游行欢迎了我们。我们还有幸造访了印度很多偏远地区，在那里人们用花环、蜡烛甚至是烟火欢迎我们。我们计算好这趟行程的时间正赶上一场在印度和巴基斯坦之间重大的板球比赛。它让人觉得无论是大城市还是小村

---

① 分别是英语、德语、汉语广东话、法语、西班牙语及意大利语的祝酒词。

体育无处不在——ESPN的崛起

镇，印度的所有人都在关注那场比赛。就像在美国一样，我们不论身处世界的任何地方都会遇到很多热情的体育爱好者。体育在全球范围内都是"社交货币"。

不论是作为ESPN的主席还是作为个人来说，这些去往欧洲、亚洲和世界上其他地区的旅程都对我有着深刻的影响。从商业角度看，拜访我们的国际办公室对我们的高管团队来说非常重要。当地的员工对我们会花费时间跨越大洋和他们亲自见面，与他们握手，并且和他们建立私人关系感到激动。这对我来说也很重要，因为我有机会可以谈论ESPN正在做什么以及他们每个人是如何在我们的成功中扮演重要角色的。我还确保他们知道我们都是同一个ESPN家庭的成员，而在他们需要任何帮助时施以援手也是我们公司文化的一部分。这些互动都再次证明了世界上不同地区的人们在很多方面都是相似的。我们都关心我们的工作，我们的家庭，以及公司每个人。

公司在美国以外的行为获得称赞后，我开始将ESPN称作一家全球体育媒体公司。只把我们看成一家拥有国际部门的美国公司完全不能给予我们的海外员工他们应得的评价。他们工作一样努力，一样忠心，也和美国区任何一名员工一样是ESPN的一分子。而我这么说让他们在感受上和与他人交流中产生了不同，尤其是和布里斯托的员工。我们公司开始在全球范围以一个团队运营。国际媒体很快采纳了这一新说法并且开始不断称ESPN为天生全球化。

在我看来，如果公司的员工不能反映它的客户群体，那它将不可能制作出最好的产品。而在制作产品时不能敏锐察觉观众的感受，同样会将公司置于犯错的风险中。因此，一个跨国公司必须尽可能地将员工多样化。这也是为什么，我们在2003年ESPN首要任务讨论会中考虑加入"拥抱多样化"。但是，当我们初次讨论将这个"人"的项目加入进来时，是遇到了阻力的。"等下，我们的首要任务应该是商业目标。"有人说。"是啊，如果你把人作为首要任务，你永远不可能把它从列表上拿下来，"另外一个人附和，"我们到底应该如何衡量一个与人相关的首要任务呢？"然而其他人则对此很有热情并且想要全心全意地接纳它。

  我们在这个问题上似乎陷入僵局时，我插手了。"你们知道，我不确定今年要有几项首要任务，但是我确定其中一条会是多样性，"我说，"所以，让我们继续决定其他的任务是什么吧。"最初，房间里一片安静，因为我几乎从来没有以这样强势的姿态介入讨论。但是这个话题对我、对ESPN都太重要了，所以我觉得我得强迫自己说些什么。然而，我也劝告所有人这不会是我们今年就能够一蹴而就的，我们也不能说，"好的，我们现在取得多样化了！"我们得用长远的眼光看待它，这也很有可能要花费数年时间才能在我们公司取得明显改变。

  多样性对公司的重要性无论如何都不会被夸大。专业的多样性是必要的，同样想法的多样性、人生经历的多样性，以及在一个跨国公司中地理和族裔的多样性同样是必要的。如果一家位于美国的媒体公司想要开办一个拉丁美洲的电视频道，这个过程不应该在没有一名拉丁裔成员的情况下开始。而是应该让对西语国家了如指掌的人们参与讨论。比如1989年我们开设ESPN拉美频道时，我们从我们要经营的国家聘用了全职人员。

  当ESPN的收视率在2001年达到低谷时，我们的广告收入自然下降了。接下来，公司的财政产生了压力，于是我们要细致检查公司每个方面的支出。在评估了国际部门后，我们向全公司发出了一份备忘表，说明拉丁美洲频道正在亏损，如果形势不能扭转的话，我们将会采取重大变革。类似于我们处理收视率危机的方式，我们召集了所有拉丁美洲的管理者，阐述了实际情况并且坚决表示我们会一同解决这个问题。一经我们解释事态,我很骄傲地说大家的态度有了明显转变,每个人都全力以赴。在接下来几年内,ESPN在拉丁美洲的运营打下了更好的财政基础,最终实现盈利以及坚实的长期增长。

沃尔夫在那次转危为安中发挥了重大作用。比如,他仔细观察了我们表现不佳的国际版《体育中心》(尤其在拉丁美洲)。几年前,当我们第一次开始在美国以外播放《体育中心》时,我们制作了一个将会在拉丁美洲、欧洲和亚洲播放的"通用"版本。因此,它包含了很多不同的体育项目,比如足球、板球、NFL、英式橄榄球、马球和NBA等等。也因为它要通过不同语言在多个地区播放,它只是一个集锦合辑,并没有播音员(只有旁白)。不幸的是,这个概念没有成功。印度人并不喜欢NFL,而拉丁美洲的观众也对板球毫无兴趣。所以,尝试制作统一版本的《体育中心》投放海外市场的方案没有在任何一个地区奏效。

为了让《体育中心》在海外市场取得成功,我们通过制作相对本土化的节目以及启用观众熟悉的播音员来找回ESPN原本的风格,简而言之就是更有趣味。最早这样制作非美国版本《体育中心》的地点之一是阿根廷的布宜诺斯艾利斯(这样做的原因也是为了提升拉丁美洲频道的财政表现)。那时负责阿根廷办公室的是吉列尔莫·塔瓦内拉,他带领着一个全拉美裔团队,多数都是阿根廷本地人。在预算范围内,塔瓦内拉在布宜诺斯艾利斯市中心租了一栋带有仓库的大房子,并且将它改造成一个不可思议的《体育中心》演播室。

为了展示我们对每名员工辛勤努力的认可和感谢,沃尔夫和我飞到当地观看节目首播,当地员工如此骄傲和积极尤其让我高兴。他们知道《体育中心》是ESPN的旗舰产品,也为能够把产品扩展到他们的国家而感到光荣。他们充满自豪感,而我俩则在距离布里斯托5000英里以外的地方看到了熟悉的

干　杯

"体育中心"字样，听到了熟悉的主题曲，只不过是用西班牙语转播的。对我来说，那晚看到的一切都令我动容。

将《体育中心》传播到全世界不仅有助于推广品牌，还推动了我们无论身在何处都能有同样的ESPN文化的总体战略。比如，我们想要阿根廷的体育爱好者感受到美国观众对ESPN的感情。我们也想让我们的员工觉得自己和布里斯托相连，同时感受到被赋予让ESPN在当地市场产生影响的权力。然而，建立一种持续的文化对于跨国公司并不像听上去那么容易，它也需要时间去实现。

我们的策略分成四步。首先，我们把员工带到布里斯托，让他们身临其境地感受；第二，我们让ESPN的"文化载体"担任海外职位协助相关事务。比如查克·帕加诺就帮助ESPN很多新的海外办公室完成了技术搭建工作；第三，我们继续在当地招募和ESPN文化相匹配的人才（他们必须是有热情的体育爱好者并且和我们的价值观相符）；而第四，就像我们在布里斯托所做的，我们宣传ESPN在当地的文化载体。我们是否成功的终极测试就是当来自世界任何地方的ESPN员工去另一个ESPN办公室时，他们可以诚实地说："这就是ESPN的感觉。"

***

有一次我们去拉丁美洲出差，沃尔夫和我拜访了ESPN在墨西哥城的办公室。下午1点半，我们和40名员工在一家非常不错的餐厅共进午餐。每个人面前都有三杯不同颜色的饮料。我发现那是一种很流行的墨西哥国旗鸡尾酒（三种代表墨西哥国旗的颜色）。它让我想起ESPN早期我们在一天辛苦工

体育无处不在——ESPN的崛起

作结束后到白桦树酒吧喝的鸡尾酒，只是这些酒杯是更大的三液盎司[①]烈酒杯。一个里面有红色番茄汁，第二杯充满了白色龙舌兰，而第三杯则看上去则像绿薄荷甜酒。

在和每个人问好后，我们都坐下来，我简单讲了几分钟。整个ESPN墨西哥城的员工都在场——播音员、销售和市场推广人员、技术人员等等。我告诉他们他们对ESPN有多重要，我们对他们的工作有多骄傲以及称赞他们在他们自己国家的工作有多优秀。然后，我举起中间那杯白色龙舌兰酒，高举酒杯祝酒，"这杯敬你们和ESPN。干杯！"然后我像喝烈酒一样一饮而尽。

片刻，房间里充斥着一种尴尬的沉默。然后每个人都举起他们的龙舌兰酒杯说着，"干杯！""干杯！""干杯！"然后一饮而尽。然后我坐下来听到一些不大的笑声和掌声。

没有人告诉过我，根据传统，我们的墨西哥同事只是呷一口龙舌兰。所以，出于礼貌，所有人在我带头下这么喝了。

餐厅的服务员困惑得不知所措。所以他们很快绕场一周把所有人的空杯子又倒上白色龙舌兰酒，我们一顿午餐都一直在呷。就像你能想象的，那成为了我们最为生动有趣的午宴之一。

[①] 美制体积单位，1美制液盎司 =29.5735295626 毫升。

22

比一杯咖啡还便宜

我在和迈克尔·艾斯纳以及其他几个迪士尼的高管进行电话会议,当他们问到我关于ESPN的年度预算时,我很骄傲地宣布,"明年,我们的联盟费用将会第一次超过每月每户1美金。"在有线电视行业,1美金绝对是一个里程碑。

"那有什么大不了的?"艾斯纳的一位副手问我,"我们主题公园里一杯饮料就卖3美金。"

一开始我吓了一跳,因为他们似乎不理解我刚说的这件事的价值,"好吧,这是前所未有的,"我说,"没有任何一家公司能收这么多。"

那次电话会议结束后,关于那句话我思考了很久。最后,它敲醒了我。如果你把ESPN的价格和其他消费品对比的话,简直是赚翻了。在那时(1999年),一杯星巴克的简单咖啡都比ESPN一整个月的节目更贵。熟食店卖的火鸡三明治就更贵了。甚至连购物中心里美食街买一片披萨都要花更多钱。所以如果你这么看的话,ESPN真是物超所值。你还能在哪里以这个成本观看体育比赛呢?真见鬼,一个四口之家出门吃顿晚饭再看一场电影的花销都要不知道高到哪里去了。

在我产生这个灵感后,我的第一个想法就是将这个对比交给我度过了职业无数时光的联盟营销团队。他们才是在前线一直和那些有线电视运营商就我们的收费斗得不可开交的人。所以我参与了一场联盟营销会议，把我带去的星巴克咖啡放到了讲台上。"猜猜这杯咖啡花了我多少钱？"我大笑着说，"几乎是你在家看一个月ESPN价格的两倍！现在，这样更好理解了不是吗？所以不要让我们价格激起你们的防卫心理，永远不要！要相信我们产品的价值。"之后那几年，每当我旅行时，我都会给他们发邮件。"嘿，我在辛辛那提。刚买了一杯咖啡，猜猜多少钱？2.67美金！"他们知道我的意思。年复一年，我的咖啡价格对比不好用了，所以我就换到其他事物上。"我昨天在劳德岱尔堡机场。买了一瓶矿泉水、一份火鸡三明治和一杯水果，花了18美金！"

ESPN的收费正式超过1美金是在1998年，那得益于我们获得《星期天橄榄球之夜》完整赛季转播的第一波涨价。从1998年到2003年，我们的价格从1.07美金上涨到了2.67美金。那段时间，我亲自给最大的20家有线电视公司CEO们打电话来解释20%的收费上涨。但是在连续五年的增长后，考克斯通讯公司的吉姆·罗宾斯受不了了。"ESPN收费上涨太多了，"他说，"我们不会再付钱了。必须得停止。"

我们的分歧始于考克斯私下威胁我们将ESPN从他们的有线电视系统撤下，而我们则坚持继续20%的涨幅。但是当考克斯在全国采访中公开指责ESPN正在抬高有线电视的基本收费时，事情升级了。我们通过ESPN电台的现时广告进行反击，指出考克斯想要夺走听众的体育节目。然后冲突彻底爆发了。双方都在全国范围发行的主要报纸上购买整版广告，还启动了竞争网站来宣扬我们各自的观点。

罗宾斯和我随后在纽约和华盛顿特区举行了终极辩论新闻发布会。他指出ESPN已经是最贵的体育频道了，而我们的价格则"高得不正常。"

"你不能在不讨论价值的情况下讨论价格，"我反击道，"ESPN比考克斯所转播的任何频道都更有价值。"我通过每年的调查来强调ESPN的价值，进而支持我的论点。迪士尼的游说人员同样马力全开。最终，事情在国会参议院举行关于有线电视行业资费上涨的听证会时达到高潮。

总而言之，这是我们和一家主要有线电视运营商（考克斯那时是美国第四大运营商，有620万订阅用户）之间最明显的分歧。双方拉锯的根本原因和前几年并没有什么不同，真正不一样的是涉及了太多情感因素，因为我们处在一个包含了媒体、国会和FCC的公众平台上。风险非常高。

最终，在聚光灯以外，罗宾斯和我私下进行了一次严肃的会面。对我来说，我一直有种可以谈妥的直觉，因为我和他多年来关系都很好。这次交谈和我之前的谈判方式没有什么不同，我尝试尊敬对待每个人并且不要什么花样。我还尽量做到直接和真诚。如果ESPN做不到对方想要的，我会明确提出来。如果他们的要求可能实现，我会说我们会考虑的（并且我们也这么做了）。我倾听，尽力保持理性并且避免产生对抗。我相信尊敬他人有助于谈成互利的商业合作。不是永远都是金钱第一。

就像是任何皆大欢喜的谈判一样分歧结束了，双方都退一步并且认识到在一起较分开收益更高。为了捍卫我们的位置和ESPN的价值，我们采取了我所认为正派的方法。我们在2004年将价格涨幅下调到了10%。危机解决了，考克斯的高管认为他们获得了胜利。而我们上涨10%是基于2.67美金，所以我们多收了26美分，但是多数频道的价格涨幅远小于此。总而言之，ESPN的资费是行业内前所未有的价格，而长远来看，我们已经明显提升了门槛，为ESPN接下来15到20年的成长打下了基础。从这个角度看，我们的妥协带来了巨大的胜利。

我从和考克斯的分歧中学到的一课很像我曾经提醒我们的联盟营销团队ESPN每月的价格还不到一杯咖啡。商业领袖必须对他们的产品价值有信心，

体育无处不在——ESPN的崛起

并且想让它们成为业内最好的。这在你要收取一个高额费用时尤其重要。当我和考克斯在全国舞台上辩斗、当我在国会面前作证以及当我在谈判桌的一端时，我确实是这么觉得的。我相信我们产品的价值，也没有人能够站出来告诉我ESPN配不上我们收取的价格。

作为ESPN的主席，我走到哪里都会传达这个信息。甚至当我在华盛顿游说国会成员时，我也让他们明白ESPN在有线电视行业是一枝独秀。在和考克斯的争端中，我几次遇到了亚利桑那州的参议员约翰·麦凯恩，他作为参议院商业、科学及交通委员会主席召集了听证会。即使麦凯恩参议员是对我们的价格批评最为猛烈的人，他也一直收看ESPN。他喜欢体育，是个拳击爱好者。价格问题并不容易，但是一开始聊起拳击和亚利桑那州的体育，我俩之间的紧张关系就缓和了。当我在国会的走廊里遇到其他参议员或者众议员时，参考手机上的ESPN.com，我就能对他们所代表的州接下来发生的赛事了如指掌。"嘿，参议员，你的密歇根大学现在战绩是6胜3负，接下来这个周末的比赛将会是场重头戏。"我说。"是呀！"参议员会回答，"周六的焦点战！他们会赢的。"通过体育开始每次谈话让我能够顺利进入严肃的商业问题讨论。

体育是社交货币。而美国每个州都是体育州。

***

这么些年，我常常参加主要职业体育联盟的年度老板会议。NFL通常带上他们的家人去一个度假村呆几天，还会邀请ESPN和其他电视转播伙伴。NBA、MLB和NHL则会举办持续一到两天的会议。当受邀参加会议时，我经常会更新ESPN的近况或者指出任何未解决的问题。

比如，NHL的老板们经常会批评ESPN没有播放像橄榄球、棒球和篮球数量一样多的冰球赛事集锦。而且,对此他们常常直言不讳。

2002年6月,NHL总裁加里·贝特曼邀请我在NHL理事会会议中做一个报告。在那时,ESPN和NHL有一份为期四年的合同,于是我自然接受了他的邀请,还叫上了《体育中心》的总经理史蒂夫·安德森和我一起参加会议。我们计划就"集锦问题"在报告中先发制人。

会议在多伦多一家酒店举行。每个球队都会有两名代表参加,大家围坐在一张大U型桌边上,每个人面前都有一个麦克风。其余工作人员都坐在后面,所以当史蒂夫和我开始演示的时候,房间内大约有100人。

通过演示图表、深度研究的数据以及视频集锦,我们讲述了ESPN和NHL的历史并且很好地展示了我们的成果,当然包括提供大量的赛事转播和合适数量的集锦。我们的报告持续了大约45分钟,结束后,我站在U型桌前面,感谢每个人花费时间,并且询问他们的评价或问题。

他们只是看着周围,罕见的长时间都没有人说话。最后,时任温哥华加人队总经理的布莱恩·伯克向前探身打开了他的麦克风。"你们为NHL什么都没做,"他说,"我认为ESPN就是狗屎。"然后他关闭了麦克风。

在伯克边上坐着芝加哥黑鹰队多年的老板比尔·维尔兹。维尔兹微笑着向前倾打开了麦克风说,"我认为ESPN棒极了!我喜欢你们为NHL做的这些事。"

然后就是另外一阵很长的沉默,每个人都在等待我的反应。那时,我的选择很有限。我知道体育老板们都非常固执,他们也不喜欢瞎话,所以我认为只是感谢维尔兹的表扬不是很合适,我也不想落入伯克情绪化反应和攻击的圈套。

最后,我说:"好吧,你们都明白,先生们。我们都处在狗屎和棒极了之间。你们都要为你们自己决定我们处在这个区间的什么位置。"

这引起了全场的爆笑,并且结束了演示。

23
哇 哦

2001年底，技术和工程主管查克·帕加诺告诉我ESPN新的数字制作中心的建设已经完成过半。这栋占地12万平方英尺[①]的建筑将会成为电视行业中最大的数字制作中心之一。我们同样计划以最新式、最令人兴奋的尖端技术武装这个中心。事实上，我们已经就硬件发出了询价请求。

"乔治，我们遇到一个问题。"帕加诺说。

"哦？"我回到。

"高清电视即将来临，但我们的计划现在支持的是标清电视。"

"好吧，"我说，"我们一两年前刚通过这个计划，想要做这么大变动会很难。"

"我知道，我知道，"查克回答，"但是如果我们这么设计的话，几年后就会过时。我告诉你这项技术的发展比任何人所预料的都快。而高清电视会流行起来。"

关于我们公司技术方面的问题，我真的只了解皮毛。这也是我成为ESPN

---

① 英制面积单位，1平方英尺=0.09290304平方米。

哇 哦

主席后第一项任命就是让帕加诺主管公司技术层面的原因之一。我毫无保留地相信他。即便像是现在他建议的这么重大的问题，如果他说我们需要转向一个新的技术方向才能成为最好的公司，对我来说就足够了。帕加诺一直紧跟所有前沿科技的发展，而他的创新思维则让他能够做出长远规划，预见到这些技术对于ESPN意味着什么。就像帕加诺喜欢说的那样，他一直在尝试将"哇哦"应用在科技中。如果它能够令帕加诺惊艳，我知道它就会让体育爱好者"哇哦"起来。所以不论何时他说什么，我都会听。

"好吧，查克，"我说，"让我们把团队召集起来然后解决这个问题。"

在所有人都被召集起来了解情况后，我们没花多久就做出了决定。首先，很清楚的是水晶般清晰的图像结合高清电视将会改变整个行业。体育观众体验这种效果后就无法拒绝这种想法也是再合理不过的了。第二，帕加诺告诉我们高清电视的发展由于行业内无法就未来如何前进达成一致而遇到了阻碍。"所有的广播频道都在关注它，"他说，"但是高清电视有两种格式，而工程师们无法就选择其中一种作为标准达成共识。"第三，帕加诺指出另外一个发展迟滞的关键原因是用来展现最新画质的高清平板电视在市场还没有广泛推广。"但是每个人都知道我们会进入高清电视时代，"他说，"这只是时间问题。"

随后，我们的管理团队就开始讨论在建设中期做出我们现在面对的改变带来的风险。"对数字中心计划做出这样的巨大改动会不会有些晚了？"

"不，"帕加诺回答，"我想要先人一步，引领潮流。"

"但是我们所有的移动制作车不都是配备的标清设备吗？"

"是的。它们都需要重装设备来适应高清电视，我们所有在数字中心的设备也是如此。"

体育无处不在——ESPN的崛起

"好吧，那这要花费多少钱呢？"

"我还没有一个准确的数字，但这将会是很大的一笔开销。"

"那这笔钱要从哪里来？它可不在现有的预算中。"

"听着，我会负责技术上的参数，"帕加诺说，"你们则要和迪士尼讨论预算的问题。"

"嘿，如果我们选择了一种格式但是行业则选择了另一种呢？我们会成为下一个错误地选择了Betamax系统而其他人选择了VHS的公司吗？你知道就像是索尼在80年代面对磁带录像机所做的一样。[1]"

"不，不，这不会发生的，"查克鼓励地说，"我们将会做出正确的决定而ESPN将会为整个行业确立标准。"

几个小时后，我们达成了一个共识。因为我们坚信我们的宗旨是为体育爱好者提供最好的产品，也因为我们想要继续作行业的领导者，所以我们必须转向高清电视。毫无疑问这是正确的选择。这对ESPN和未来都是正确的。所以ESPN的管理团队决定立刻作出决定并且之后再考虑其他问题。"好的，"我以此结束会议，"让我们这么做吧。"

在我的团队和迪士尼探讨预算修改并重新提交和获得新预算批准时，帕加诺也开始工作了。他认识到这个项目确实有潜力彻底改造ESPN运营的同时，也会极大地影响我们的行业。因为高清电视是全新的领域，他还能因此享受到开放式探索的好处。而帕加诺正是这样一个无拘无束的思想家，他不

---

[1] 指的是自 1975-76 年开始在索尼和 JVC 两家公司之间展开的家用录像带格式之争。最终由于 JVC 的 VHS 格式价格更低、录制时间更久、吸引了更多的合作公司而击败了画质更好的索尼 Betamax 格式。

哇 哦

会拘泥于过去的做事方式。

　　经过详细的调查和与业内同行的讨论，帕加诺的团队研究了高清电视的两种竞争技术格式的优劣。他们认为"隔行扫描"的格式太过基于旧的模拟技术并且制作出的图像分辨率也较"逐行扫描"逊色。CBS和NBC都开始向隔行扫描发展，但是逐行扫描可以带来超凡的动态清晰度。帕加诺是这么解释给我听的，"假如你在看隔行扫描的纳斯卡赛车，车轮是模糊的，因为你获得了一半的分辨率。而通过逐行扫描你可以看到轮胎清晰地转动。哦对了，乔治，新的平板电视将要通过逐行扫描格式呈现图像。"

　　ESPN那时的胜负手是使用逐行扫描格式的高清电视。这个决定一经做出，帕加诺开始和行业内的工程师团体合作，他们之间相互支持而非互相竞争。随着ABC工程师已经开始计划使用逐行扫描格式，帕加诺还告诉了在福克斯和他职务相当的人为什么ESPN要使用这个格式。"加入我们，"他说，"长期来讲对所有人这都是更好的选择。"最终，"帕加诺要使用逐行扫描格式"的消息不胫而走，很快，很多人打来电话询问更多信息。

　　和其他整个行业分享这样的信息可能会被很多管理者视为一个不好的决定或者是"泄漏机密"。但是我不这么认为，帕加诺在业内已经是一名领导者。他要确保其他人没有选择错误的格式，以免阻碍整个行业在高清电视的整体进度。另外，帕加诺的团队在细节调查上领先太多，ESPN在采取行动上又雷厉风行，因此我知道我们将会领先我们动作缓慢的竞争对手太多。

　　ESPN新的高清数字中心于2004年6月7日正式运营的几天前，帕加诺带我私下参观了整个建筑，我必须要说它让我震撼。这个地方到处都闪着光。全世界独一无二的三个高清演播室和超过1亿美金的前沿科技。所以你就能想象到当我问帕加诺他对这栋建筑最骄傲的是什么时，他的表现有多令人惊讶

191

体育无处不在——ESPN的崛起

了。他走到一个外套衣柜前打开它。"查克，你在这儿找什么呢，"我问，"这就是个衣柜。"

"我知道，乔治，"他说，"你问我最骄傲的是什么，就是它。当我们开始建造这栋楼的时候，我问我们的团队他们最需要什么，而他们告诉我，'一个可以挂外套的地方'。"

我绝不会忘记那句话。而事实上帕加诺对我这个简单问题的回答比数字中心所有的尖端设备还让我记忆犹新。你可以投资所有你想要的技术，但是只有人才能使用这些技术。帕加诺倾听并且真正关心团队成员，这也是他是一名成功领导者的原因。

晚上6点的《体育中心》当仁不让地成为了ESPN在新的数字中心完成首次高清转播的节目。我那时和三四十位高层和媒体记者站在演播室外等待这一时刻。气氛非常欢快和乐观。但是在节目进行30分钟后，我听到有人通过扬声器说，"好吧，我们要开始录像。"

"录像，"我想，"发生了什么？我们现在可是全数字化了。"原来是所有的计算机服务器都出了问题。幸运的是，他们是一台接一台宕机的，所以在我们彻底停止转播前给我们留下了行动的时间。没有任何犹豫，《体育中心》首席主管诺比·威廉森和帕加诺的首席助手比尔·兰姆立刻命令开始录像。一切都是无缝衔接，观众完全没有意识到发生了问题。这给了ESPN技术团队机会在不干扰任何节目的情况下处理问题。兰姆后来告诉我当系统宕机时，"我的整个人生从我眼前闪过。但是我们让所有事情重回正轨，然后所有人到楼下开了几瓶香槟作为庆祝。见鬼，查克甚至都没有提到服务器失灵。"

"先手优势"在商业中很重要，而成为第一个进入高清转播的体育媒体让ESPN取得了巨大成功。体育爱好者喜欢更好的画质，因此，我们的收视

哇 哦

率和广告收入都提高了，我们的联盟运营商也很高兴。另外，由于体育爱好者想要观看高清比赛，于是产生了对高清平板电视的更多需求。几年后，消费电子协会的主席不仅表示ESPN最大程度促进了电视销售，他还称赞我们"改变了这个星球高清电视的发展轨迹"。推进新技术一直是ESPN文化的一部分，而只要我还领导这个公司就会一直持续下去。

作为第一个启用高清电视的主要频道，我们不仅获得了一个领先其他人5年的先手，还彰显了科技是如何成功应用的。这打开了一扇闸门。很快，每个人都转向高清电视。而这一切都始于帕加诺到我的办公室告诉我有个问题这么简单。

***

2004年11月15日，我在公司忙碌一天后回到家中和家人共进晚餐，然后和我的妻子坐在电视机前一起看《星期一橄榄球之夜》。那晚的比赛是达拉斯牛仔队坐镇主场对阵费城鹰队。大约一年前，我被任命为ABC体育和ESPN的主席，而我们将两个频道作为不同的个体管理，有着不同的商业模式和人员。如果我不在《星期一橄榄球之夜》的现场（我经常在那儿），那我就会观看转播。

《星期一橄榄球之夜》是ABC体育的王牌节目，小汉克·威廉姆斯唱着"你准备好看橄榄球了吗"是它标志性的开场。每周，节目的制片人弗雷德·高德利都会在唱歌前设计一个娱乐视频，以其话题性和独特性来吸引观众，他称之为"开场"。［高德利同样在ESPN的传达室开始他第一份工作并且成长为业内顶级的体育电视制片人。］一个月前，ABC的新电视剧《绝望主妇》完成了首播。它在黄金时段收视率排名第二，这对于频道来说是个巨

体育无处不在——ESPN的崛起

大的成功。为了利用这样的成功，这周的橄榄球开场将会恶搞这部电视剧。

虽然这些开场对我们的频道是种骄傲，我并没有让它成为惯例，也没有觉得需要每次提前检查他们。事实上，除了制作《星期一橄榄球之夜》的员工外，没有人在播放前看过这些视频。所以当时钟指向晚上9点时，我正期待着团队这周制作出什么。

我完全不知道即将发生什么。

场景是一间空的更衣室，鹰队的明星外接手泰瑞尔·欧文斯在准备上场的时候碰到了尼科莱特·谢里丹（在《绝望主妇》中饰演离了婚的艾迪·布里特）。谢里丹只裹着一条白浴巾，告诉欧文斯她刚"洗了个热水澡"，想让欧文斯为了她不要去比赛了。在他拒绝并且准备走开时，她把浴巾脱在了地上来进一步诱惑他（谢里丹只是从背面拍摄）。最后打动了欧文斯，他笑着说，"啊，好吧，看来球队要在没有我的情况下赢下这场比赛了。"然后谢里丹跳进了他的怀里，他俩欢笑着转了一圈。这时切进了威廉姆斯唱歌："你准备好看橄榄球了吗？"

在一瞬间的沉默后，我看向我的妻子说："哇哦！"而在我意识到问题前，我的电话响了。是传讯部门的克里斯·拉普拉卡打来的。"乔治，我们有大麻烦了，"他激动地说，"媒体想要评论！我需要立刻处理这个问题。"我余下一整晚都在打电话，不是接电话就是打出去。虽然一位NFL球队的老板告诉我他喜欢那个开场，但几乎所有人都对此很关注或者很失望，而这场大风暴将会在接下来几天一直成为焦点。

匹兹堡钢人队的老板丹·鲁尼称这个短片是"一个不折不扣的耻辱"。芝加哥熊队的教练洛维·史密斯说它"几乎和成人影片没有区别"，而在一次国会听证中，参议员约翰·麦凯恩称它是一次"羞耻的演出"。其他在媒体评论

哇 哦

中出现的用词包括粗俗、下流、堕落和恶心。电话和信件如潮水般涌入ABC总部，用同样激烈的抨击来表达愤怒。一小部分人直接称之为种族问题。超过5万封投诉涌入联邦通信委员会。NFL尤其艰难，因为就在九个月前的超级碗中场表演中珍妮·杰克逊的走光事件已经制造了各种问题。而ABC高层也表示担心，因为FCC已经就超级碗转播事故处罚CBS高达55万美金，这也是一家转播公司收到的最大罚单。〔FCC的处罚后来被推翻，而CBS也不用缴纳罚金。〕

作为ESPN和ABC体育的主席，我知道像这样的事情可能会毫无预兆地发生，而我们则处在焦点位置。毕竟，我们要一直转播，人们什么时候都能看到我们，而我们无从知道什么人在什么时候就会成为众矢之的。因为这是工作的一部分，我们必须准备好承受批评，而在这次事件中，这就是我的主要角色。

第二天，我通过见面或者电话和我们所有的成员一同处理这个问题。在这些谈话中，我可以将矛头指向《星期一橄榄球之夜》的制作团队，并且表示说这不是我的问题，但是我绝不会这么做。我和我的上司也是迪士尼主席的鲍勃·艾格交流，并且直接解释了情况。作为在ABC体育工作的人，他说他完全了解这个情况，也希望我能够处理好。我还和ABC的高管们、球队老板们、迪士尼在华盛顿的说客们以及NFL总裁保罗·塔利亚布交流。最终，作为对外沟通的前线，我们（ABC体育）在当天稍晚时候发出了一份官方道歉指出那段开场视频"对我们《星期一橄榄球之夜》的观众来说是不合适和不相符的。"

在风暴退去后，我知道我必须做些什么来阻止未来发生类似问题。但是我不想让监督节目制作的每个细节成为常态，我当然也不想扼杀高德利的创

195

意，他已经将《星期一橄榄球之夜》的团队打造成业内最佳之一。最后，高德利和我只是加强了周一晚上前的沟通，而这很有效。有时我们的谈话短到他说，"乔治，这周甚至没有一丝有争议的内容。"我相信他的判断。

欧文斯和谢里丹的《星期一橄榄球之夜》最后被证明是小题大做。那是一整周的大新闻，但是并没有任何持续的商业影响。在一次深度调查后，FCC认为"有问题的内容并没有明显的攻击性，也因此，不属于不得体的。"ABC没有收到任何罚单。

另外，当晚的比赛我一点都没看。但是比赛其实相当有观赏性，鹰队以49比21击败了牛仔队。欧文斯在比赛的第二次进攻中接住了59码的传球达阵得分。他当晚三次达阵。

24
球迷的赛季

那是个盛大的派对。在时代广场中心四层的ESPN餐厅。我们请到了一支乐队和达拉斯牛仔队的啦啦队，还有一条迎接体育圈最知名人物的红毯，包括卡尔·刘易斯、南希·克里根、佛朗哥·哈里斯、理查德·佩蒂、阿曼达·比尔德、萨拉·休斯、比尔·沃尔什和斯科蒂·鲍曼等。数千人参加了派对，其中包括1500名VIP客人。我们邀请了所有主要体育联赛、有线电视运营商和广告伙伴的高层。ESPN所有员工到场，包括创始人比尔·拉斯马森和前主席切特·西蒙斯、比尔·格兰姆斯、罗杰·沃纳和史蒂夫·伯恩斯坦。当天早些时候，我们成功在纽约股票交易所敲钟上市。和我一起享受这份荣耀的是鲍勃·利、克里斯·拉普拉卡和在ESPN时间最久的员工谢里尔·蒂里奥特。在布里斯托，我们开香槟、放烟花、分发礼物。

一切都发生在2004年9月7日，ESPN首次上线整整25年后。

在四分之一个世纪的运营后，ESPN有着9000万美国家庭订阅用户并且稳坐体育媒体行业的头把交椅。通过ESPN国际，我们还在全球192个国家和地区运营30个频道。我们是家盈利数十亿美金的公司，还拥有全世界认知度最高的品牌之一，所以是庆祝的时候了。毕竟，享受乐趣也是我们文化的一部分。

体育无处不在——ESPN的崛起

即使经过25年的发展后，ESPN的文化仍然没变。我们来自纽约广告界的市场部主管李·安·戴利对于ESPN和其他大型公司的区别印象深刻。比如，作为一个有激情的体育爱好者，戴利感觉她在ESPN可以做自己，部分因为她周围都是同样或者更加热爱体育的同事。人们因为他们在各自领域的卓越表现而受到尊敬，而决定权能够下放到相对较低的级别也得益于此。"能够做出关键决定让人们对他们的工作更有责任感，"戴利说，"最终你获得了更好的产品。"我们的市场部主管还指出筒仓和权力斗争在ESPN很少见。"圈地在这里几乎不存在，"她说，"因为我们规模很小，而人们必须接受帮助并且跨部门工作。这让我们成为优秀的团队成员从而帮助我们更好地服务体育爱好者。"

为了准备ESPN的25周年纪念，戴利在2003年向我展示了一个她和市场部策划的想法。他们提议将我们年度的市场推广直接聚焦于体育爱好者。"毕竟那是我们的宗旨，"她说，"他们才是让ESPN从成立伊始就成功的人。所以让我们将25周年命名为'球迷的赛季'吧。我们可以想到有关这个主题各种很棒的事情，而我认为人们会注意到的。"我在ESPN做的最简单的决定之一就是说："好的，去做吧。"

一开始，市场和广告销售部门与我们几个最好的合作伙伴合作来推广周年庆，包括使用ESPN的商标。佳得乐生产了超过100万瓶"ESPN口味"的饮料。这对安海斯–布希同样是个机会，我们从第一天起就和他们有很好的合作关系，他们也全力加入到庆祝中。公司生产了3亿听百威清啤，每听上面都印有明显标识："ESPN的25年：百威清啤为满足我们对体育的所有需求向ESPN致敬。代表各地的体育爱好者，为我们下一个25年干杯！"

更加针对我们"球迷的赛季"的计划则是设计一个类似脸书点赞系统的

社交媒体网站。所有想要参与的体育爱好者都能够建立他们自己的页面与他人共同分享照片、视频和文字。现在听上去这都过时了，但是当我们启动网站的时候，脸书（我们尚未听说）正在哈佛度过婴儿期呢（脸书成立于2004年2月4日）。丰田同样捐赠了SUV供ESPN去全国各地拍摄体育爱好者在各种场馆的风采，包括高中、大学和职业比赛，牛仔表演、冰场杂耍者和车尾派对等任何你能想到的场景。每辆汽车都成为了一个由一对制片人和摄影师组成的移动拍摄单位。

这些视频被上传到"球迷的赛季"网站上供所有人点击观看。而这是在油管上线整整一年前，也是谷歌以16亿美金收购网站的两年前（油管成立于2005年2月14日）。按照事先计划，ESPN同样确保参与用户允许我们在25周年市场活动中使用他们上传的照片和视频。于是，我们几乎能够在所有场馆内展现ESPN和体育爱好者在一起。这非常有趣，堪称一次真正的狂欢，而它也完美捕捉了ESPN和粉丝的关系。

另外，我们的市场部想要基于朱迪·费林和威登－肯尼迪在15年前开始的理念，提醒所有人ESPN也是体育爱好者。所以，一个"球迷的赛季"的姐妹活动在当年应运而生，我们称之为"ESPN：全球最大的体育爱好者"。我们发放徽章和T恤衫，人们对此讨论热烈，而接下来你知道的就是它变成了一个公司的颂歌。我甚至发现自己几乎每次给ESPN员工讲话都是以一句热情的"你好，体育爱好者们"开场。

***

当我们在时代广场欢庆25周年纪念时，阿蒂·布尔格林聊起他们部门过去几年一直进行的一个大型调研的结果。它始于2001年收视率危机后我们担

体育无处不在——ESPN的崛起

心电子媒体对电视（我们的核心产业）的影响。这同样是一个ESPN的员工如何在一起通力合作的例子，这个调研始于广告销售部门主管埃德·埃哈特向布尔格林寻求帮助，"你知道，如果我们能够证明数字媒体的发展会为我们不断增加观众，"埃哈特说，"那从广告角度对我们就是一个重大发现。"

其实，调查部门的研究已经预计到新技术和相关产业的高速增长，包括强大的新媒体和包括智能手机在内的新设备的出现。在那时，互联网已经证明是可行的，手机也在变得非常流行，虽然距离第一代iPhone手机的发布还有几年时间（初代iPhone发布于2007年6月29日）。布尔格林的研究还证明数字媒体的发展对电视是利大于弊的。也就是说，媒体总量并不是我们行业最初担心的零和游戏。事实上，我们发现使用ESPN数字产品的客户同样是我们的忠实电视观众。

借助这个异常重要的研究，ESPN成了最初几家意识到数字媒体发展在扩展个人兴趣方面有着巨大的潜力，会是电视以外商机的媒体公司。在我们的领导团队完全了解调查部门的研究后，我们立刻采取行动，实施了三项新的策略。首先，我们将更加激进地把在以互联网和移动端为首的全平台上增加观众作为公司的首要任务之一。第二，我们要求埃哈特和销售管理团队向销售人员讲解多媒体，并且开始销售它。第三，也是最重要的一点，我们决定正式更新ESPN的宗旨。

市场部主导修改我们目前的使命宣言，它是在1993年迪士尼收购公司前确立的。市场部基于"球迷的赛季"带来的势头以及1994年威登-肯尼迪制作的白皮书完成了初稿。一旦一版不错的文案写好后，我们的高管团队就立刻探讨和修改。

在一个月中，我们见面分享想法，讨论并且达成共识。启用修改后的版本不是个困难的决定。毕竟，我们明白媒体习惯在迅速变化，而ESPN需要有所改变以顺应这个趋势。最后我们确定了2005年新的使命是：

为了服务所有观看、聆听、讨论、辩论、阅读或者参与体育的体育爱好者们。

在修改过程中，我们还更新了ESPN的价值观，并且将它们从之前用词更长的使命宣言中分离出来：

人是我们最重要的资源，而互相关照和尊敬员工永远都会是我们运营的核心。我们拥抱多样性以最好地服务全世界的体育爱好者，而我们充满激情地努力实现团队协作、高质量、创造力、正直、积极追求新想法、观众增长以及创造股东价值。

六年后，当世界见证了手持设备的爆发后，我们再一次选择修改我们的使命宣言，主要是因为我们不想让公司的任何人感到困惑。当一个有潜力为体育爱好者所用的新科技产品被推出后，我们不想任何人坐在那里说："哎呀，我不知道我们是否要服务那个新设备的用户。我希望我们经理早点开个会来告诉我们该怎么做。"

我们想要的则是ESPN的所有人都知道我们的目标一直是在所有新推出的设备上带来最好的产品，而且我们想要迅速做到。也就是说，我们希望我们的员工能够基于自己的主动性去做出反应。那才是公司的能量。所以在2011年7月，ESPN的使命再次修改，读上去非常简洁：

在所有时间所有地点服务体育爱好者。

那一年，我们开始将ESPN的使命和价值观放在每年的首要任务卡片背面。我们也继续在上面提前打好洞，方便想把卡片直接和ID/安全牌挂在一起的人。

体育无处不在——ESPN的崛起

在90年代初首次完成我们的使命宣言后，我有时感觉人们对它就像是一张放在抽屉里被遗忘的纸一样。那对我来说是不可接受的。而现在我是公司的主席，我想要看到我们修改的使命融入我们每个成员之中，我们的运营商、广告商、客户，以及最重要的——我们的员工。我的梦想是确保我们7000名员工中的每个人都明白他们每天被什么所驱动，以及他们是被授予权力行动的。对商业领袖来说，我想不到还有什么更有价值了。

因此，我们不只是仅仅把使命宣言发给每个人，告诉他们，"好了，任务完成。"在几年内，我们还确定了几个首要任务来让所有人在公司内再接再厉。比如，在"球迷的赛季"取得成功后，市场部门继续品牌拓展和开展一系列提升"品牌价值"的工作。于是，我们添加了"将ESPN品牌价值植入决策过程"的首要任务。

迪士尼向我们反复灌输发展和培养品牌没有尽头的理念。但是，直到我们邀请理查德·托巴科瓦拉在一次首要任务确定会上讲话，我才真正理解这个理念。作为一名数字市场和销售行业的领先者，托巴科瓦拉讲了很多重要的事情，其中最有力的却是一句简单的宣言："品牌是终极领航员。"当我第一次听到这个说法时，我立刻联系到我们行业正在见证的科技变革。这已经不再只是电视行业了。人们现在上网，竞争只在点击之遥，而体育爱好者则被他们喜爱和信赖的品牌所吸引。所以ESPN的品牌必须要强大到吸引人们穿过数字选择的海洋来到我们这里。

在这项持续增强ESPN品牌的任务中，我们的市场部（由戴利和阿伦·泰勒领导，威登–肯尼迪提供咨询）设计了一个非常有创意的想法来支持我们将ESPN品牌价值植入决策过程的首要任务。他们决定把它印在棒球上发给每名员工。到2005年，你在布里斯托园区任何一个地方都能看到这些棒球。它们非常有效。我们的广告人员甚至带着它们做销售拜访，还把它们送给我们的客户。有些球上印的就是下面的内容：

ESPN的品牌不是被放在一个盒子或者保险柜里，也不属于某些狂热的体育收藏家。

就像这个球，它属于你并且就在你手上。

尊重体育爱好者的知识。

给他们带来惊喜和欢乐，并且一直给他们提供谈资。

我们的品牌就是体育爱好者对我们的看法。

***

体育爱好者看到ESPN这四个字母时想到和感受到的我们做的所有事，不论是一档节目、一部电影、一个广告、一个产品、一项服务还是一次新闻发布会都会改变或者巩固他们认为我们是谁的看法。

在科技日新月异的环境中，公司的品牌至关重要，因为这样持续的改变改变了观众接触产品的方式。在品牌棒球分发不久后，这种情感驱动了另外两次在调查部门和市场部门之间的合作。第一次，布尔格林和接任戴利成为新任市场部主管的凯蒂·莱西从全公司召集了一组人来定义我们的品牌代表什么，并且将它清楚表达出来。他们在2006年5月的首要任务会议中展示出来，随后不久就向全公司公布。我尤其对他们的成果感到骄傲，因为这句声明的作用是提醒所有人我们公司真正的核心是什么。它还简化了有时让我们的员工略显困惑的问题：一个品牌是什么。ESPN的"品牌承诺"是：

有着权威（我们怎么做）和个性（让我们与众不同）的体育（我们做什么）。

所有的ESPN员工都能够立刻理解它的意思。如果它是体育界的事，无论是在巴西或美国，还是北京或伦敦，无论我们在哪儿运营，ESPN都全情投入。

更具体地，权威意味着粉丝重视并且依赖ESPN的专业性和知识；他们相信ESPN作为独立个体和客观来源的真实性；以及ESPN以一种不可模仿的方式真实可信地对待体育。个性传达了几个关于我们公司的重要事实。第一，ESPN以其幽默、智慧和原创性而知名；第二，我们在所有平台所展现的能量和热情让ESPN对体育的热情显而易见；第三，ESPN关心体育爱好者群体（无论年龄、性别和国籍）以及体育赋予我们的社会链接。

品牌承诺为我们的员工简化了事情。

第二个调查部和市场部的合作涉及到我们称之为"剥夺"的研究，我必须承认它展现了一些ESPN和我们的粉丝间惊人的真相。我们选择了60名热心的观众（族裔多样且跨越不同年龄层），然后剥夺了他们ESPN两周的时间。我们有三个研究目标：1.获得一个消费者与我们品牌链接的生动说明；2.辨识"盲点"（观众用什么替代ESPN）；3.学习如何引导观众使用我们的其他媒体平台（除电视以外）。每名观众填写周期性在线调查，并在两周时间内持续录像、拍照、记录语音日志。

总体上他们都很想念ESPN。对他们来说，我们不仅仅是一个媒体渠道，而是深植于他们生活的一部分。为了代替ESPN，我们的观众选择了不同的替代品。"我不得不去四到五个不同的网站来获得相同深度的报道。"其中一个人说。事实上，作为研究的一部分，我们将除电视外的ESPN平台暴露给一半的参与者。一个热情的粉丝总结小组的共识说："你们让我尝试的这些体验ESPN的新方式真是棒极了！"我们的结论是客户没有使用我们其他平台部分因为他们没有足够的接触。

可能最惊人的结果是两周没有ESPN对这些观众的个人影响有多大。"这太困难了，"一个人刚过几天后就说，"没有ESPN我都要死了。"最强烈的痛点是赛事直播，比如《星期一橄榄球之夜》和大学橄榄球比赛。"你说我不能看得克萨斯理工大学的比赛了？我的天啊！"有些参与者真的经历了像是戒瘾状态一样的戒断反应。

布尔格林研究剥夺的心理来调查他看到的是否正常。他了解到"剥夺"的定义是："移除某些正常出现并且通常是精神或者生理上愉悦的行为或者过程。"此外，"剥夺"后的四种现象也出现在我们ESPN的研究参与者身上。易怒："我已经习惯在我指尖收获信息。现在我没有了，这就像是从大脑中切掉了一部分。"忧郁："我通过睡眠来避免看不到《迈克和迈克》的痛苦。"绝望："我浑身是汗而且头晕眼花。"以及幻象："这是实验最后一周，在我眼里到处漂浮着ESPN的标志！"

"在电视上看不到ESPN对我来说是最大的折磨，"一个粉丝说，"就像是用一对整形钳锯掉了你的右臂。我每天都在经历这样的感觉。"

25

阿尔·迈克尔斯换幸运兔奥斯华

2004年6月，我请了几天假和妻子一起出城过个长周末。当我周一早上坐下来吃早饭时，我打开报纸的体育版看到一篇关于ABC在周日转播别克高尔夫锦标赛最后一轮三方突然死亡赛的文章。周日晚上7点，当塞尔吉奥·加西亚、帕德里格·哈灵顿和罗里·萨巴蒂尼之间的加时赛第一洞正在进行时，ABC突然切断比赛开始重播《美国最有趣的家庭视频》。幸运的是，ESPN打断了《今夜棒球》继续转播高尔夫赛的加时赛第二洞和第三洞，也包括加西亚的致胜一击。作为ABC体育的主席，如果我没有出城的话一定会直接介入那个中断转播的决定，"啊哦，"我想，"我真是挑了个休假的好时候！"

当我打电话到公司的时候，我被告知收到了无数来自高尔夫球迷的负面反馈。然后我接到了一通来自PGA总裁蒂姆·芬奇姆的电话，很自然他对发生的一切感到失望。但是芬奇姆是一位好顾客，也因为我们的良好关系，我们能够把话说开。我为发生的事情道歉并且保证在和制片人及节目规划人员交流后给他一个更具体的解释。原来在7点的时候，锦标赛很明显要超时，而ABC的员工通过电话要求ABC体育同意强制切换节目。不幸的是，这个错误的决定被执行了，我们切到了《美国最有趣的家庭视频》。

球迷花费时间关注这项高尔夫赛事，他们想要看到谁赢下了加时赛。在ESPN这么多年后，我早已明白我们需要尊重他们的想法。但是我那天不在城里，而我只能把决定权交给别人，所以我必须自己接受这个结果，承担下责任并且在芬奇姆、我的上司和公众前保护我的员工。但是在最后，我要确保ABC体育再也不会中途切断赛事直播。

在那时，同时担任ESPN和ABC体育的主席有些棘手。我必须在周末花费更多时间关注ABC体育的节目，我从没在ESPN这么做过。如果ESPN出现比赛转播超时，我们就会将《体育中心》推迟或者将计划播出的赛事放到ESPN2台转播一段时间。但是在ABC，则一直有准时结束节目来为常规计划节目让路的压力，另一个充分理由就是当地电视频道联盟有很多广告资金会受损失，所以频道想要保证他们的黄金时段节目准时登场。

2005年到2006年间，这样的双重身份同样让我处在了一系列涉及快速交接的重大决定的风口浪尖。一切都始于一次华特迪士尼公司内部的人员交接后不久。2005年3月13日，由于沃尔特·迪士尼的侄子罗伊·迪士尼领导的股东反对，公司宣布鲍勃·艾格将会接替迈克尔·艾斯纳成为公司新任CEO（艾格之后还会成为董事会主席）。

不到一个月，艾格和我一起与NFL谈判由ABC播出的《星期一橄榄球之夜》和由ESPN播出的《星期天橄榄球之夜》。在最后，我们决定为ESPN签下《星期一橄榄球之夜》，而不是ABC。

在持续了36年近600次转播后，将这个节目从ABC撤下是个艰难决定。但是，艾格（他一路从ABC体育升职上来）确信这是正确的决定，因为ESPN已经成为体育节目中最强大的品牌。我们能够签下一份为期8年总价值88亿美金（平均每年11亿美金）的合同。在NBC获得《星期天橄榄球之夜》后，

体育无处不在——ESPN的崛起

ESPN不再拥有我们的获奖节目，在每周日橄榄球比赛前播放的《NFL黄金时段》的转播权。我们很受打击，但这对克里斯·伯曼和汤姆·杰克逊尤其困难，他俩一直主持这个节目并且将它变成了有线电视历史上收视率最高的节目之一。

艾格执掌华特迪士尼公司后，一切都在快速变化。他开始不仅为整个公司更为ESPN设定方向。能够一直接触到我的老板是一个巨大的利好，他还是个非常熟悉体育转播行业的忠实体育爱好者。艾格还信奉去中心化管理并且非常支持我在ESPN的管理。我俩几乎每天早上都通电话。对话的前几分钟一般关于我们的家庭，然后是体育圈的最新新闻（艾格是纽约洋基队、绿湾包装工队、洛杉矶快船队和纽约游骑兵队的球迷）。他接下来会问我公司状况如何。如果有重要的议题，我就会向他汇报，而他则会提供他的想法。如果没有什么大事需要汇报，我通常就会回答他，"生意很好，士气很高。"艾格则会先谢谢我再结束通话。

在NFL谈判结束后不久，艾格打电话给我，"乔治，我们已经考虑这事有一段时间了。拥有两个独立的体育频道没什么意义。我想我们需要将ABC体育和ESPN合并。迪士尼将会专注于一个体育品牌，而这只能是ESPN。乔治，做到它，好吗？"

基于这个决定，我和我的团队开始设计行动计划。考虑到ABC体育过去的光辉岁月，我知道这会很困难。那里有很多传统和顶尖的员工。

我最初的行动之一是打电话给赫斯特的CEO弗兰克·白纳科。白纳科领导了1990年从纳贝斯克收购我们20%股份的行动（当ABC在1984年收购ESPN的时候，他们获得了80%股份并将另外20%卖给了纳贝斯克）。通过公司在主要市场的广播电台成为ABC网络最大的地方转播联盟合作商，在ABC参与了

阿尔·迈克尔斯换幸运兔奥斯华

顶级有线电视频道A&E、Lifetime和历史频道①的创立，白纳科在广播频道和有线电视两边都有着丰厚的经验。因此，他能够给我提供独一无二的经验。白纳科是我多年的导师，一直为我提供稳定直接的指导。正直和握手的价值对于白纳科的领导风格意义重大，而我觉得每次和他谈话都能学到新东西。他还给我提出很多关于如何处理人际关系的睿智建议，因为我想为ABC体育的员工做出最好的选择。

回到2003年3月我刚被任命为主席时，我只认识ABC体育的几个人，所以我亲自和员工见面。ABC纽约总部13层的会议挤满了人，我介绍了自己并且解答大家的问题。两年后的2005年6月，我发现自己在同一间会议室面对同一群人，告诉他们为了前进，我们的体育运营将会悉数归于ESPN旗下。

我想要诚实坦率地对待所有人，尤其是想要当面告诉他们公司的决定。房间里充满了焦虑，因为在会议开始前几天流言就已经散布开来。我尽力缓解局面并且安抚人群。有些事实就是非常残酷，看上去我也没什么办法来缓和他们的情绪。但是我就是直接告诉他们事实。"这是新的一天，我们现在是一个公司了，"我说，"我希望你们能够和我们一起向新方向努力，因为我们的公司正在成长，而你们可以继续拥有辉煌的生涯。"事实证明，最后有些人确实离开了，但是留下的人接受改变，并且在ESPN继续他们成功的职业生涯。

---

① A&E 是美国一家主要以艺术、纪录片和电视剧为主的有线电视和卫星电视频道。Lifetime 是美国一家主要面向女性的付费有线电视频道。历史频道是美国一家以历史内容为主的有线电视和卫星电视频道。三个频道均为由赫斯特国际集团和迪士尼/ABC电视集团联合运营的 A+E 电视网所有。

体育无处不在——ESPN的崛起

接下来我所卷入的重大决定同样困难，因为它同样涉及很优秀的人员。当我们获得《星期一橄榄球之夜》的转播权但是丢掉《星期天橄榄球之夜》时，我们一下有了两组非常有天赋的人才和制作团队，但是每周只有一场比赛可供转播。所以哪支团队留下负责新的《星期一橄榄球之夜》呢？我们是选择负责周日节目的迈克·蒂里科、乔·蒂斯曼、导演奇普·迪安和制片人杰伊·罗斯曼？还是选择周一节目的约翰·麦登、阿尔·迈克尔斯、导演德鲁·埃索科夫和制片人弗雷德·高德利，抑或是他们其中的组合？

从一开始，我给涉及其中的每个人都亲自打了电话来解释我们正在考虑我们的选择。不幸的是，有些人非常不高兴，尤其是麦登，他的合同刚好到期。我后来了解到NBC在获得《星期天橄榄球之夜》转播权后一两天里就挖走了整个ABC团队。麦登立刻和NBC签下了合同（2006赛季生效），即便我写了一封长信试图说服他留下来也无济于事。但我对我们尝试留住他的努力感到骄傲，而直到今天我仍然非常尊敬和佩服他。对于《星期一橄榄球之夜》的制作团队，我们选择了罗斯曼和迪安，虽然我们尝试通过其他任务留下埃索科夫和高德利，他们还是跟随麦登去了NBC。

随后的2006年超级碗，一位同事告诉我迈克尔斯想要跳出他和ABC的合同好加入麦登现在的《星期天橄榄球之夜》团队。如果是真的，那将是个大事情，因为迈克尔斯已经在这里工作30年了。在他众多成就中最有代表性的是他在1980年普莱西德湖冬奥会解说美国男子冰球队爆冷击败苏联队时说的那句："你相信奇迹吗？是的！"

不论如何，我想要听到迈克尔斯亲自说出他想要跳出合同。当然，在赛后我们聊起来时，他告诉我这是真的。

我做的第一件事就是打电话给艾格告诉他这个消息。几天后，艾格又打

阿尔·迈克尔斯换幸运兔奥斯华

给我,"乔治,"他说,"如果你能让我们从NBC获得幸运兔奥斯华,我愿意让阿尔·迈克尔斯离开。"

短暂的停顿后,我回答:"谁或者说什么是幸运兔奥斯华?"

"好吧,这要追溯到华特·迪士尼的早期生涯了,"艾格解释到,"奥斯华是一个在迪士尼备受推崇的角色,而我想让它回来。"

我的下一通电话就是打给NBC的主席迪克·埃伯索尔。我一上来就说:"我愿意和你谈谈关于让迈克尔斯去NBC的事,但是我必须得到幸运兔奥斯华。"

"什么?"

"是的,你没听错。我必须得到幸运兔奥斯华。"

"谁或者说什么是幸运兔奥斯华?"

"好吧,我就知道这么多。你必须自己做调查。"

事实上,奥斯华是米老鼠的前身,20年代迪士尼为环球影业亲自设计了它,而艾格知道它对迪士尼家族来说很重要。一周之后,埃伯索尔在NBC的姐妹公司环球影业跑了个遍后获得了许可,最终达成了交易。

于是,在迪士尼首次创造出无价的米老鼠的前身将近80年后,奥斯华回家了!在加利福尼亚州伯班克的公司总部,他们以游行、气球、免费午餐和徽章的方式庆祝"幸运兔奥斯华日"。这对华特迪士尼公司来说是个大事,而这也是迈克尔斯如何被一个卡通角色交易到NBC的。

[从2006年首播起,ESPN的《星期一橄榄球之夜》每年都是有线电视上观看次数最多的节目。这么些年后,我们的人才团队包括了蒂里科、乔恩·格鲁登、蒂斯曼、托尼·科恩海瑟和罗恩·雅沃斯基(转播席)、迈克尔·塔佛亚、苏兹·科尔伯和莉萨·萨尔特斯(场边)。]

体育无处不在——ESPN的崛起

**

我们在2005到2006年间最后一个重大决定涉及我们成为迪士尼旗下唯一体育品牌的运作过程。艾格和我都非常专注做到这一点。因此，我在2006年7月向艾格提议将我们所有在ABC转播的赛事更名为"ESPN在ABC"。我的调查显示假设所有条件相同（赛事、播音员等等），体育观众相信一场有着ESPN品牌的赛事在质量上有明显提升。所以通过这个举措，迪士尼可以将体育媒体界的头号品牌ESPN展示给ABC电视频道更广阔的观众群体。这对于ESPN和ABC都是一种提升。

我们的管理团队探讨了很久如何最好地完成转变。在和ABC的联盟合作商达成一致后，我们决定在2006年9月大学橄榄球赛季揭幕时启动"ESPN在ABC"。

合并完成后，我花了一些时间来从ESPN的历史角度思考这次转变。在1979年我们启动频道的时候，ABC体育是一家体育媒体所能企及的最高位置，公司以外没有人会想过我们这样的小型创业公司甚至能有一丝的机会取得成功。但是，在将近30年后的今天，ESPN不仅是体育界的顶尖品牌，我们还承载了ABC体育的遗产。这么看来，它真是个令人惊喜的转变。

可能同样重要的是，我们的调查部门证明了整合为一个持续的体育品牌对迪士尼来说增加了收视率，并且拓展了ABC、ESPN和迪士尼三家公司的品牌。这个改变对于公司整体来说是个更好的选择，甚至在ABC体育工作时间最久的一些员工后来也认识到了这点。转变过程中有人受到伤害让我感到痛苦。但事实上，我认为这是不可避免的。

26
每个人都能成为领导者

史蒂夫·乔布斯正站在咖啡吧边上。此时距离2006年在奥兰多举行的华特迪士尼公司春季董事会开始还有15分钟。两个月前，作为鲍勃·艾格上任CEO后最初的计划之一，迪士尼以74亿美金的价格收购了皮克斯动画制片公司，这让乔布斯（皮克斯的CEO和主要股东）成为了迪士尼最大的股东。这是乔布斯作为董事会新成员的第一次会议。由于两年前我被任命为迪士尼媒体频道的联合主席（和迪士尼/ABC电视集团主席安妮·斯维尼一起），我也经常被邀请参加董事会，这一次也不例外。当然，我很熟悉乔布斯，但是我们从没见过面。所以我觉得这是个认识他的好机会，喝杯咖啡，介绍我自己。

"早安，史蒂夫。你好吗，"我说，"我是乔治·博登海默，来自ESPN。"

乔布斯停止搅拌他的咖啡，看着我说，"我讨厌你的手机。"然后他就走开了。

ESPN刚刚大张旗鼓地宣布推出一款新手机，并花费250万美金购买了一个30秒的超级碗广告作为我们大型推广广告活动的一部分。我们称这款手机为"MVP"，那是一款复古设计（黑色搭配红色按键）的三洋翻盖手机。我不知道乔布斯的意思是他不喜欢我们手机的样子还是想法。可能两者都不喜欢。我们的设计思路是制作一部为体育爱好者提供即时比分和重大新闻的手

体育无处不在——ESPN的崛起

机。我们的商业模式既激进又有创意。客户的合约、客服及其他服务都由我们直接管理。手机的预期销量是50万部，而收支平衡点大约是25万部。考虑到体育爱好者的热情和不断增长的对于获取即时体育新闻和比分的兴趣，我们对这个目标非常自信。

只要手机卖出去了，一切都会很顺利，但是它没有。八个月时间里，我们只卖出了3万部手机。2006年10月，我的老板艾格毫不意外地打电话给我，"乔治，我们在干什么，"他说，"销售远低于预期。这明显行不通。让我们尽早止损吧。"

艾格和乔布斯都是正确的。所以即便我们前期投入了那么多宣传，预付了大笔资金，ESPN还是撤下了MVP手机。

我们起初想要在所有平台以激进的方式增加ESPN的观众。依据布尔格林的研究，我们对进入这些新兴"数字"市场不再有任何担忧。另外，艾格对迪士尼和ESPN的新方向之一也是迅速接受新科技。而我想要领跑其他对手并成为第一个真正以多媒体平台服务观众的有线电视频道。不幸的是，通过一款手机启动我们战略和商业计划的尝试是失败的。

即便过去这些年取得了巨大的成功，ESPN也有过很多失败的尝试。比如在ESPN2台播放摇滚乐被证明并不成功。ESPN零售商店同样没能盈利，于是我们关掉了它们。在2010年，ESPN推出了第一个3D电视频道，结果在2013年停止运营。

我们还曾在商业计划中期做过调整。拉斯马森选择制作全国范围的24小时卫星频道，而不是他最初计划的地区性分时段频道。曾经我们付钱给有线电视运营商，而格兰姆斯和沃纳在1982年通过开始向他们每月收取费用完全反转了ESPN的商业模式。我们还设计了新的商业模式来支付NFL、ESPN2台和X运动会的成本。承担风险一直是ESPN文化的一部分，我也相信这是我们这些年成功的重要催化剂之一。但是当你冒险时，自然会遇到失败。而公司如何处理挫折则决定了它们是否能够取得长期的成功。

ESPN文化的另一点则是不断从错误中学习。管理者有时会因为害怕承认错误而执着于不成功的计划。在ESPN手机的故事里，我们尝试了，但是效果不好，所以我们很快做出改变。我经常听到艾格说："轻装出发，快速行动。"

于是我召集了"MVP"手机组的成员，阐述事实，感谢每个人的辛勤工作并且告诉他们我们必须转变方向来重新设计进入移动市场的策略。这项工作由一个很大的团队带领，包括了在1993年我们与达威合作设计第一个网站时就加入ESPN的约翰·泽尔。于是，基本上所有参与ESPN手机设计的人员又一起为ESPN移动端设计B计划。它也产生了回报，在2006到2012年间，ESPN将跨平台用户翻了一倍还多。

我们基于最初在2001年启动的ESPN宽带开展我们的激进扩张。那时，肖恩·布拉切斯复制了有线电视的商业模式，开始向高速互联网供应商收取订阅用户费用，而不是像传统互联网模式那样只通过内容换取广告。在2007年，我们更加强调通过流媒体直播体育赛事。在2010年，我们将这项受欢迎的服务更名为ESPN3.com，并且在美国、欧洲、中东和拉丁美洲主要市场开设了这项服务。

在ESPN手机之后，我们先于整个行业将服务移动市场的中心调整为发展智能手机应用。当然，应用爆炸式发展在苹果的iPhone手机发售后一年左右才发生（我想乔布斯的主意确实更好）。ESPN通过推出一款叫做比分中心的定制化应用收集反馈，它很快就取得了上千万的下载量。2013年，升级后的

体育无处不在——ESPN的崛起

比分中心更名为体育中心。

2010年10月，ESPN首先在家用电脑平台上推出了观看ESPN，六个月后扩展到智能手机和平板电脑上。这款应用包含了ESPN、ESPN2台、ESPN新闻频道、ESPN经典频道、ESPN大学频道和ESPN西语频道的同步直播。我们还将线上频道更名为ESPN3，并且也可以通过ESPN观看。随后，效仿我们公司初期的成果，ESPN3提供了小众体育赛事的流媒体直播，包括英式橄榄球、马球、大学体操和板球。这款应用是公司的重要产品，因为它意味着体育爱好者可以在几乎所有兼容设备上随时随地收看ESPN，而这个效果非常契合我们的宗旨："在所有时间所有地点服务体育爱好者。"

回首过去，我可以说我从没有认为ESPN手机是个失败。我反而认为这是我们通往移动市场成功之路的第一步。ESPN不是无敌的，我们这么想的那一天就会是我们开始走下坡路的时候。我们犯了错误，从中学习，继续前进。随着我们修改战略并且调整商业模式，我们为制作手机所做的每件事都产生了正面效果。我可以骄傲地说，ESPN在2014年创纪录地拥有了每月近5000万用户决非偶然。这是良好坚实的团队协作和集体领导的结果。

这些年来，我经常被问到ESPN的商业策略。我的回答很简单。"好吧，我们尝试很多事情，"我回答，"没成功的就不做了。而成功的则会继续提升并做到最好。这就是我们的策略。"

更具体些，我还会被问到ESPN是如何成功从一家电视公司转向为多媒体公司的。我的回答是坚持我们主要的三点商业原则：1.做第一个去推广的；2.不要害怕伤害你现有的业务；3.坚持你的品牌和宗旨。进入多媒体的关键就在于此。ESPN作为第一家向体育爱好者无缝传递内容的公司自然会赢得竞争。

***

这事很难解释，但即使在ESPN手机表现陷入低谷的时候，我仍然乐观地认为最后都会好起来。我不相信天上掉馅饼，但是我确信乐观的力量。如果我们继续专注于我们自己的任务，努力工作，积极乐观，我们将会找到解决的办法。在我看来，这是唯一可能的结果。有人说我的领导风格是过度乐观。不过你试想一下，人们是不会跟随悲观主义者的。领导的核心基础之一就是乐观。

在ESPN每年的快速增长中，很多勤奋工作的人在没有多少准备或者训练的情况下就被提拔到管理职位。然而，无论一位未来的领导者属于哪个方面或者部门，只精通技术专业都是不够的。人际能力是成为优秀领导必需的技能。所以除非这些升职的人碰巧都是天生的领导者，否则ESPN一定会出问题。果然在2004年，我们的年度员工调查对于ESPN基础管理技巧的反馈非常糟糕，尤其是在中层经理中。

作为回应，我们启动了公司的第一次正式领导力训练项目，为此我们开发了多等级的课程和专属材料。领导力宗旨和基础原则就像是阻拦和拦截对于橄榄球的意义。但是什么才是领导力的基础呢？

为了使大家更具体地了解ESPN领导应有的样子，我们定义并且印刷了一系列"领导力素质"，包括：远见、战略性思维、注重实效、企业家精神、拥抱多样性、有效沟通、团队协作、激情、诚信、信任和勇气。我们将这个领导力训练项目正式命名为"布里斯托管理学院"，我们确保每个人都清楚我们对此非常认真，这也会是公司持续关注的方向。

到2008年，我们已经开始专注于领导对决管理。两者的主要区别可以用一句名言来总结："你管理的是事务，但是领导的是人。"领导力是一项人际

体育无处不在——ESPN的崛起

工作，所以我们将重点放在同情和关心这两个对于有效领导力非常重要的方面。在此期间，我们启用了公司对领导力的定义："领导者让其他人变得更好。"我认为这个想法出于对伟大运动员的观察。比如在迈克尔·乔丹的生涯巅峰时期，芝加哥公牛队的其他球员曾说他们的明星队友不仅让他们看上去更好，他更激励他们去表现得更好。乔丹的队友同样成为了他们自己的领导者，尤其是当乔丹不在场的时候。

每个人都可以成为球队和公司里的领导者。你不需要一个很高的职位或是骄人的头衔。如果你在传达室工作，你可以想出更好的方式递送信件。如果你是名顶级销售人员，你可以把你的想法分享给同事。如果你成了一名中层经理，你可以激励团队成员做到最好。而如果你是董事会主席，你可以帮助你的公司到达从未想象的高度。这都取决于个体如何激励他们周围的人。个人领导力才是关键，而你必须每天都做一个领导者。领导力无法兼职。这就是我们试图在ESPN逐渐灌输的理念。

在2008至2009年的经济危机期间，我们在员工和人事计划上支出翻倍，与此同时多数企业正在大举裁员。我强烈感觉到我们需要向员工们证明公司关心他们，尤其是当时他们会担心失业的可能。我知道这有悖于传统管理思维，但是增加人事支出确实降低了整体开支。当人们意识到他们作为有价值的团队成员获得感谢时，他们就会在公司需要削减开支时找到办法。就这么简单。我们在经济危机第一年的年度首要任务会议中采用了"强势复出"的主题。

而在接下来困难的日子里，我们特意将关心员工专门制定为正式的ESPN首要任务，包括："发展、指导和衡量我们现在以及未来的领导"，"在挑战的环境下支持、发展和授权我们的员工"以及"关注于员工发展"。正式目标在多数企业都是金钱相关，而不是具体针对员工。但是是人去真正实现这些商业目标。是人让事情发生，而不是目标本身。这就是我一直努力建立和维系个人关系的原因之一。

我有一次深受鼓舞，那是一位负责协助我们多样性计划的咨询师告诉我的，他问过几个他的ESPN焦点小组成员，他们是否和公司主席有任何私人关系。"你指的是乔治，"他们说，"当然，我们都有。每个人都认识乔治。"当然，不是所有员工，但是多数人都举起了手。而这条主动提供的反馈让我知道我努力接触公司员工是有效的。

早上去健身房，在自助餐厅吃饭，在园区散步，路过办公室进去聊天，写私人便笺，打电话以及关心他们的家庭，所有这些都产生了效果。我想要ESPN的员工了解我，知道我真正关心他们，让他们感觉和公司主席有私人关系并且觉得我们是同一个团队。这是为什么我尽最大可能都使用复数代词"我们"而不是"我"。这也是为什么我努力做到斯科蒂·康纳和切特·西蒙斯在公司初创时那样，应该表扬他人的时候毫不吝惜赞美之词。在那时，我们是一个家庭，而我希望ESPN无论多大都一直是个家庭。

***

就在2007年圣诞节前，我收到消息说迪克·瓦伊塔尔被医院检查出可能患有咽喉癌。我立刻想到的就是那个从我来到ESPN后就成为我朋友的真心的好人。我也当然知道瓦伊塔尔的职业生涯取决于他的嗓子，所以癌症诊断对他打击尤其沉重。我立刻打电话给他，让他安心。"迪克，无论发生什么，我都会在你身边，"我说，"无论发生什么，所以什么都不用担心。"

瓦伊塔尔工作以来首次必须要休息一下。他的手术成功地将病变从声带中移除。幸运的是，活体组织检测反映它们是良性的。瓦伊塔尔在2008年2月6日杜克大学对阵北卡罗来纳大学的比赛中回到了解说席。没有什么能比听到他在那里说：''这都是命中注定，朋友！一切都很好！''更好的了。

2009年5月，ESPN《大学比赛日》的灵魂人物李·科尔索在他位于佛罗里达州的家中经历了中风。他在医院呆了一个星期，其中三天是在重症监护病房。之后他必须经历艰难的康复过程来克服他遭受的部分瘫痪。在那段困难的日子里，科尔索不知道他是否还能回到他所热爱的岗位上。幸运的是，他回来得比预期还早并且最后没有缺席一个赛季。当我见到科尔索的时候，我问他感觉如何，他的回答说明了一切。

''乔治，当不幸发生时，ESPN的所有人都和我在一起，''他说，''从来没有回到工作的压力。在康复过程中，我收到的只有美好的祝福和支持。没有人必须这么说，但是我知道我是这个家庭的一分子。乔治，我告诉你，这意味着一切。忠诚是一条双向路。你给予多少就会获得多少。这远比金钱或者名声要重要。如果你支持别人并且给予他们机会，就像ESPN做的一样，十次有九次他们会为你而奋斗。而你猜如何，你也会获得他们的忠诚。我爱这家公司。我爱和我一起工作的人们。''

27

三振出局

一天早上，我多年的助理姬蒂·布拉德利告诉我基斯·奥尔伯曼打电话来想和我谈谈。我毫不惊讶，因为有人透露给我说他可能会打电话过来。奥尔伯曼1997年离开ESPN后我和他就没再说过话。"乔治，"他说，"我是来道歉的。非常抱歉我以前对ESPN所说和所做的一切。是我错了。"

"好吧，基斯，我很高兴你能这么说。"我回答。

"我很后悔当初离开ESPN的方式，"他说，"我搞砸了，我也非常诚挚地道歉。"

"谢谢你，基斯。"我回答。

我们和奥尔伯曼一起经历了很多。作为一名播音员，他的头脑、风格和体育知识都是无可置疑的优秀。但是镜头之外，他经常和管理层产生争执。基本上，我认为奥尔伯曼被名气冲昏了头脑，这对很多知名媒体人来说都很常见。奥尔伯曼愤然离开ESPN后，我们有些员工表示如释重负。ESPN交流主管迈克·索尔提斯对他的评价最有代表性，他说："他不只是把桥烧了，而是用汽油弹炸掉了。"在过去十几年时间里，奥尔伯曼先后加入过多家媒体机构，包括福克斯体育、MSNBC和Current TV。

我后来发现除了我以外，奥尔伯曼也给很多其他ESPN高管打了电话表达他的歉意。在他打来电话道歉几年后，他问ESPN能否考虑让他重新回来。在那时，我作为ESPN的执行主席并没有直接参与公司的日常运营，虽然我被告知了他的请求。长话短说，在2013年8月，ESPN向奥尔伯曼提供了一份两年的合同，主持一档在ESPN2台时长一小时的夜间节目。当然，全国媒体不会放过这条新闻。《广告周刊》的标题是其中最好的："地狱溶化，奥尔伯曼重回ESPN。"

奥尔伯曼在ESPN的时候我没有直接和他接触。我一路从公司的销售和市场方向升职上来，等我成为公司主席时他已经离开了。当然，有时候我要坐下来和管理层讨论绩效问题。有时是关于播音员的，不论是涉及到加薪要求、新合同或者行为问题。但是这样的讨论并不多见，主要因为我将责任分配给了行政管理体系中合适的主管。我不想拿走他们的权力，而且，一旦你开始打破这个链条，有人就会觉得他们可以在发生问题时越过他们的直属上级。

很多企业主管会不计一切躲避和下属的激烈对峙。但是不去处理这些问题的话，情况经常会变得更糟。我从不认为和员工坐下来解决问题有多难。当准备这样的会面时，无论是否有压力，我都会信自己的工作是为了保护整个公司，从而获得安慰。无论我需要对某个人做什么，我都必须这么做。

自主权同样也是成功领导的重要工具之一，所以这样的会面应该尽可能保持私密。没有人想要绩效问题成为大众谈资。但愿这样的话题永远也不会成为办公室的闲聊话题，因为这只会让问题恶化。所以无论何时我需要进行这样的会面，不论是和普通下属或者频道明星，我多尝试在办公室以外完成。一对一的交流，有时配着鸡尾酒，我会把事情处理妥当。

所有的组织都有人际问题。这是领导力中很多人不愿提及的一方面，但这就是生活的现实。总体来说，大公司内总会发生一些错误的判断，无论你多么努力尝试运行好它，ESPN同样如此。而当我作为主席发现这些问题时，我都会立刻行动，理由之一是我觉得这样的行为不可接受，而且有悖于我们强调尊敬他人的文化。比如在2002年7月，我认为有必要就一个话题发出一封全公司通知，我也在其中直言不讳。"过去几个月发生的事情让我必须提醒所有人保持遵守公司性骚扰处理政策的重要性，"我写道，"任何违反这些条例的行为都会受到严重的纪律处分，包括解雇。"问题在我发出通知后得到了缓解，我们也连续多年没有出现任何重大问题，直到在公司30周年那个秋天彻底陷入了混乱。

2009年10月末的一个早上，我来到公司发现一份《纽约邮报》的复印件显眼地放在我桌子正中间。首页头条写着："史蒂夫的渴望：ESPN明星承认性丑闻。"

文章的主角是46岁的史蒂夫·菲利普斯，我们最知名的播音员之一以及MLB转播团队的重要成员。2005年，他不再担任纽约大都会队总经理后，ESPN向他抛出了橄榄枝。不幸的是，《纽约邮报》的文章发表前几个月，他和一位22岁的制作助理有了婚外情，而我们正在内部处理此事。但是现在劲爆的细节铺满了纽约最大的小报版面，我也知道在我们解决这个问题以前这将一直会是头条新闻。

诺比·威廉森已经将菲利普斯撤下转播并且在调查进行期间将他正式停职。随着我们在内部收集处理信息，菲利普斯申请了（并且获批了）一个长期事假前往一家治疗中心。作为公司主席，我已经得知他的停职并且很满意威廉森进行了干预。这是正确的举动。

不幸的是，《纽约邮报》获得了一份爆炸性的警察报告，此后我希望停留在ESPN内部的事件升级到了完全没有想到的程度，报告里有着小报想要的一切：一位全国性电视人物，结婚生子以及一位愤怒的前任。我很快召集了几位高管来讨论这个问题，可以预料到，最初的对话充满了愤怒。"纽约最大的小报正在给我们泼脏水！"有人这么说。

"我们必须阻止这一切！"另外有人说。

"好吧，我们最糟糕的选择就是闭口不谈或者尝试否认这个问题。"我说。于是，我们发布了一份简要的新闻稿。

ESPN新闻公告

目前，我们已经了解到情况并且采取了合适的纪律处分。我已经同意史蒂夫的长期事假请求来让他解决问题。我们对此没有进一步评论。

其他全国新闻媒体立刻紧跟热潮开始撰写"ESPN的更衣室心态"之类的文章。一个网站甚至建议我们将公司口号改为"世界两性的领导者"。公司内部，所有人都在谈论此事。很快，这个丑闻制造的负面影响干扰到了公司，我们的工作环境也遭到破坏。我们的员工回到家时会被家属问到："你们那地方到底发生了什么？"

很明显极个别员工的行为已经极其负面地影响了ESPN所有人，而我对此不能容忍。因为我认为我工作的重要任务之一就是保护我们的文化和声誉，我知道必须迅速解决这个问题。

而且，我们现在必须问自己，ESPN的MLB解说团队中最知名的成员能否继续有效地代表我们公司面向公众。很明显，他不能。在我看来，菲利普斯已经放弃了他在ESPN工作的权利。所以我们解雇了他。就这么简单。

在解雇后，我们发布了另一份新闻稿，其中没有提及年轻的制作助理。

ESPN新闻公告

史蒂夫·菲利普斯不再为ESPN工作。他作为一名ESPN有效代表的能力已经被严重并且不可弥补地损害，而这对双方来说明显是时候分开了。

有人认为我们的问题源于体育转播行业中本就存在的"兄弟会宿舍"氛围。我从不同意这样的论断。但是因为我们是一家大公司，这些问题自然会成倍地被放大。需要花费时间让整个事件从报纸上完全消失，以及更长时间在内部消化。但让我惊讶的是，随后我们又遇到了几次类似的问题，于是我告诉我们的管理层："该适可而止了！"我还要把问题和ESPN的所有主播们说清楚。"乔治，但是那可超过700人，"其中有人说，"这将是前所未有的，而且很难将他们在同一时间召集起来。"

"是的，我知道，"我回答，"但是我想要和所有人说清楚。必须这么做。"

ESPN至今有着最多的主播数量，没有一家公司的数字哪怕是接近我们。所以我们必须把它安排成两个背靠背的会议，并且通过视频方式让不能亲自到场的主播参与。

进行这次会议让我很痛心，因为我知道他们多数人一直表现得很职业，只是少数人不合适的行为伤害了公司其他人。尽管如此，我还是要明确指出如果有人继续这样犯错，他们将被解雇，虽然我用了更加委婉的方式传递这个信息。在我讲话的时候鸦雀无声。下面就是我说的部分内容：

作为这家公司的管理者，我致力于以一个正面的方式处理这些问题，来让我们都变得更好。个别人的行为已经掩盖了多数人优异的工作成果。错误的判断和鲁莽的行为不能反映我们公司的价值。他们是在破坏我们创造一种崇尚高效表现文化的努力，一种我们在过去30年都一直努力建设的文化。

直接或者间接，我们每个人都是ESPN面向公众的大使。所以意识到作为公司每日的门面展现出职业的行为以及更好地扮演我们的关键角色是一种职责。ESPN的领导层将会尽我们所能支持你们。但是，对于个人选择的最终责任和义务取决于你们自己。

我认为我们应该如何表现有一个很简单的公式：每一天都以优异、尊严和正直代表ESPN。

28
《30年30部》

2009年ESPN没有举办大型派对庆祝公司成立30周年，至少没有像我们在2004年庆祝25周年那样规模的。这时经济很不景气，所以我认为低调些会更合适。"让我们做些更有意义的事吧。"我在初次交流中对我们的主管团队说。虽然这是个简单得不能再简单的想法，但这个基本方向带来了一系列极大影响ESPN的行动。

一开始，罗莎·加蒂的企业外展团队提议我们通过在全球开展30000小时的当地社区服务升级志愿者活动（我们称之为"ESPN团队30000小时挑战"）。我一听到这个主意就很喜欢。于是从3月到9月初，上千名ESPN员工参与了从和仁人家园一起建设家庭到为养老院老人开展社区清扫等各种精彩的活动。在布里斯托，其中一个亮点是为剑桥公园男孩女孩俱乐部重新修缮棒球场。而在巴西，ESPN（由副总裁兼总经理的杰曼·哈滕施泰因领导）推出了"体育大篷车"，它将体育设备带到巴西最贫困的地区，那里很多小孩无法上学。但是当"体育大篷车"出现后，学校入学率上升了。持续六个月的ESPN团队30000小时挑战在我们30年前正式开播那天前刚好完成。

2009年9月7日，我们在园区举行了一个我们称之为"79年人"的特殊活动，他们是从ESPN创立元年至今就一直在此工作的人。在这场很有意义的活动中（由《体育中心》的主播萨格·斯蒂勒完美主持），43名"79年人"在家庭、朋友和员工的注视下在ESPN新的"星光大道"上被授予了自己的星星。克里斯·伯曼和鲍勃·利聊起了早期我们在还未竣工的建筑和几辆拖车里工作的时光。现在ESPN的园区占地120多英亩，有着18栋建筑。当我们的创始人比尔·拉斯马森佩戴着访客证短暂露面时，我默默决定将来的某一天要让他在万人瞩目之下重新回来。

从商业角度讲，我们在2009年还见证了两个对ESPN意义重大的事件。第一是我们开启了位于洛杉矶的新制作中心。几年前，我们就决定在西海岸建立第二个转播中心。我们将地址选在紧挨斯台普斯中心的市中心地带。在地理位置如此优越的地方插下ESPN的旗帜。

为了让新中心成功，我们的目标之一是将ESPN的文化带到距离布里斯托3000英里以外的洛杉矶。为了实现这点，我们选择执行副主席史蒂夫·安德森来领导项目。安德森从1980年加入我们以来就是一个真正的文化载体。他认真挑选了70名员工来组成新的团队，其中超过半数都是从布里斯托加入的。我们立刻利用了南加州众多的体育明星资源，邀请他们做客演播室，尤其是在洛杉矶新基地的《体育中心》，由来自布里斯托的尼尔·埃佛里特和斯坦·维雷特主持。新的制作中心取得了巨大成功，并且完善了ESPN在夏洛特、芝加哥、旧金山、迈阿密和华盛顿特区组成的转播中心网络。

2009年第二个主要商业事件就是启动系列纪录片《30年30部》。它同样源自现在由约翰·斯基普领导的节目策划部门对于我希望做些更有意义的事情来纪念30周年的回应。时间上非常理想，因为在斯基普的领导下，我们的节目规划策略已经进化到可以启动一个全新的产品。

马克·夏皮罗在2005年离开ESPN后（他前往六旗集团担任CEO，其职业生涯的一大飞跃），斯基普在一个周五下午打电话给我，想要和我见面。"好的，我计划明天去划船，"我回答，"你不如一起来？"我们第二天见了面，在长岛海湾乘着我的小渔船。喝了几瓶啤酒之后，斯基普说出了他的想法。"乔治，我想让你考虑由我接任马克的职位。这里是一些说明为什么我觉得我能做到的提纲。"然后他拿出了一摞活页笔记纸，还差点被风吹跑了。

那时，斯基普刚刚开始领导ESPN的广告销售工作不久，我对他兴趣转向内容方面很惊讶。斯基普从迪士尼加入我们，主导创建了《ESPN杂志》，他本身有着印刷内容方面的经验。但是，在制作电视内容上他毫无经验。然而，回首看去，我在1998年成为主席之前也曾面临同样的处境。把像斯基普这样一个人放在一个看上去他并不具备所有必要的"正确"经验的岗位是ESPN文化的一部分。当然，他具备创意和智慧，我也觉得他可以学到在那以外需要了解的东西。听到他的想法后我思索了一会，我决定给他这个机会。

斯基普成为节目策划主管的前几年中，ESPN将我们的策略从剧本戏剧、真人秀和为电视制作的电影向体育赛事直播和导入比赛的节目转移。因此，在2007年我们解散了ESPN原创娱乐团队。团队成立的目的之一是帮助我们解决2001年的收视率危机，他们在过去六年都表现优秀。部门制作了六部为电视制作的电影，并且通过尝试混合非常有创新的内容为公司开启了新一轮思想火花。在斯基普的领导下，原创娱乐团队进化成为一个"一次性"纪录片（独立的影片项目，而不是某一系列的一部分）的制作团队。这个过程始于纪录片制作人丹·克洛雷斯以一个制作篮球历史纪录片的想法接触ESPN，类似于肯·伯恩斯在PBS制作的棒球项目。

虽然斯基普的团队认为我们没有准备拍下整个运动的历史，他们确实开始和克洛雷斯谈论关于制作一部人权运动前黑人大学篮球发展的纪录片。这

229

体育无处不在——ESPN的崛起

个想法变成了一部精彩的上下集电影——《黑色魔术》，它在2008年3月分两天播放。评论和反响非常好，所以我们决定抢先进入纪录片行业。在接下来的18个月，ESPN总共制作了六部影片，包括纪念1958年在巴尔的摩小马队和纽约巨人队之间举行的NFL冠军赛50周年的《历史上最伟大的比赛》（小马队以23比17赢得比赛）。由ESPN的约翰·达尔与NFL合作执行制作，影片生动地将那场比赛的球员和现在小马队以及巨人队的球员联系起来。

  我就是在这六部纪录片的制作过程中提议我们为ESPN的30周年纪念做些有意义的事。在种子被播撒下去后，斯基普的内容团队开始探讨可能性。最初《30年30部》的主意来自ESPN.com最受欢迎的作家比尔·西蒙斯（绰号"体育专家"）的灵光闪现。西蒙斯曾是吉米·坎摩尔的写手，他最初建议分别为运动员、赛事和球队各制作10部纪录片，用总计30部纪录片跨越ESPN的30年。他还建议作为世界体育的领导者，我们不应该将体育纪录片的市场让给HBO，他们在那时还是这个领域的领头羊。西蒙斯之后找到制片人康纳·谢尔，他非常喜欢这个主意，但是他建议ESPN招募知名的电影制作人来制作全部30部纪录片。谢尔还建议每个导演可以选择他们喜欢或者感兴趣的主题。

  这样，不同于风格统一的HBO纪录片，每部《30年30部》都会有不同体验。最后，考虑到要处理的项目数量，ESPN的商务主管马里·多诺霍设计了一份一页长的模板，包括了所有合同的必要事项（收费和未来权益等等）。在一次整个团队讨论计划优劣的大型会议中，斯基普决定推进计划。

  ESPN的第一部《30年30部》影片是《国王的赎金》（由彼得·博格执导），在2009年10月首播。它讲述了冰球传奇韦恩·格雷茨基在1988年从埃德蒙顿油人队转会至洛杉矶国王队的重大交易。在第一年播放的其他纪录片还包括讲述玛蒂娜·纳芙拉蒂洛娃和克里斯·埃弗特的个人友谊和场上对决的

《无可匹敌》（ESPN的汉娜·斯托姆担任制片，莉萨·拉克斯和南希·斯特恩执导）；记录1995年英式橄榄球世界杯和纳尔逊·曼德拉通过支持南非队帮助将种族隔离之后的整个国家重新团结在一起的《第16人》（由克利夫·贝斯特尔执导）；以及关于迈克尔·乔丹短暂的棒球生涯的《乔丹的巴士之旅》（由罗恩·谢尔顿执导）。其他的第一季30部纪录片还包括由《餐馆》的导演巴瑞·莱文森执导的《不死的乐队》和艾斯·库伯表达他对洛杉矶突袭者队支持的《冲出洛杉矶》。

整个《30年30部》系列很快取得了巨大的成功。特别值得注意的是30岁以下观众人数飙升，因为年轻的体育爱好者喜欢讲述体育历史的节目。另外一个未预料到的附加收获是整个系列每部影片的重复观看性非常高。我们每次重播任何一集纪录片，都会有很好的收视率。因此，《30年30部》是个典型的"常青"节目。每部纪录片都是永恒的，很明显它很快将成为我们的孙辈有一天会在他们的无线平板电脑和智能手机上观看的节目。

在制作初期，西蒙斯和谢尔必须去找到知名导演，找出他们想要讲述什么样的体育故事以及随后说服他们接手工作。但是在第一季30集出来后，很多电影制作人主动联系我们并且询问他们能否也负责一集纪录片。于是，我们将系列扩张来包括更多传奇故事，其中包括2013年的《生存和前进》，一部由吉姆·瓦尔瓦诺曾经的球员德瑞克·威滕博格制作，讲述北卡罗来纳州立大学1983年取得NCAA全国锦标赛冠军的童话般季后赛之路的故事。

最后，我们有了非常多关于纪录片的好主意，于是我们的制片人（西蒙斯、谢尔、达尔、多诺霍和丹·萧华）意识到很多备选主题不需要一个小时或更多的时长来讲述整个故事。事实上，萧华认识到很多故事只需要七到八分钟的时间。所以，ESPN还开始专门为我们的线上和移动平台制作《30年30

部》"短片",它们的表现也非常好。整个概念就是在不断增长和进化。

总之,《30年30部》系列如此成功有三个原因。首先,我们在同一时间制作了这么多纪录片,我们能够在市场上吸引很多注意力。第二,每部纪录片都由一个好导演推动制作一个他们很感兴趣的好故事。ESPN初期成功的核心原则之一不仅是讲故事,还有让人们做他们自己喜欢的事,比如伯曼的棒球昵称和乔治·格兰德分配《体育中心》的记者去报道他们最喜爱的运动。第三,这个系列重新定义了体育纪录片的制作艺术、创新和风格,《30年30部》一度甚至成为了高质量体育节目的代名词,不仅仅是在ESPN内部,甚至是在整个体育界。只是这个事实就极大地提升了ESPN的品牌。事实上,《30年30部》自己就成了一个品牌,这是媒体行业中很难做到的。反过来,它改变了对ESPN的风评。它给予了我们在好莱坞电影行业的可信度,并且建立了我们在体育纪录片制作业的领导地位。

这都始于展望ESPN的30周年庆,我们就是简单地同意"做些更有意义的事"。从那开始,我们的团队开始了两项对我们员工的自尊和公司的账目底线都有巨大影响的计划。

ESPN的《30年30部》故事更加说明了领导层产生主意的重要性。一个好想法点燃了创意的过程,带来了各种各样的新事物。而这个好主意可以来自于公司内部任何人。

[2010年,ESPN的《30年30部》系列赢得了一座皮博迪奖、一座制片人工会奖、一座国际纪录片协会纪录片奖以及一项艾美奖提名。而在2014年,德瑞克·威滕博格的《生存与前进》作为《30年30部》的一部分赢得了一座艾美奖。那年的《30年30部》短片同样带回了一座黄金时段艾美奖最佳写实类短片奖。]

29
全球体育的领导者

"嘿，乔治，我认为足球在美国越来越受关注。世界杯是世界上最重要的体育赛事之一，我想带一个小团队去瑞士看看我们能否拿下接下来两届世界杯的转播权。"

"好的，约翰，"我回答，"能拿下就太好了。我会全力支持你的。随时通知我，祝你好运。"

那是约翰·斯基普就任内容主管的第一周，ESPN的文化就是让人们追求他们感兴趣的赛事。所以当斯基普想要追求他对足球和世界杯的热情时，我立刻让他放手去做。ESPN在过去转播过几次世界杯，但是转播权需要每八年和国际足联重新谈判，也就是现在。在十天内两次跨洋飞行后，斯基普的团队成功拿下了2010年第19届南非世界杯和2014年第20届巴西世界杯的转播权。毫无疑问，没有斯基普的热情，ESPN不会获得这两届世界级赛事的转播权。

自从我就任ESPN最高职位，我一直强调公司的主要目标之一将是加大我们获得世界级赛事的力度。为了继续这个努力，我们将约翰·怀尔德哈克提升为节目获得和策略部门执行副主席。这样的任命适合斯基普（他手头有着一条巨大的学习曲线要面对），适合怀尔德哈克（他获得了升职），也适合我，因为我知道他们可以组成一个顶级团队。事实上，怀尔德哈克和我在

体育无处不在——ESPN的崛起

ESPN一同成长。我永远不会忘记他在新泽西州托托瓦制作ESPN早期的代表节目之一《顶级拳击》时我去帮他拉线。这些年来，他已经成长为公司最好的主管之一，而这个任命能够最好地利用他的能力和他在体育圈内发展的众多人脉关系。

ESPN最想要获得的节目之一就是高尔夫球的顶级赛事——美国大师锦标赛。我们当然知道这次收购会很困难，因为奥古斯塔高尔夫球俱乐部因它对现有商业伙伴的忠诚而知名（CBS从1956年起就开始转播赛事的第三和第四轮，而USA则从1982年开始转播第一和第二轮）。幸运的是，ESPN在全球的强势发展为我们首次正式关系铺平了道路。1994年，ESPN获得了赛事在拉丁美洲、非洲和中东地区的转播权。

在那时，CBS或者其他主要广播频道没有像ESPN这样的国际版图，所以当大师赛想要扩大全球范围的影响时我们就是理所当然的选择（ESPN为包括NBA、NFL、NHL和MLB等在内的其他主要体育联赛也做出了类似贡献）。1995年，在制片人迈克·麦奎德的领导下，《体育中心》和奥古斯塔俱乐部成立了一支明星报道团队（包括斯科特·范佩尔特、汤姆·里纳尔迪、迈克·蒂里科和前大满贯冠军安迪·诺斯、保罗·阿津格和柯蒂斯·斯特兰杰）为大师赛提供现场实时报道，而这进一步加深了和他们关系。麦奎德1987年成为ESPN传达室的一位司机，然后一路成长为一名制作组高层。我猜他的上司认为既然他可以在工作的第一天就在白化症年会中找到约翰·沃尔什，他就能够处理任何交给他的任务。

1999年，我给奥古斯塔高尔夫球俱乐部总经理吉姆·阿姆斯特朗写信表达了我们对于大师赛长久以来的兴趣。作为回应，怀尔德哈克和我被邀请在佐治亚州与阿姆斯特朗和商务高级主管威尔·琼斯进行一次介绍性会晤。作

234

全球体育的领导者

为铁杆高尔夫爱好者，怀尔德哈克和我都对此次出行激动不已，而这次会议也收获颇丰。为了继续保持明显及清楚的兴趣，之后每届赛事我都会亲自到场。

八年后的2007年初，我们被邀请和奥古斯塔俱乐部的新主席比利·佩恩见面，他曾经成功策划了亚特兰大申办和举行1996年奥运会的工作。在那次会议中，我们正式讨论了ESPN转播大师赛的可能。佩恩想要一些新的思路来实现大师赛的长期发展目标，其中两项是增加观众和吸引年轻球迷。

在我把八年前写给阿姆斯特朗的信展示给佩恩看之后，怀尔德哈克和我做了一个题为"尊敬传统的创新"的演示。阿蒂·布尔格林和他的调查团队已经用事实将我们武装起来，证明ESPN有着全美高尔夫观众中最大且最年轻的群体。事实上，我们指出将近70%的观众每周收看ESPN。没有任何频道能够和我们相比。我们还强调了我们对大师赛传统的尊重，这一点从1993年起就从个人和专业两方面得到证明。当演示结束后，我认为我们很好地证明了和ESPN合作将会帮助佩恩实现他的目标。双方都很清楚我们就处在突破的边缘。

作为我在ESPN最骄傲的时刻之一，奥古斯塔高尔夫俱乐部在2007年10月宣布ESPN获得了从2008年锦标赛开始的第一和第二轮转播权。另外，我们还被授予权利首次转播大受欢迎的Par3锦标赛，它在赛事首轮前的周三进行，而ESPN西语频道也成为了在美国的西班牙语转播电视台。2009年，我们的西语评述员在阿根廷人安赫尔·卡布雷拉赢得大师赛后派上了用场。卡布雷拉不会说英语，而CBS当天团队里没有一个会说西班牙语的评述员，于是ESPN的约翰·萨克利夫就被临时征用为卡布雷拉接受冠军采访时的翻译。

从1993年我们开始和奥古斯塔高尔夫俱乐部的国际合作后，ESPN花费了整整十五年的时间来获得大师赛在美国的转播权，这也花费了怀尔德哈克和我九年的个人努力。我们有耐心，坚持并且专注于我们的目标，而我们对世

235

体育无处不在——ESPN的崛起

界级节目的热情从未消退。公司的全球优势和品牌效应当然起到了作用，但是最终，我相信仍然是我们发展的个人关系扮演了重要角色（两年后的2009年，ESPN向佩恩汇报大师赛在美国年轻球迷观众的数量翻了一倍多）。

大师赛是帮助ESPN获得"全球体育的领导者"称号的原因之一。真相是我们在过去这些年创造的有价值的体育节目数量让其他任何体育频道都相形见绌。收获顶级体育赛事是一个高昂的议题，而每过不久怀尔德哈克和我就会为我们付出的高额转播费辩护说："购买世界级产品永远不会错。"长远来看，这是个不可否认的事实。拥有观众喜欢的节目使得有线电视及卫星运营商的生存依赖于我们是公司能够不断扩大利润的主要原因。到2014年，ESPN已经是最有价值的上市公司之一了。事实上，福布斯认为ESPN价值500亿美金，在所有华尔街上市的媒体公司中排名第四（仅次于时代华纳、21世纪福克斯和康卡斯特——2014年4月29日，福布斯）。

从2005年到2014年，除大师赛外，我们收获的四个世界级产品在我看来代表了ESPN的成长、创意和对体育爱好者的承诺：1.《星期一橄榄球之夜》；2.国际足联世界杯；3.温布尔登网球公开赛；以及4.大学橄榄球全国冠军锦标赛。

1.ESPN在2005年获得《星期一橄榄球之夜》是个大事件。因为它既是体育节目王冠上的明珠，也是历史上最久的黄金时段电视节目。保守的做法是让节目原封不动地播出，不要做任何调整。但是我们的制作团队想要打上我们自己的烙印。于是我们想出了提供24小时"完整循环"报道的主意，涉及到赛事的各个方面，包括场馆、球队、球员、对决的主题报道以及赛前和赛后分析。埃德·埃哈特设计了一个新的广告策略——将《星期一橄榄球之夜》的时段变为整个24小时。我们将它推广为"赛中赛"，而它立刻为我们的

全球体育的领导者

赞助商和市场伙伴带来了成功。我们还抓住机会重新定义了一个频道如何从多媒体角度转播大型赛事。《星期一橄榄球之夜》首次在ESPN全媒体平台播放来惠及任何地点的橄榄球球迷。我们秉承着在所有时间所有地点服务体育爱好者的宗旨。而电视观众数量飙升直至我们的第七场常规赛转播（2006年10月23日纽约巨人队对达拉斯牛仔队）创下了有线电视历史上观众最多的新纪录（2011年，NFL与ESPN续签了一份为期8年价值152亿美金的合同，作为认可，ESPN还在2015年1月首次获得了NFL季后赛外卡战的转播权）。

2. 2005年，斯基普想要获得2010年和2014年世界杯的转播权，也是世界上观看人数最多的体育赛事之一。而在五年后首期转播播出时，我们早已准备就绪。在2009-10年，公司的正式首要目标之一就是"2010年南非世界杯"。ESPN的所有人都知道这意味着什么并且倾尽全力让它成为我们公司31年历史中最成功的赛事之一。我们2010年世界杯的收视率较2006年世界杯提升了41%。但是赛事的成功不仅仅是电视上的。每三个观看比赛的观众就有一个是在非电视平台上。2010年世界杯证明了大型赛事可以改变公司。它以一种强有力的方式证明了多媒体推广助推了ESPN所有的产品和平台。它还为2014年巴西世界杯的转播打下基础，那成为了观众数量最多的一届世界杯。

3. 2011年7月，ESPN以一份12年的转播合同将世界上最悠久也是最富盛名的网球锦标赛——温布尔登网球公开赛加入到我们的转播阵容中。这次收购特别值得注意的是包括男子和女子决赛的赛事大部分内容已经由NBC转播超过40年。类似于大师赛，ESPN的品牌效应、多平台展示以及长期策略帮助我们赢得了竞争。而在我们转播的前几年，我们团队为回馈全英草地网球和门球俱乐部对我们的信任所付出的努力尤其令我骄傲。由150人组成的制作团队（在ESPN元老杰德·德雷克和杰米·雷诺兹带领下）在"两星期"（代指温网公开赛)内以最大努力来转播在14块不同场地进行的赛事。整个赛事期间他们都在一起工作和生活,组成了一个人人为我、我为人人的大家庭,千方百计地制作最好的网球赛事转播。而坐在中央球场为ESPN带来评述的正是《大学比赛日》的克里斯·福勒,1985年他还是个在《美国校园体育》节目工作时被当作高中生的年轻记者。福勒和ESPN元老克利夫·德赖斯代尔、帕特里克·麦肯罗、帕姆·施赖弗和玛丽·乔·费尔南德斯还有很多其他人一同组成了转播团队(2013年5月,ESPN签下了一份自2015年起为期11年的合同,在全平台转播美国网球公开赛,而CBS在过去的46年里一直是美网的转播商)。

4. 2014年1月,我参加了在美国大学橄榄球的顶级球场加利福尼亚州帕萨迪纳玫瑰碗球场举行的BCS全国冠军赛(对阵双方是头号种子佛罗里达州立大学塞米诺尔队和二号种子奥本大学老虎队)。ESPN的转播是一份2011年开始的多年合同的一部分,还包括了喜庆碗、橘子碗、砂糖碗、玫瑰碗以及当然还有全国冠军赛的转播。将其命名为"BCS超级转播",我们提供了六种不同的方式来观看比赛。ESPN进行传统的电视比赛转播(由布伦特·穆斯伯格和科克·赫布施特莱特解说),ESPN2台同时转播《BCS冠军谈话》,包括了来自分析师、大学球员、名人和嘉宾主持的评论。ESPN经典频道则转播无评述的比赛,只能听到广播系统和现场自然音。我们还在ESPN电台、ESPN新闻频道和ESPN3通过搭配很多特色主题和演示来转播比赛。另外,ESPN2台还加入了也在看比赛的名人实时推特评论(比如勒布朗·詹姆斯和迪翁·桑德斯)。我和我的妻子安以及儿子乔治和詹姆斯坐在玫瑰碗超过十万名狂热嘶喊的大学橄榄球球迷中间,看着这场体育盛典,想到ESPN从每个可能的角度转播这场比赛,我不禁想起自己当初开车到哈特福德机场去取周六比赛的录像带再赶回布里斯托好让我们可以录像延播比赛的时光。ESPN和大学橄榄球从那时起都走过了一段很长的路。就像怀尔德哈克和我常常说给对方的，"这是一条从托托瓦走来的长路。"

［为了回应球迷，大学橄榄球实行了新的季后赛机制（2014赛季生效），而ESPN正好为新时代的大学橄榄球搭设了舞台。2012年11月，ESPN签下一份为期12年价值73亿美金转播84场比赛的合同，在全平台提供所有季后赛（包括冠军赛）的转播直到2026年1月。］

***

2007年春末，ESPN的《大学比赛日》团队为了即将到来的橄榄球赛季举行了一次计划会议。看着完整赛程，有人建议首次转播定在加州伯克利，加州大学主场对阵田纳西大学。毕竟这两支球队都极有可能进入全国排名前25，而一眼看上去似乎也没有其他比赛能够明显配得上一次《大学比赛日》的造访。但是，随后节目的制片人李·菲廷说："弗吉尼亚理工大学在赛季第一周是主场比赛。"

"他们对手是谁？"

"东卡罗来纳大学。"

房间陷入了沉默。所有人都知道刚刚发生在弗吉尼亚理工大学那场骇人听闻的悲剧（2007年4月16日，一名枪手在校园内疯狂射击导致32人遇难17人受伤）。他们还知道那场比赛本身将会毫无悬念，因为隶属ACC的弗吉尼亚理工大学霍奇队全国排名第九，而来自美国联盟的东卡罗来纳大学海盗队则没有排名。

"对于学校来说这将会是悲剧发生后除了默哀以外的第一次集体活动，"

菲廷继续说，"新学期，新学年，也是学校第一场橄榄球比赛。"

"这会很有风险。"有人说。

"是会有风险，但这是应该做的事。通过亲临现场，我们能够帮他们康复。我想去。我知道这不是那周最焦点的比赛，但那一定是最有意义的故事。"

每个人都同意了。"好吧，我们就去弗吉尼亚理工大学。"

赛事计划很早就开始了。《大学比赛日》团队和赛事制作团队事先在一起准备以确保ESPN的节目无缝衔接。在《大学比赛日》后紧接着就是比赛的直播。迈克·蒂里科和托德·布莱克利奇负责解说，而蒂姆·科里根将会负责制作。摄像、赛事卡车以及其他所有资源都会被双方分享，这样在整个五到六个小时的制作中体育场内的画面和声音都会被捕捉到。这两个ESPN制作团队（通常独立工作）在那一天将会是一个团队。

2007年9月1日，《大学比赛日》第一小时的节目转播席就在莱恩体育场外面（如往常一样在学生之中）。但是到了上午11点，在距离比赛还有一个小时的时候，部分布景被挪到了体育场内部挨着球场边缘的地方。随着球员聚集在球员通道内，球场大屏幕开始播放专门纪念弗吉尼亚理工大学惨案中遇难者的视频。场景随后转移到《大学比赛日》转播席上的克里斯·福勒、李·科尔索和赫布施特莱特。科尔索带上了弗吉尼亚理工大学霍奇队的吉祥物头饰说："我不知道霍奇是什么，但是……愿上帝保佑弗吉尼亚理工大学。"

然后，为了显示团结，两支球队举着一面美国国旗从黑暗的通道跑到体育场的明亮处。当他们跑上球场的时候，我想那就是弗吉尼亚理工大学将要跨越过去冲向光明未来的象征。整个现场不是悲伤的，那是一种庆祝。广播中播放着霍奇橄榄球队的非正式队歌——来自金属乐队的《睡魔入侵》。观众沸腾了，啦啦队也在跳舞。然后比赛就开始了。

我在现场目睹了整个过程。在比赛刚开始的广告暂停时间，我走进制作卡车祝贺菲廷和他的团队。他们的眼中还有泪水。他们投入他们所做的事业并不是什么错误。但是在那一天，他们的热情不是关于比赛本身。大学橄榄球不过是一个媒介，让ESPN有机会通过转播比赛并且将弗吉尼亚州布莱克斯堡的人们团结在一起的方式，在帮助人们康复的过程中扮演一个很小的角色。

我不确定我们能否充分地诠释体育与人们之间的美好链接。但是不论以哪种标准来看，那一天在弗吉尼亚理工大学就是如此。

30

为我们的游乐场谢谢你

90华氏度[①]高温的时候在泥地工作,你能认清人们。我们组装了成套的秋千和儿童攀爬架,以水泥加固,并且将地被植物覆盖从原先的一小片扩展到整个活动区域。那一天的工作出汗很多而且又脏又累。我和社区成员、很多小孩以及30名ESPN的高管,包括罗莎·加蒂、克里斯蒂娜·德里森、查克·帕加诺、约翰·怀尔德哈克和阿蒂·布尔格林等等一起在那里。我们在与新奥尔良隔着庞恰特雷恩湖相望的路易斯安那州斯莱德尔的男孩女孩俱乐部。18个月前,整个地区遭到了卡特里娜飓风的猛烈打击。俱乐部遭到了严重损毁,游乐场也不复存在。我们和一家专门帮助社区建设游乐场的美国非盈利性机构大爆炸一同合作。在那天结束的时候,这些孩子已经有了新的游乐场。

在2005年卡特里娜飓风袭击后,ESPN随即做出努力来帮助受灾地区。公司立刻向墨西哥湾沿岸的员工和家属提供了帮助,捐助救援基金并且在转播中表示支持美国红十字会和他们的工作。在所有人通过电视目睹了那场毁灭

---

① 温标,90华氏度=32.2222摄氏度,下文中120华氏度=48.8889摄氏度。

后，我认为ESPN在道义上有责任伸出援手。那年秋天，ESPN和NFL一起举办了一场特殊的一天双赛超长版《星期一橄榄球之夜》。一年后的2006年9月25日，新奥尔良超级巨蛋球场重建后的第一场比赛就是在《星期一橄榄球之夜》。在我们的24小时赛事报道中，我们展现了新奥尔良的人们是如何用他们的勇气从卡特里娜飓风中恢复的。

在这次新奥尔良圣徒队对阵亚特兰大猎鹰队比赛的一开始，主队就成功阻拦了猎鹰队的弃踢并且成功在端区达阵得分。我正好就在边线那里，而我从没有在一场比赛中听到比那更大的欢呼声。圣徒队之后没有给对手一点机会，最终以23比3赢下比赛。那场比赛对新奥尔良来说是一次情感宣泄，而ESPN很骄傲能参与其中。NFL总裁罗杰·古德尔甚至给我们寄来一封祝贺信提及ESPN的"赛前和比赛制作团队在这场激动人心的赛事中巧妙地以敏感捕捉到超级巨蛋的重新开放和圣徒队回到新奥尔良的情感平衡。"

ESPN帮助墨西哥湾区重建的工作仍然定期持续，其中就包括重建斯莱德尔的游乐场。这个特别的任务是我们的MAX组负责并且由我那时的首席助手劳拉·金特尔协调。2006年，她和我设想召集ESPN的高管定期会面、讨论重要议题并且巩固团队建设。MAX是"推进与行动"的缩写[①]，它传递给所有参与其中的人一个明确信息：这不会是个光说不干的团队，每个人都应该积极参与其中。在马克·夏皮罗和李·安·戴利离职后不久，我们在2006年初成立了MAX。经历了这些高管变动和一些重组，ESPN正处在一个重要的转型期。但是我们不能只是切换到自动飞行模式，然后期待着公司保持在同样快

---

① 英文为 Movement and Action。

速的运转节奏中。于是我决定设计点新东西将团队成员聚在一起,并且放权让他们去管理公司。对我来说,就像是一支NCAA篮球队在三到四名大四生毕业后需要重组一样。新的一年开始了,我们需要团结在一起。

我们每年举办六到八次MAX会议。会议都提前安排好,经过周密的筹划,我还要知道所有缺席人员的原因。我每次以包括公司财务表现在内的总结评论开始会议。底线数字并不总是分享给大企业内的所有高层,但是我想要我的团队成员无论何时都准确知道我们所处的位置。

在我的开场发言后,我们会选择三到四个话题进行讨论。我们鼓励非常坦率的对话,每个人也都会听到他们高层同事的意见。它成了一个独特的机会来了解我们的部门之间如何更好地互相合作,而且从我们的第一次会议起,所有人都融入了MAX这一个团队中。

有时与其在布里斯托开会,我们会去其他地方,这进一步帮助我们建立纽带。我们去了位于得克萨斯州沃斯堡的得克萨斯汽车赛车场让我们沉浸于纳斯卡赛车的世界。随后,我带着所有人去了几处25年前我还在得克萨斯州阿灵顿当一名客户经理时最喜欢去的地方。我们去了沃斯堡的安吉洛餐厅喝冰镇啤酒,品尝到世界上最好的烧烤之一。然后我们去了号称世界上最大小酒馆的比利鲍勃,它位于城市的牲畜市场区,每个人都感受到得克萨斯的精神。

我喜欢让我们的高层到户外去。有时我们太过于专注于我们的每日工作,以至于我们忘记了生活真正意味着什么,而世界上有太多人没那么幸运。每个人都应该定期后退一步来看看我们周围的世界正在发生什么并且伸出援助之手。回馈并不只是一件正确的事,它还帮助你建立公司文化。

这些年来,ESPN已经支持了很多或大或小的慈善组织,我们已经赞助了特奥会、许愿基金会、关怀美国和很多其他机构，可能最为知名的还是我们在对抗癌症和致敬美国退伍老兵上的工作。回到1993年，ESPN和吉姆·瓦尔瓦诺在首届ESPY颁奖典礼上合作成立了癌症研究V基金会。从那时起，ESPYS在制片人毛拉·曼特负责多年后一直茁壮成长。在纽约和拉斯维加斯举办几年后，它固定在颁奖典礼最多的洛杉矶。

在首届ESPY颁奖典礼上，当瓦尔瓦诺在接受阿瑟·阿什勇气奖时作出他历史性的"永不放弃"演讲时，罗宾·罗伯茨正等在台侧。她随后上台总结了我们每个人的感受，"我从没有像今天晚上一样为ESPN骄傲。"事实上，罗伯茨参加了阿瑟·阿什、史蒂夫·伯恩斯坦和克里斯·伯曼首次宣布这一奖项的新闻发布会。在那时，她还没有患上癌症，也不知道瓦尔瓦诺的演讲在某一天会对她如此重要。2007年，罗伯茨被检测出乳腺癌，接受治疗并且获得好转。随后在2012年，医生发现她患有一种称为骨髓增生异常综合征的骨髓癌。同年10月，罗伯茨通过接受一次很有风险却成功的骨髓移植向癌症发起强力反击。

在不到一年后的2013年第20届ESPY颁奖典礼上，罗伯茨被授予阿瑟·阿什勇气奖。那晚介绍她的是第一夫人米歇尔·奥巴马（通过视频）和勒布朗·詹姆斯。在接受颁奖时，罗伯茨不禁想到谁会像20年前她看着瓦尔瓦诺一样看着现在的自己。她分享了她挚爱的母亲卢希玛丽安的建议，"当恐惧敲门时，让信念去应答。"然后她回忆起瓦尔瓦诺：

"那晚，在成立癌症研究V基金会时，吉姆说：'我们需要你的帮助。我需要你们的帮助。我们需要研究资金。这或许救不了我自己，但这或许能救助我孩子的性命。这或许能救助你们所爱的人。'我从没有想象过吉米·V的演讲后20年我会站在这里说，因为所有回应了他的要求的人，因为所有这些捐款、研究和支持，我就是其中被拯救的人之一。"

　　癌症研究V基金会已经募集超过1.3亿美金的研究补助金。所有现金捐赠全部直接用于医生的研究。2014年，瓦尔瓦诺的前队友鲍勃·劳埃德卸任基金会主席并将职位交给史蒂夫·伯恩斯坦。自从ESPN和瓦尔瓦诺启动基金会，它就已经植入ESPN和公司员工的DNA里了。我们为基金会设计和推进了很多活动，比如吉米·V癌症研究周、迪克·瓦伊塔尔的年度晚宴和ESPY名人高尔夫经典赛。每年ESPYS颁奖典礼前，在2015年1月猝然离世的《体育中心》的播音员斯图尔特·斯科特代表ESPN所有罹患癌症的员工参加我们的ESPY高尔夫锦标赛，并且多次在赛事揭幕时以动人的话语给予人们激励和希望。他在2014年ESPYS颁奖典礼中获得吉米·V坚持不懈奖，斯科特动情地说出了很多人的心声。"你通过如何生活、为何生活和生活的方式来击败癌症。"他说。

　　除了作为一名伟大的篮球教练，瓦尔瓦诺的遗产是上百万人已经或者将会受到V基金会成果的影响。他的信念（以及基金会的座右铭）对生活的各个方面都很重要，不论是对抗癌症还是为了创造有价值的成果而艰苦奋斗。"不要放弃，"瓦尔瓦诺说，"永不放弃。"

***

　　在我作为ESPN高管的这些年，我从没有拒绝过员工想要见我的要求。2003年，一位先生要求见我，而在他走进我办公室的一瞬间我就看出他来势汹汹。一番寒暄过后，他直指主题，"为什么公司从没有做些什么来认可和纪念退伍老兵呢？"

　　我看着他的眼睛说："我确定我对这个问题没有一个好的答案。你何不

为我们的游乐场谢谢你

成立一个团队然后提出建议呢？"他确实这么做了，这是ESPN退伍老兵委员会成立的原因。一开始只有八到十人，但是随着消息扩散开来，我们整理了一个在ESPN工作的大约40名退伍军人的列表，他们多数都曾在越南战争中服役。我们第一次认可他们的活动是在一个傍晚鸡尾酒派对上从康涅狄格州请来了一名退伍的将军作为演讲者（我在上任伊始就学到如果你想召集一群ESPN员工，你就办个免费酒吧）。几天后，我们送给每名老兵一件定制的ESPN运动茄克衫（有着他们的名字以及曾服役军队分支的刺绣）并配有一封专门感谢他们为我们的国家服役的信件。他们的回复深深地打动了我。很多人失声痛哭，表示之前从未有人感谢过他们。

接下来几年，我们举办了更多的午宴并且邀请了不同的演讲嘉宾。接下来我们开始组织旅行，经常和老兵日相结合。比如美国西点陆军学院以及曼哈顿的无畏号海洋航空航天博物馆。之后，ESPN的老兵们开始在老兵日游行中代表我们公司游行，而且在你知道以前，我们就通过转播纪念他们以及全美国的退伍士兵。2004年9月，《体育中心》在科威特的阿里夫贾恩营完成首次客场直播，那里是美军在伊拉克战前战后的驻扎地。在一周内，ESPN团队（由诺比·威廉森带领，包括史蒂夫·利维、斯科特、肯尼·梅恩和莉萨·萨尔特斯）和士兵们在120华氏度的酷热下混在一起，现场直播采访，最重要的是让他们知道祖国的人们感激他们所做的一切。

不久，我们的老兵日庆祝活动变成了老兵周，并且涉及了我们所有平台上的很多节目。从2009年到2014年，《体育中心》继续着他们在类似军事设施的客场转播，包括马里兰州安那波利斯的美国海军学院、德国拉姆施泰因空军基地、北卡罗来纳州杰克森维尔海军陆战队航空站等等。《大学比赛日》去了科罗拉多州科罗拉多斯普林斯的美国空军学院。《早安，迈克和迈克》则在

体育无处不在——ESPN的崛起

康涅狄格州新伦敦的美国海岸警卫队学院和佛罗里达州基韦斯特的莫霍克号缉私船上做过现场直播。

鲍勃·利主持了在珍珠港的亚利桑那号战列舰纪念馆和路易斯安那州新奥尔良市的全国第二次世界大战博物馆转播的《赛场之外》。ESPN还和很多体育组织和赛事合作在老兵周期间共同转播赛事。2011年，我们转播了在圣迭戈港卡尔·文森号航空母舰上举行的密歇根州立大学对阵北卡罗来纳大学的NCAA男子篮球航母经典赛。2013年，当老兵日正好赶上迈阿密海豚对阵坦帕湾海盗队的《星期一橄榄球之夜》比赛时，ESPN整个24小时的"赛中赛"插入了很多专题、采访以及向所有战争和军队分支中士兵的致敬。

在经济危机（2009年后）开始后不久，伊拉克和阿富汗战争的退伍士兵回国后找不到工作的报道成为了全国头条新闻。当我和ESPN的人力资源主管（也是后来华特迪士尼公司的多元化总监）保罗·理查森坐下来讨论这个问题时，很明显如果我们要想在招募退伍士兵上取得明显改善，那必须发生在迪士尼公司层面。毕竟，ESPN雇佣了7000名员工，而迪士尼则有超过10万人。延续他多年来一直饱受赞誉的风格，鲍勃·艾格立刻采纳了这个想法并且随后亲自领导全公司的行动来雇佣、训练和支持美国的战后退伍老兵。2012年的股东大会上，艾格宣布了名为"英雄在这里工作"的新项目，包括了迪士尼职业博览会和在全国范围推广老兵扩展项目。在几年时间里，迪士尼已经是全美聘用退伍老兵最多的公司之一，有超过3000名退伍士兵工作于此。

2009年，我们在布里斯托园区正门口的"老兵环岛"旗杆处放置了一块纪念碑。它永远提醒着我们所有为美国军队服役的老兵都应该为了他们对我们国家的服役而获得纪念和感谢。毕竟，正是他们在全世界拼搏捍卫自由，才让像ESPN这样的公司在我们今日都享受的自由企业体制下繁荣发展成为可能。纪念牌上写着：

老兵纪念

献给

所有美国武装部队的男性和女性

他们的牺牲和功绩应该被写入历史

并且永远留存在我们的记忆中。

ESPN纪念美国退伍士兵的努力始于一位不满的前越战士兵有勇气走进我的办公室，告诉我公司需要做得更多。而他是对的。

在完成路易斯安那州斯莱德尔的男孩女孩俱乐部游乐场重建大约一周后，每名MAX团队的成员都收到了一张在那里玩耍的孩子们写在彩色硬纸上的"谢谢你"。我的那张来自于一位7岁的小姑娘，她画了一张笑脸，上面简单地写着："为我们的游乐场谢谢你。"然后签下了她的名字。我对此很骄傲，还把它裱起来挂在了墙上。它对我的意义将会永远和我获得的任何奖杯或者奖项一样重要。

游乐场是一个孩子生活中重要的部分。他们常常在那里第一次学习到社交技巧以及如何和其他孩子相处。在游乐场里，想象力随着孩子们不断尝试新事物而蓬勃发展。这些种子最终将会成为诸如创造力、创新力和跳出固有思维模式的能力。可能最重要的是孩子们一边尝试新事物一边沉浸其中。

享受乐趣对孩子很重要。对成年人同样如此。

大爆炸的创始人达雷尔·哈蒙德（他们和ESPN合作重建了斯莱德尔的游

乐场）曾经说过他的非盈利性组织致力于让游乐场更好，这样孩子们会想要呆得更久，更常回来玩。这对我也有意义。所以为什么一名商业领袖不能致力于让企业更有趣，这样员工就会享受他们在公司的时光呢？嗯，我相信这就是比尔·拉斯马森、斯科蒂·康纳和切特·西蒙斯他们一直想要做到的。

当1981年我开始在ESPN工作的时候，我们告诉自己我们其实是供职于一家只专注于体育的创业公司。我们喜欢在ESPN工作是因为体育让人愉悦，不论是观看比赛还是参与其中。你开始比赛，扮演你的角色，享受乐趣。某种意义上讲，ESPN是终极的成年人游乐场。我们的企业文化允许人们释放想象力，这产生了无与伦比的创造力、创新力和跳出固有思维模式的能力。

作为ESPN的主席，我回想过很多我们只有几百来人的旧时光。当我在传达室工作时，当我开车接送瓦伊塔尔往返于机场，还有当我在深夜给伯曼找录像带时，我喜欢其中的每一分钟。我确实这样觉得。ESPN在那时是我们的游乐场，而现在我们有着超过7000名员工，我将把这种精神保留下去视为我工作的一部分。

***

为了纪念公司的31周年，我们邀请了ESPN的创始人比尔·拉斯马森回到布里斯托来感谢他。2010年9月7日是属于他的日子。

拉斯马森从西雅图的家中赶来和我们相聚。他带着家庭，包括他的妻子米奇以及年幼的孙女们。在我的办公室简单欢迎他们后，我带他们参加了早已计划好的大型员工集会。所到之处，拉斯马森都是园区里的大明星。我们的员工围着他，向他要签名，和他握手。午餐过后，我们布置了一张桌子给他做签书活动，人们排队一个小时只为和他说上话。拉斯马森后来告诉我，

为我们的游乐场谢谢你

很多员工特别强调他们有多享受在ESPN工作。"我已经在这里12年了，我爱这里。"有人说。"我已经在ESPN工作20年了，我要在这里退休。"另一个人说。"我从没有在这么棒的地方工作过。谢谢你，拉斯马森先生，谢谢你成立了ESPN。"

当天稍晚时候，我们在布里斯托园区外的主旗杆下为他放置了一块永久的纪念碑，拉斯马森和他的家人深受感动。上面写着：

献给ESPN创始人
比尔·拉斯马森
纪念他的创业精神和对体育的热爱
ESPN铭记今日
2010年9月7日——ESPN的31周年纪念日

那对我们所有ESPN的员工来说都是骄傲的一天。根本上，我们是在感谢比尔·拉斯马森。为你的想法谢谢你。为ESPN谢谢你。为我们的游乐场谢谢你。

31
未来会更好

每个早上，都会有车停在ESPN正门的环形车道上，然后从车上下来几位知名运动员或明星开始体验被称为"布里斯托洗车行"的跨平台多节目系列采访。我们会以《早安，迈克与迈克》和ESPN电台的《科林·考赫德的朋友们》开始，然后是ESPN.com上的即时聊天环节、《体育中心》、《ESPN杂志》、《赛场之外》或者其他任何我们的节目。在多数媒体公司，采访对象会在电视或者电台上接受采访，然后去下一个地方。但是在ESPN，他们要呆一整天，从早上8点半到下午4点。

一天早上，鲍勃·利（他首创了"布里斯托洗车行"的说法）在化妆间碰到了比利·克里斯托，利惊讶地发现他很紧张。"克里斯托因为上《体育中心》感到紧张，"利想着，"好吧，他也是个铁杆体育迷。"事实上，每个来到ESPN的人都热爱体育，而几乎所有ESPN的员工也是如此。

从乔治·格兰德第一次在转播桌前说我们要在这里每天服务体育爱好者起，《体育中心》一直在不断进步。过去，我们在晚上6点、11点和凌晨2点半制作三档直播节目。这么些年来，每档节目的时长都有所增加，而在90年代初，我们开始在早上重播深夜档，最终从早上6点直到下午1点。几年后，为了服务观众也为了报道越来越多早上发生的体育新闻，我们开始插入直播的

未来会更好

《体育中心》。2008年，我们决定将我们的旗舰节目从早上9点一直到下午3点都完全直播化。到了2014年，我们每天制作超过18个小时的《体育中心》直播节目。事实上，它是18到34岁男性观众观看数量第五多的节目。

约翰·沃尔什将《体育中心》的历史分成五个阶段。首先，是早些年我们收集资源只为保证转播。然后是我们的主播以个性掌控节目，比如克里斯·伯曼在开始给棒球球员起昵称后给节目印上了他自己的风格。随着《体育中心》启用了"洪泛区"并且开创了报道体育新闻的新方式，我们进入了"体育新闻"时代。第四个阶段可以被称作"意见"阶段，随着我们的播音员开始在转播中加入更多辩论，这催生了ESPN的新节目，包括《双杀传球》和《打扰一下》。而最后的第五阶段则基于互联网和新科技产生进化，这给我们提供了很多服务体育爱好者的新机会。于是我们将节目放到了手机、平板电脑和所有观众可能观看的平台上。而在2014年6月，《体育中心》随着搭配最新科技的数字中心二期新演播室的开放而再次升级改版。

ESPN能在电视以及多媒体平台上一路领先绝不是巧合。公司提前多年就开始筹划，为此我们在节目规划和新兴科技上投资数十亿美金来不断驱动各个平台上的创新。最终，在35年里，我们兑现了对有线电视和卫星运营商我们将会提供市场上最有价值的体育节目的承诺。这是ESPN的品牌能够像可口可乐、IBM、谷歌以及我们的母公司迪士尼一样家喻户晓的原因。对一家在创立时被广泛嘲笑的24小时体育频道来说结果不错。

在打造品牌的过程中，ESPN从企业和社会的角度改变了这个国家。我们的商业模式将有线电视变成了高度需求的消费品，随后成为了我们今日所知的电视/手机/宽带业的基础。而作为相互影响的关系，体育联赛也随着ESPN一同成长，因为我们的转播提升了他们在全国以及国际范围的知名度。

体育无处不在——ESPN的崛起

这个列表非常华丽，其中最知名的有大学橄榄球、大学篮球、NFL、MLB、NBA、NHL、纳斯卡赛车、职业高尔夫和网球赛事。毫无疑问的是，我们将人们对体育联赛的兴趣从常规赛季时间扩展到了一整年。

社会角度，ESPN已经成为了美国文化的一部分。在不久之前ESPN还不存在。现在，成年人经常在家工作时就把电视调到ESPN。孩子们则在早上收看《体育中心》好在上校车前知道他们最喜欢的球队表现如何。有一件很有趣的事是有超过30个婴儿以ESPN为名（Espen或者类似派生）。再考虑到有多少餐厅和酒吧里的电视屏幕一直放着不同的ESPN频道（现在我不再是ESPN的主席，我会在这些酒吧做更多关于ESPN的调查）。

很多人好奇ESPN是如何从业内笑柄成长为家喻户晓的品牌的。如果我必须选择一个ESPN成功的原因，我认为公司文化是我们的战略优势。这些年来，我们努力强化并且保持创业的弱势者姿态和不断创新的精神。一开始，ESPN的策略就是雇佣年轻人，让他们处在团队氛围中并且让他们做自己最擅长的事。这是有道理的，比如切特·西蒙斯和斯科蒂·康纳最早让我在传达室当司机。他们的想法是启用不会被传统做事方式束缚的年轻人。在那时他们的"事后诸葛亮"会议中，他们选择勤奋的员工并且给予他们更多的责任来检验他们完成得如何。（"好的，是时候给年轻的乔治一个真正考验了。把他交给瓦伊塔尔吧"。）

在ESPN，所有人都在团队为先的环境下工作。每个部门和每个小组都尝试复制存在于很多伟大球队中的链接和化学反应。我们互相关心、互相支持。我们以"我们"而不是"我"作为主语。这是关于"我们"而不是"我"（团体比内部任何个体都要重要）。也像所有球队一样，我们把员工放在他们最擅长的位置并且让他们发挥到最好。比如，格兰德让《体育中心》的年轻记者们报道他们最感兴趣的运动，汤姆·米斯负责冰球，卢·帕尔默负责高尔夫,伯曼负责橄榄球而利则负责篮球。这和一个人是否有足够的经历无关。如果他们擅长他们所做的事,而且他们也确实想要尝试新东西,我们就会给予他们机会这么去做(而不是睡在功劳簿上)。

然后随着职业发展,我们经常通过调动员工到新的岗位来突破他们自己,不论他们是否有"正确"的资格。只要你的员工都有能力、创意、精力和智慧,你就能这么做。新的挑战带给员工新的经历,而这也常常带来新的想法(有创意的人在哪儿都会有创意)。这是ESPN在80年代的方式也是现在的方式。比如,《赛场之外》通过鼓励年轻员工打开思路畅所欲言来让他们参与其中。每周的团队会议中,任何有着最好主意的人都会主导当天的思路。"嘿,那个年轻的制片助理刚有个特别棒的点子!让我们实现它!我们谈谈!一定能做到!"(一个好主意可以引导出各种新事物)。

一些新想法只影响个别部门或节目,有些则会影响整个公司。多数情况下,我们花时间来注意所有细节。很多想法,我们要承担风险,经常在没有正式商业计划的情况下付诸行动,比如当我们启动ESPN新闻频道或者首次让《大学比赛日》到现场转播。而如果环境和赛事要求人们自主行动,他们也被允许这么做。旧金山地震时,我们的现场团队就是这样灵活决定做他们该做的事情,而不是等待上级同意(被授权的人们能超越期待)。

从第一天起,勤奋工作就是ESPN文化的一部分,我认为原因在于我们招募了有热情的人。热情带来努力工作。两者几乎是不可分割的。热情不仅带动我们公司,它还维持了在ESPN和体育迷之间的长期纽带。你永远看不到"热情"二字出现在任何商业计划中,但是我还没见过任何一项商业计划在没有它的情况下成功(有热情的人能够做得更多)。

作为ESPN的主席,常有人问我问题。"乔治,我们要怎么做这件事？""乔治，我们要怎么做那件事？"这样的问题从未停止，它们也不应该停止，因为公司必须要做决策。但是我从不声称知道所有的答案，我也不会假装在任何对ESPN重要的领域都是专家。我会让一群聪明、有热情并且有动力的人们围在我身边，他们精于广泛的各种领域（技术、制作、传讯、财务等等）。所以当有人问我，"乔治，我们要怎么做这件事？"我的回答通常是，"好吧，我不确认我知道。但是我会告诉你我知道什么。ESPN有7000名多样的员工，一同合力我们就能找到答案。"

我的工作不仅是告诉那7000人要做什么，我的工作是领导他们。领导力不仅是我们文化的一部分，也可能是最重要的一部分。在ESPN，我们的评价标准是我们让别人变得多好，而这将公司提升到了一个无法想象的高度。

领导力是关于人的。而如果说我认为我确实有一个技能的话就是和人相处。这是我从我的父母（朱利安和薇薇安）那里学来的。"通常你需要来自别人的帮助。"我父亲曾经说过。"不要忘了黄金法则。"我母亲说了无数遍。这些年一个重复问我的问题是："乔治，你是如何让那些难搞的有线电视运营商CEO们同意连续六年每年增长20%收费的？"好吧，部分答案是我和他们发展了私人关系。"乔治，我们讨厌这个价格，"他们说，"但是我们喜欢你。"

我还要感谢我的父母不断教导我尊重的价值，这直接与领导力相关。这是一种每个人都应该被公平、有礼貌和尊严地对待的信念。我还相信一位好的领导是能够变通的、有理性的和实际的。你不需要通过喊话、大吼、爆粗口或者威胁的方式来传达你的想法。事实上，我认为不这样训斥他人需要更多的力量。而且，人们可以看出你是否真心，他们知道你是否关心他们。如果你确实关心他们的话，你已经离成为一位领导不远了。

关心他人是领导力，为组织实现巨大成功同样是领导力。你可以让公司在经济上发展,你还可以让公司在文化、精神和情感上获得发展。伟大的领导两者兼得。

我经常被问及领导为组织所做的最重要的事是什么。答案是:你确定宗旨,和员工一起确定首要目标,你发展文化并且支持每个人做他们自己的工作。仅此而已。这就是我的答案。

***

2011年3月,我告知我的老板鲍勃·艾格我不会更新自己作为ESPN主席在年底到期的合同。在任职13年后,我已经准备好改变,我也觉得是时候给其他人一个上升机会来领导公司。我还想要花更多时间陪伴照顾我的父母,他们最近住进了一家离我家不远的养老院。艾格虽然表示了惊讶,但还是尊重我的决定并且建议我继续担任一个不需要负责日常运营的高层职位。我同意了,然后我们开始选择谁将成为下一任ESPN主席。同时,我继续履行我日常的职务。

那年夏天,我参加了我最后一次年度首要任务会议,虽然没有人知道这将是我最后一次参会。在讨论中,有人建议我们将联盟营销部门作为一个首要任务,但是那时的部门主管戴维·普雷施拉克让所有人吃了一惊。"伙计们,我们去年就是首要任务,效果也很好,"他说,"我们获得了所需的所有帮助。请把这个位置让给其他人吧。"

听到他这么说我很骄傲。首先,我在1995年将普雷施拉克从丹尼森大学(我的母校)招来做实习生,我也很骄傲他在ESPN的成功和在这件事中表现的无私。第二,普雷施拉克的话反应出首要任务系统运营得非常好。我们在2001年收视率危机时为解决问题以及给予所有员工对ESPN如何运营发声的机会启用这一方式已经超过十年。每年都在改进这个过程，并且从我们数千名员工那里收到建议的数量也在稳定增长。所以在我看来，那次会议明确反映了公司的文化将会长存。首要任务很奏效，联盟营销部门（我成长的地方）表现很好，而且年轻人逐步成为领导。我在那时不能更骄傲了。

2011年深秋，我推荐约翰·斯基普作为ESPN新任主席。艾格欣然同意了任命，斯基普将在2012年1月1日正式接任。我的新职务是ESPN执行主席。我仍然很忙，但是斯基普会负责公司的日常运营。两年后的2014年5月，在33个美好的年头后，我离开了世界上最伟大的公司。

知道ESPN将会在未来继续繁荣对我来说意味着很多。也因为很多原因，我坚信那必然会发生。

在离开前不久，我问斯基普ESPN将会走向何方。"乔治，我们的指南针有着正确的方向，"他说，"我们在所有时间所有地点服务体育爱好者。我们激励员工来实现我们的宗旨。他们将会走出更衣室跑上球场。他们已经准备好比赛了。"

ESPN基于努力工作、热情、诚信和坚持，即使所有人都不看好我们。这是我们的历史和传统。只要ESPN的员工记住这段历史，继续这种传统，我确信未来会更好。

只要还有体育，ESPN就会继续下去。而体育永远不会消失。

当我们在生活中遇到挫折，体育会让我们振奋。一段集锦、一次表现或者一场比赛都可以激励我们，让我们欢笑。无论你是坐在校车上的孩子还是退休社区的老者，无论你喜欢纽约洋基队还是西雅图海鹰队，印第安纳步行者队或者是达拉斯星队，只要你喜爱体育，你就可以建立联系。

体育让人们走到一起。这很美丽。这就是一切。

结　语

　　每个夏天，我和家人都会有段时间住在罗得岛州的小村庄维卡鲍格。我最喜欢的就是每天早上去一家当地的咖啡馆点杯咖啡看报纸。一天早上，我正要进门的时候碰上了乔治·格兰德走出来。原来他的母亲已经在这里住了很多年了，而我们住的地方相隔不到1英里。格兰德和我已经多年没见了，但是我们立刻热络起来，就像是时间从没有流逝过一样重拾我们的友谊。我想克里斯·伯曼说得最准确，他说无论何时我们碰到在ESPN认识的老朋友，永远都是一个大大的微笑和一声真诚的问候。我们共享的纽带永远不会断裂。

　　咖啡馆的老板叫斯波洛克，他和他老婆安一起开了这店。安负责书刊和食物，斯波洛克则站在柜台后面负责咖啡和招呼顾客。吧台只有大约四到五张凳子，而我常常在常客来之前去。有时我进门时，斯波洛克会说："乔治，乔治刚走！"

　　"是啊，我碰到他了。"我回答。多数情况下我们谈论的第一件事都是前一天的棒球比分。维卡鲍格距离波士顿只有几个小时的车程，而红袜队则是夏天谈话的主要内容。唯一的问题是斯波洛克是一个纽约洋基队死忠球迷。

　　"乔治，我知道洋基昨天输球了，但是红袜队在西岸比赛。他们的比赛结果如何?"

"让我查查，斯波洛克，"我边从手机上查看比分边回答他，"不好意思，伙计。'老爹'在第九局的全垒打让他们5比4赢了。"

"哦，朋友，汤姆和他的朋友来的时候我会更清楚这点的。啊哦，说曹操曹操到。"

"嘿，斯波洛克，红袜昨晚赢球了，"汤姆边进门边说，"洋基怎么样啊？哈哈哈哈。"

"好吧，好吧，我知道了。奥尔蒂兹打出全垒打。洋基输掉一场苦战。我们明天会赢回来的。"

汤姆和他的朋友随后拿了他们的咖啡，就和我俩一起在吧台聊天。

体育无处不在。

鸣 谢

我想要感谢大中央出版公司的前任副主席和执行编辑里克·沃尔夫从项目伊始就给予的指导和支持。作为本书的著作权代理人，鲍勃·巴尼特做出了出色的工作。华盛顿演讲人公司的小哈里·罗兹和迪士尼/ABC电视台的本·舍伍德最初的鼓励对我写这本书起到了重要作用。

以下的各位参与了讨论和采访，我对此非常感激：吉姆·阿莱格罗、弗兰克·白纳科、克里斯·伯曼、安·博登海默、史蒂夫·伯恩斯坦、姬蒂·布拉德利、阿蒂·布尔格林、唐·克兰托尼奥、李·科尔索、李·安·戴利、朱迪·费林、李·菲廷、克里斯·福勒、乔治·格兰德、鲍勃·艾格、凯蒂·莱西、比尔·兰姆、克里斯·拉普拉卡、鲍勃·利、汤姆·奥雅克扬、查克·帕加诺、比尔·拉斯马森、罗宾·罗伯茨、斯图尔特·斯科特、罗恩·塞米奥、比尔·西蒙斯、马克·夏皮罗、约翰·斯基普、帕姆·瓦尔瓦诺、迪克·瓦伊塔尔、约翰·沃尔什、罗杰·沃纳、德瑞克·威滕博格、约翰·怀尔德哈克和拉塞尔·沃尔夫。

埃德·杜索、克里斯·拉普拉卡、迈克·索尔提斯、约翰·沃尔什、芭芭拉·布莱克、劳蕾尔·达格特、里奇·阿登、乔·法劳尼、阿蒂·布尔格林和ESPN通讯部的杰出员工们一直以来提供了有价值的协助，我对此非常感激。

  我还想感谢来自威廉姆斯–康诺利事务所的迈克尔·奥康纳，大中央出版公司的格蕾琴·扬以及员工们，以及美国阿歇特图书集团的主席和出版商杰米·拉布。

  在讲述ESPN35年的历史以及我个人的经历之中，我提到了ESPN很多员工的名字。还有很多朋友和同事没有被提及只是因为他们没有出现在我特别提及的故事里。这并不意味着他们的贡献对ESPN在任何意义上有任何减少。我想要感谢每个曾经在我们公司工作过的人。他们一起配得上将ESPN打造为今日这样一个成功公司的荣耀。

关于作者

乔治·博登海默是ESPN以及有线电视行业的一位先锋，也是公司任职最久的主席，他从1998到2011年担任这一职位，负责总管华特迪士尼公司所有的多媒体体育资源，包括从2003到2011年负责ABC体育以及从2004到2011年担任迪士尼媒体频道联合主席。从2012到2014年担任ESPN的执行主席。博登海默先生毕业于丹尼森大学，获得经济学学位。他和妻子育有三子。他现任多家盈利及非盈利机构董事，并且经常通过华盛顿演讲人公司作出演讲。

唐纳德·T·菲利普斯是超过20本畅销书作者，包括《林肯论领导力》。

附录：本书人名中英文对照

本书中出现的所有人名中英文对照（按照姓氏汉语拼音排序）

A

里奇·阿登（Rich Arden） 米奇·阿尔伯姆（Mitch Albom）
保罗·阿津格（Paul Azinger） 斯科特·阿克森（Scott Ackerson）
吉姆·阿莱格罗（Jim Allegro） 穆罕默德·阿里（Muhammad Ali）
鲁恩·阿利奇（Roone Arledge） 罗伯托·阿洛马（Roberto Alomar）
吉姆·阿姆斯特朗（Jim Armstrong） 阿瑟·阿什（Arthur Ashe）
迪克·埃伯索尔（Dick Ebersol） 菲尔·埃尔斯沃斯（Phil Ellsworth）
尼尔·埃佛里特（Neil Everett） 克里斯·埃弗特（Chris Evert）
埃德·埃哈特（Ed Erhardt） 德鲁·埃索科夫（Drew Esocoff）
鲍勃·艾格（Bob Iger） 保罗·艾伦（Paul Allen）
里奇·艾森（Rich Eisen） 迈克尔·艾斯纳（Michael Eisner）
米奇·艾维（Mitch Ivey） 斯图亚特·艾维（Stuart Evey）
埃琳·安德鲁斯（Erin Andews） 史蒂夫·安德森（Steve Anderson）
米歇尔·奥巴马（Michelle Obama） 基斯·奥尔伯曼（Keith Olbermann）
大卫·奥尔蒂斯（David Ortiz） 巴斯特·奥尔尼（Buster Olney）
吉米·奥尔森（Jimmy Olsen） 迈克尔·奥康纳（Michael O'Connor）
哈基姆·奥拉朱旺（Hakeem Olajuwon） 沙奎尔·奥尼尔（Shaquille O'Neal）
亚历山大·奥维契金（Alexander Ovechkin） 汤姆·奥雅克扬（Tom Odjakjian）

附录：本书人名中英文对照

B

杰西·巴菲尔德（Jesse Barfield）
鲍勃·巴尼特（Bob Barnett）
弗兰克·白纳科（Frank Bennack）
博比·鲍登（Bobby Bowden）
罗斯·鲍姆加滕（Ross Baumgarten）
加里·贝特曼（Gary Bettman）
布鲁斯·本尼迪克（Bruce Benedict）
伯特·比勒文（Bert Blyleven）
保罗·比斯顿（Paul Beeston）
雪利·波维奇（Shirley Povich）
凯特·博登海默（Kate Bodenheimer）
苏·博登海默（Sue Bodenheimer）
朱利安·博登海默（Julian Bodenheimer）
肯·伯恩斯（Ken Burns）
史蒂夫·伯恩斯坦（Steve Bornstein）
丹·伯克（Dan Burke）
姬蒂·布拉德利（Kitty Bradley）
肖恩·布拉切斯（Sean Bratches）
科比·布莱恩特（Kobe Bryant）
托德·布莱克利奇（Todd Blackledge）
拉尔夫·布兰卡（Ralph Branca）
兰迪·布朗（Randy Brown）
乔治·布雷特（George Brett）
艾伦·布罗斯（Alan Broce）

里克·巴里（Rick Barry）
迪克·巴特库斯（Dick Butkus）
厄尼·班克斯（Ernie Banks）
斯科蒂·鲍曼（Scotty Bowman）
克利夫·贝斯特尔（Cliff Bestall）
丹·本肖夫（Dan Benshoff）
阿曼达·比尔德（Amanda Beard）
弗兰克·比默（Frank Beamer）
戴维·波拉克（David Pollack）
安·博登海默（Ann Bodenheimer）
乔治·博登海默（George Bodenheimer）
薇薇安·博登海默（Vivian Bodenheimer）
彼得·博格（Peter Berg）
布鲁斯·伯恩斯坦（Bruce Bernstein）
布莱恩·伯克（Brian Burke）
克里斯·伯曼（Chris Berman）
阿蒂·布尔格林（Artie Bulgrin）
斯科特·布莱恩（Scott Bruhn）
芭芭拉·布莱克（Barbara Blake）
蒂姆·布兰多（Tim Brando）
吉姆·布朗（Jim Brown）
帕维尔·布雷（Pavel Bure）
安德鲁·布里连特（Andrew Brilliant）
迪克·布特库斯（Dick Butkus）

C

洛伦佐·查尔斯（Lorenzo Charles）

D

约翰·达尔（John Dahl） 劳蕾尔·达格特（Laurel Daggett）
阿波罗·安东·大野（Apolo Anton Ohno） 李·安·戴利（Lee Ann Daly）
布莱恩·丹内利（Brian Dennehy） 比尔·丹尼尔斯（Bill Daniels）
克莱德·"滑翔机"·德莱克斯勒（Clyde "The Glide" Drexler）
克利夫·德赖斯代尔（Cliff Drysdale） 杰德·德雷克（Jed Drake）
克里斯蒂娜·德里森（Christine Driessen） 埃德·德瑟（Ed Desser）
奇普·迪安（Chip Dean） 特伦特·迪尔弗（Trent Dilfer）
鲍勃·迪普伊（Bob DuPuy） 罗伊·迪士尼（Roy Disney）
沃尔特·迪士尼（Walt Disney） 迈克·迪特卡（Mike Ditka）
谢里尔·蒂里奥特（Cheryl Therriault） 迈克·蒂里科（Mike Tirico）
乔·蒂斯曼（Joe Theismann） 埃德·杜索（Ed Durso）
文斯·多里亚（Vince Doria） 马里·多诺霍（Marie Donoghue）
吉姆·多维（Jim Dovey）

E

戴尔·厄恩哈特（Dale Earnhardt）

F

乔·法劳尼（Joe Faraoni） 罗伯特·S·范弗里特（Robert S. Van Vleet）
斯科特·范佩尔特（Scott Van Pelt） 路德·范尼斯特鲁伊（Ruud van Nistelrooy）
约翰·范斯坦（John Feinstein） 唐纳德·T·菲利普斯（Donald T. Phillips）
史蒂夫·菲利普斯（Steve Phillips） 比尔·菲茨（Bill Fitts）
李·菲廷（Lee Fitting） 查克·费尔班克斯（Chuck Fairbanks）
玛丽·乔·费尔南德斯（Mary Joe Fernandez） 罗伊·费尔斯通（Roy Firestone）
朱迪·费林（Judy Fearing） 蒂姆·芬奇姆（Tim Finchem）
比尔·弗朗斯（Bill France） 克里斯·福勒（Chris Fowler）

附录：本书人名中英文对照

G

汉克·盖瑟斯（Hank Gathers）
布莱恩特·冈贝尔（Bryant Gumbel）
弗雷德·高德利（Fred Gaudelli）
伦纳德·戈登森（Leonard Goldenson）
乔治·格兰德（George Grande）
辛西娅·格里尔（Cynthia Greer）
乔恩·格鲁登（Jon Gruden）
罗杰·古德尔（Roger Goodell）
J.威廉·"比尔"·格兰姆斯（J. William "Bill" Grimes）
彼得·甘蒙斯（Peter Gammons）
格雷格·冈贝尔（Greg Gumbel）
柯特·高迪（Curt Gowdy）
赫布·格拉纳斯（Herb Granath）
韦恩·格雷茨基（Wayne Gretzky）
埃德·格里尔斯（Edd Griles）
迪克·格洛弗（Dick Glover）
伊斯雷尔·古铁雷斯（Israel Gutierrez）

H

格伦·哈伯德（Glen Hubbard）
佛朗哥·哈里斯（Franco Harris）
约翰·哈姆林（John Hamlin）
杰曼·哈滕施泰因（German Hartenstein）
艾莉森·赫布施特莱特（Allison Herbstreit）
加里·赫尼希（Gary Hoenig）
约翰·怀尔德哈克（John Wildhack）
卢·霍茨（Lou Holtz）
迈克尔·霍尔（Michael Hall）
马特·霍夫曼（Mat Hoffman）
托尼·霍克（Tony Hawk）
大卫·哈伯斯塔姆（David Halberstam）
达雷尔·哈蒙德（Darell Hammond）
帕德里格·哈灵顿（Padraig Harrington）
玛瑞尔·海明威（Mariel Hemingway）
科克·赫布施特莱特（Kirk Herbstreit）
蒂希尔·华盛顿（Desiree Washington）
肖恩·怀特（Shaun White）
阿森尼奥·霍尔（Arsenio Hall）
达斯汀·霍夫曼（Dustin Hoffman）
戴斯蒙德·霍华德（Desmond Howard）

J

艾伦·基（Allen Kee）
小梅尔·基佩尔（Mel Kiper Jr.）
罗莎·加蒂（Rosa Gatti）
塞尔吉奥·加西亚（Sergio Garcia）
克雷格·基尔伯恩（Craig Kilborn）
巴特·吉亚马蒂（Bart Giamatti）
拉里·加特林（Larry Gatlin）
比尔·贾尔斯（Bill Giles）

267

体育无处不在——ESPN的崛起

阿尔·贾菲（Al Jaffe）　　　　　　　　　罗恩·贾沃斯基（Ron Jaworski）
珍妮·杰克逊（Janet Jackson）　　　　　汤姆·杰克逊（Tom Jackson）
比利·简·金（Billie Jean King）　　　　劳拉·金特尔（Laura Gentile）

K

安赫尔·卡布雷拉（Angel Cabrera）　　　霍华德·卡茨（Howard Katz）
约翰尼·卡森（Johnny Carson）　　　　　克里斯·卡特（Cris Carter）
马克斯·凯勒曼（Max Kellerman）　　　　吉米·坎摩尔（Jimmy Kimmel）
艾伦·B.·"斯科蒂"·康纳（Allan B. "Scotty" Connal）
布鲁斯·康纳（Bruce Connal）　　　　　　丹尼斯·康纳（Dennis Conner）
提尔·康纳（Til Connal）　　　　　　　　克里斯·康奈利（Chris Connelly）
科林·考赫德（Colin Cowherd）　　　　　吉姆·科恩（Jim Cohen）
琳达·科恩（Linda Cohen）　　　　　　　托尼·科恩海瑟（Tony Kornheiser）
苏兹·科尔伯（Suzy Kolber）　　　　　　李·科尔索（Lee Corso）
莉萨·科夫拉卡斯（Lisa Kovlakas）　　　蒂姆·科里根（Tim Corrigan）
道格·科林斯（Doug Collins）　　　　　　伦纳德·科佩特（Leonard Koppett）
约翰·科斯纳（John Kosner）　　　　　　鲍勃·科斯塔斯（Bob Costas）
罗杰·克莱门斯（Roger Clemens）　　　　唐·克兰托尼奥（Don Colantonio）
安德烈亚·克雷默（Andrea Kremer）　　　南希·克里根（Nancy Kerrigan）
比利·克里斯托（Billy Crystal）　　　　比尔·克里西（Bill Creasy）
约翰·克鲁克（John Kruk）　　　　　　　何塞·克鲁兹（Jose Cruz）
丹·克洛雷斯（Dan Klores）　　　　　　　布莱恩·肯尼（Brian Kenny）
艾斯·库伯（Ice Cube）　　　　　　　　　蒂姆·库尔克扬（Tim Kurkjian）
比亚诺·库克（Beano Cook）　　　　　　　杰米·夸克（Jamie Quirk）

L

阿伦·拉伯奇（Aaron LaBerge）　　　　　杰米·拉布（Jamie Raab）
巴里·拉金（Barry Larkin）　　　　　　　约翰·A.·拉克（John A. Lack）
莉萨·拉克斯（Lisa Lax）　　　　　　　　巴德·拉穆勒（Bud Lamoreaux）

附录：本书人名中英文对照

克里斯·拉普拉卡（Chris LaPlaca）　　布基·拉塞克（Bucky Lasek）
比尔·拉斯马森（Bill Rasmussen）　　米奇·拉斯马森（Mickey Rasmussen）
卡尔·拉维奇（Karl Ravech）　　大卫·莱特曼（David Letterman）
克里斯蒂安·莱特纳（Christian Laettner）　　巴瑞·莱文森（Barry Levinson）
凯蒂·莱西（Katie Lacey）　　比尔·兰姆（Bill Lamb）
鲍勃·劳埃德（Bob Lloyd）　　玛莉·卢·雷顿（Mary Lou Retton）
豪厄尔·雷恩斯（Howell Raines）　　杰米·雷诺兹（Jamie Reynolds）
托尼·雷亚利（Tony Reali）　　斯派克·李（Spike Lee）
保罗·理查森（Paul Richardson）　　戴夫·里戈蒂（Dave Righetti）
汤姆·里纳尔迪（Tom Rinaldi）　　鲍勃·利（Bob Ley）
史蒂夫·利维（Steve Levy）　　埃里克·林德罗斯（Eric Lindros）
卡尔·刘易斯（Karl Lewis）　　文斯·隆巴迪（Vince Lombardi）
迈克·卢皮卡（Mike Lupica）　　丹·鲁尼（Dan Rooney）
贝比·鲁斯（Babe Ruth）　　李·伦纳德（Lee Leonard）
吉姆·罗宾斯（Jim Robbins）　　吉米·罗伯茨（Jimmy Roberts）
卢希玛丽安·罗伯茨（Lucimarian Roberts）　　罗宾·罗伯茨（Robin Roberts）
亚历克斯·罗德里格斯（Alex Rodriguez）　　威廉·C·罗登（William C. Rhoden）
彼得·罗斯（Pete Rose）　　本·罗斯利斯伯格（Ben Roethlisberger）
杰伊·罗斯曼（Jay Rothman）　　哈里·罗兹（Harry Rhoads）
彼得·罗兹尔（Pete Rozelle）　　埃里克·吕德霍尔姆（Erik Rydholm）

M

萨尔·马尔基亚诺（Sal Marchiano）　　小托马斯·马奎尔（Thomas Maguire Jr.）
戴夫·马拉什（Dave Marash）　　杰基·马伦（Jackie MacMullan）
弗雷德·马齐（Fred Muzzy）　　洛伦·马修斯（Loren Matthews）
约翰·麦登（John Madden）　　蒂姆·麦卡弗（Tim McCarver）
约翰·麦凯恩（John McCain）　　杰基·麦克马伦（Jackie MacMullan）
帕特里克·麦肯罗（Patrick McEnroe）　　迈克·麦奎德（Mike McQuade）

克里斯·迈尔斯（Chris Myers）　　　　　阿尔·迈克尔斯（Al Michaels）
纳尔逊·曼德拉（Nelson Mandela）　　　佩顿·曼宁（Peyton Manning）
毛拉·曼特（Maura Mandt）　　　　　　米奇·曼托（Mickey Mantle）
约翰·梅伯里（John Mayberry）　　　　 肯尼·梅恩（Kenny Mayne）
杰夫·梅森（Geoff Mason）　　　　　　威利·梅斯（Willie Mays）
丹尼斯·米勒（Dennis Miller）　　　　　加布里埃勒·米斯（Gabrielle Mees）
劳伦·米斯（Lauren Mees）　　　　　　米歇尔·米斯（Michele Mees）
汤姆·米斯（Tom Mees）　　　　　　　 巴德·摩根（Bud Morgan）
阿郎佐·莫宁（Alonzo Mourning）　　　 克里斯·莫滕森（Chris Mortensen）
汤姆·墨菲（Tom Murphy）　　　　　　 鲁伯特·默多克（Rupert Murdoch）
比尔·默瑞（Bill Murray）　　　　　　　布伦特·穆斯伯格（Brent Musburger）

N

玛蒂娜·纳伏拉蒂洛娃（Martina Navratilova）　　丹·纳尼（Dan Nerney）
博比·奈特（Bobby Knight）　　　　　 菲尔·奈特（Phil Knight）
杰克·尼克劳斯（Jack Nicklaus）　　　　安迪·诺斯（Andy North）

O

杰西·欧文斯（Jesse Owens）　　　　　 泰瑞尔·欧文斯（Terrell Owens）

P

吉姆·帕尔默（Jim Palmer）　　　　　　卢·帕尔默（Lou Palmer）
查克·帕加诺（Chuck Pagano）　　　　　坎迪斯·帕克（Candace Parker）
瓦妮莎·帕拉西奥（Vanessa Palacio）　　约翰·帕帕内克（John Papanek）
丹·帕特里克（Dan Patrick）　　　　　　丹尼卡·帕特里克（Danica Patrick）
迈克·帕特里克（Mike Patrick）　　　　 萨曼莎·庞德（Samantha Ponder）
理查德·佩蒂（Richard Petty）　　　　　沃尔特·佩顿（Walter Payton）
比利·佩恩（Billy Payne）　　　　　　　卡米洛·佩雷斯（Camilo Perez）
戴维·普雷施拉克（David Preschlack）

附录：本书人名中英文对照

Q

加里·乔布森（Gary Jobsen）
迈克尔·乔丹（Michael Jordan）
史蒂夫·乔布斯（Steve Jobs）
威尔·琼斯（Will Jones）

R

鲍勃·瑞安（Bob Ryan）

S

罗里·萨巴蒂尼（Rory Sabbatini）
约翰·萨克利夫（John Sutcliffe）
巴德·塞利格（Bud Selig）
哈里雅特·塞特勒（Harriet Seitler）
约翰·桑德（John Saunders）
拉尔夫·桑普森（Ralph Sampson）
杰里米·沙普（Jeremy Schaap）
米奇·沙舍夫斯基（Mickie Krzyzewski）
帕姆·施赖弗（Pam Shriver）
霍维·施瓦布（Howie Schwab）
埃米特·史密斯（Emmitt Smith）
帕特·史密斯（Pat Smith）
萨格·斯蒂勒（Sage Steele）
斯图尔特·斯科特（Stuart Scott）
查利·斯坦纳（Charley Steiner）
南希·斯特恩（Nancy Stern）
科戴尔·斯图尔特（Kordell Stewart）
安妮·斯维尼（Anne Sweeney）
迈克·索尔提斯（Mike Soltys）
莉萨·萨尔特斯（Lisa Salters）
莫妮卡·塞莱斯（Monica Seles）
罗恩·塞米奥（Ron Semiao）
罗恩·塞伊（Ron Cey）
迪翁·桑德斯（Deion Sanders）
迪克·沙普（Dick Schaap）
迈克·沙舍夫斯基（Mike Krzyzewski）
本·舍伍德（Ben Sherwood）
凯西·施滕格尔（Casey Stengel）
马克·施瓦茨（Mark Schwarz）
洛维·史密斯（Lovie Smith）
托尼·史密斯（Tony Smith）
约翰·斯基普（John Skipper）
杰森·斯塔克（Jayson Stark）
大卫·斯特恩（David Stern）
柯蒂斯·斯特兰杰（Curtis Strange）
汉娜·斯托姆（Hannah Storm）
加里·索恩（Gary Thorne）
吉姆·索普（Jim Thorpe）

体育无处不在——ESPN的崛起

T

迈克尔·塔佛亚（Michael Tafoya）　　保罗·塔利亚布（Paul Tagliabue）
弗兰克·塔纳纳（Frank Tanana）　　吉列尔莫·塔瓦内拉（Guillermo Tabanera）
阿伦·泰勒（Aaron Taylor）　　迈克·泰森（Mike Tyson）
巴比·汤森（Bobby Thomson）　　伦纳德·陶（Leonard Tow）
特德·特纳（Ted Turner）　　泰勒·特维尔曼（Taylor Twellman）
理查德·托巴科瓦拉（Rishad Tobaccowala）　　比尔·托宾（Bill Tobin）
乔·托瑞（Joe Torre）

W

乔·瓦莱里奥（Joe Valerio）　　迪克·瓦伊塔尔（Dick Vitale）
安杰利娜·瓦尔瓦诺（Angelina Valvano）　　吉姆·瓦尔瓦诺（Jim Valvano）
杰米·瓦尔瓦诺（Jamie Valvano）　　莉安·瓦尔瓦诺（LeeAnn Valvano）
罗科·瓦尔瓦诺（Rocco Valvano）　　妮科尔·瓦尔瓦诺（Nicole Valvano）
帕姆·瓦尔瓦诺（Pam Valvano）　　小汉克·威廉姆斯（Hank Williams Jr.）
罗杰·威廉姆斯（Roger Williams）　　诺比·威廉森（Norby Williamson）
杰克·威纳特（Jack Wienert）　　德瑞克·威滕博格（Dereck Whittenburg）
拉寇尔·薇芝（Raquel Welch）　　迈克尔·维尔邦（Michael Wilbon）
比尔·维尔兹（Bill Wirtz）　　迈克尔·维克（Michael Vick）
斯坦·维雷特（Stan Verrett）　　阿尔·韦德（Al Wieder）
查理·沃德（Charlie Ward）　　拉塞尔·沃尔夫（Russell Wolff）
里克·沃尔夫（Rick Wolff）　　雷·沃尔普（Ray Volpe）
比尔·沃尔什（Bill Walsh）　　约翰·A.·沃尔什（John A. Walsh）
赫舍尔·沃克（Herschel Walker）　　罗杰·沃纳（Roger Werner）
泰格·伍兹（Tiger Woods）

X

汤姆·西弗（Tom Seaver）　　比尔·西蒙斯（Bill Simmons）
切斯特·R.·"切特"·西蒙斯（Chester R. "Chet" Simmons）

约翰·希（John Sie）
杰梅尔·希尔（Jemele Hill）
马克·夏皮罗（Mark Shapiro）
亚当·萧华（Adam Silver）
罗恩·谢尔顿（Ron Shelton）
尼科莱特·谢里丹（Nicollette Sheridan）
萨拉·休斯（Sarah Hughes）

格兰特·希尔（Grant Hill）
吉尔伯托·席尔瓦（Gilberto Silva）
丹·萧华（Dan Silver）
康纳·谢尔（Connor Schell）
亚当·谢富特（Adam Schefter）
吉姆·辛普森（Jim Simpson）

Y

罗恩·雅沃斯基（Ron Jaworski）
史蒂夫·扬（Steve Young）
埃尔文·"魔术师"·约翰逊（Earvin "Magic" Johnson）
基肖恩·约翰逊（Keyshawn Johnson）

格蕾琴·扬（Gretchen Young）
杰夫·伊斯雷尔（Jeff Israel）
吉米·约翰逊（Jimmy Johnson）

Z

约翰·泽尔（John Zehr）
克雷格·詹姆斯（Craig James）
彼得·詹宁斯（Peter Jennings）
贝比·迪德里克森·扎哈里亚斯（Babe Didrikson Zaharias）

萨利·詹金斯（Sally Jenkins）
勒布朗·詹姆斯（LeBron James）
大卫·朱克（David Zucker）